D0127700

Sentinelle de la pluie

Du même auteur

Aux Éditions Héloïse d'Ormesson
Moka, 2016. Le Livre de Poche, 2009.
Son carnet rouge, 2014. Le Livre de Poche, 2015.
À l'encre russe, 2013. Le Livre de Poche, 2014.
Rose, 2011. Le Livre de Poche, 2012.
Le Voisin, 2010. Le Livre de Poche, 2011.
Boomerang, 2009. Le Livre de Poche, 2010.
La Mémoire des murs, 2008. Le Livre de Poche, 2010.
Elle s'appelait Sarah, 2007. Le Livre de Poche, 2008.

Aux Éditions Albin Michel
Manderley for ever, 2015 (coédition Éditions Héloïse d'Ormesson).
Le Livre de Poche, 2016.

Aux Éditions Le Livre de Poche
Café Lowendal, 2014.
Spirales, 2013.
Le Cœur d'une autre, 2011.

Aux Éditions Fayard
L'Appartement témoin, 1992. Le Livre de Poche, 2017.

www.tatianaderosnay.com

Tatiana de Rosnay

Sentinelle de la pluie

Éditions Héloïse d'Ormesson

Roman
traduit de l'anglais par Anouk Neuhoff

Titre original :
The Rain Watcher

© 2018, Éditions Héloïse d'Ormesson

Pour la traduction française :

© 2018, Éditions Héloïse d'Ormesson

www.editions-heloisedormesson.com

ISBN 978-2-35087-442-5

Pour ma famille

And the stars look very different today.

David Bowie, *Space Oddity*, 1969

Je passais au bord de la Seine
Un livre ancien sous le bras
Le fleuve est pareil à ma peine
Il s'écoule et ne tarit pas.

Guillaume Apollinaire, « Marie »

Je commencerai par l'arbre. Parce que tout commence,
et se termine, par l'arbre. L'arbre est le plus grand. Il a été
planté bien avant les autres. Je ne connais pas son âge exact.
Peut-être trois cents ou quatre cents ans. Il est très vieux
et très puissant. Il a essuyé de terribles tempêtes, a résisté
à des vents déchaînés. Il est vaillant.

L'arbre ne ressemble à aucun autre. Il a son propre rythme.
Le printemps débute pour lui lorsque ses pareils sont
déjà en fleur. Vienne la fin avril et les nouvelles feuilles
apparaissent sur les branches en hauteur et au milieu.
Ailleurs, il a l'air mort. Noueux, gris et anémique. Il aime
bien faire semblant d'être mort. Il a cette intelligence. Et puis
soudain, comme une énorme explosion, tous les bourgeons
s'ouvrent. L'arbre triomphe avec sa couronne vert pâle.

Personne ne peut me trouver quand je suis là-haut. Le silence
ne me dérange pas. Ce n'est pas vraiment du silence,

car il contient une multitude de petits bruits. Le friselis
du feuillage. Le gémissement du vent. Le bourdonnement
d'une abeille. Le cri-cri des cigales. Le battement d'une aile
d'oiseau. Quand le mistral se lève et balaie la vallée,
les milliers de branches mugissent comme la mer. C'est là
que je venais jouer. C'était là mon royaume.

Je raconte cette histoire aujourd'hui, pour la première
et la dernière fois. Je ne suis pas doué pour les mots,
ni à l'oral ni à l'écrit. Quand j'aurai terminé, je cacherai
ces feuilles. À un endroit où on ne les trouvera pas. Personne
ne sait. Personne ne saura. Cette histoire, je vais l'écrire,
mais je ne la montrerai pas. Elle demeurera sur ces pages,
comme prisonnière.

« C'EST COMME ÇA depuis quinze jours », explique le chauffeur de taxi, indolent, à Linden. La pluie tombe à verse, rideau argenté et sifflant, occultant toute la lumière du jour. Il n'est que dix heures du matin, mais on croirait un crépuscule miroitant d'humidité. Le chauffeur de taxi dit qu'il voudrait partir pour de bon, fuir Paris, retrouver le soleil et sa douce Martinique. Alors que la voiture quitte l'aéroport Charles-de-Gaulle et avance au ralenti sur l'autoroute embouteillée puis le périphérique, Linden ne peut que lui donner raison. Les banlieues détrempées composent des amas lugubres de silhouettes cubiques parées d'enseignes au néon criardes qui clignotent sous le déluge. Il demande au chauffeur de mettre la radio, et l'homme salue la perfection de son français, « pour un Américain ». Linden sourit, un rien crispé. C'est pareil chaque fois qu'il revient à Paris. Il explique qu'il est franco-américain, né en France, d'un père français et d'une mère américaine ; il parle les deux langues couramment sans le moindre accent. Pas mal, hein ? Le chauffeur tripote les boutons de la radio, enfin bon, monsieur a quand même l'allure d'un Américain, grand, athlétique, jean, baskets, pas comme ces Parisiens engoncés dans leur costume-cravate.

Aux infos, il n'est question que de la Seine. Linden écoute tandis que grincent les essuie-glaces, chassant les rigoles de pluie dans une lutte sans fin. Les eaux qui montent depuis le 14 janvier – cinq jours déjà – lèchent désormais les chevilles du Zouave. Linden n'ignorait pas que l'immense statue érigée contre une pile du pont de l'Alma était l'indicateur traditionnel du niveau de la Seine. En 1910, durant la crue centennale qui avait inondé la ville, l'eau s'était haussée jusqu'à ses épaules. Le chauffeur soupire : on ne peut empêcher un fleuve de déborder, la nature triomphe toujours, il faut arrêter de vouloir la maîtriser, tout ça c'est sa façon à elle de se révolter. Pendant que la voiture progresse lentement au milieu du trafic, la pluie martelant sans relâche le toit du taxi, Linden repense au mail que l'hôtel lui a adressé mardi. *Cher monsieur Malegarde, nous nous réjouissons de vous accueillir du vendredi 19 janvier à midi au dimanche 21 janvier en fin de journée (avec départ tardif comme vous l'avez demandé). La circulation dans Paris risque de se révéler compliquée avec la crue de la Seine, mais par chance, l'hôtel Chatterton ne se situe pas dans une zone inondable, et ne sera donc pas affecté par ce désagrément. Si pour l'heure il n'y a selon la préfecture aucune inquiétude à se faire, nous avons pour principe de toujours avertir nos clients. Surtout n'hésitez pas à nous contacter si vous avez besoin d'une quelconque assistance. Sincères salutations.*

Linden avait lu le mail à l'aéroport de L.A. avant de s'envoler pour New York, où il devait photographier une actrice anglaise pour *Vanity Fair*. Il avait transféré le message à sa sœur Tilia à Londres, et à sa mère, Lauren, dans la Drôme : elles étaient censées le rejoindre à Paris ce vendredi-là. Linden n'avait pas transmis le mail à son père, car Paul n'appréciait que les lettres et les cartes postales. La réponse de sa sœur, reçue en atterrissant à JFK, l'avait fait sourire. *Des inondations ?! Quoi ?! Encore ? Tu te souviens qu'il y a déjà eu une crue flippante en novembre ? Et celle de juin 2016 ? On a mis des mois à organiser ce foutu week-end, et maintenant ça ?!* Elle avait signé par une série d'émoticones renfrognés. Plus tard, sa mère leur avait répondu à tous les deux : *Je viendrai par bateau s'il faut, en arrachant votre père à ses arbres ! Être enfin ensemble ! Hors de question d'annuler cette réunion de famille ! À vendredi, mes chéris !* Les Malegarde s'étaient donné rendez-vous à Paris pour fêter les soixante-dix ans de Paul, ainsi que les quarante ans de mariage de Lauren et Paul.

Quand Linden avait quitté New York pour Paris jeudi soir, il était épuisé. Les deux jours précédents avaient été denses, et, avant cela, il avait passé des semaines à courir le globe pour son travail. Il aurait préféré rentrer à San Francisco retrouver Elizabeth Street, Sacha et les chats. Il avait peu vu Sacha ce dernier mois : son agent Rachel Yellan était très efficace et lui avait décroché contrat après contrat. Ce tourbillon étourdissant à travers le monde l'avait laissé exsangue. Il rêvait d'une coupure. L'étroite maison bleue de Noe Valley et ses occupants chéris allaient devoir attendre que cette petite fête de famille soit terminée. « Rien que tous les quatre », avait dit sa mère, il y a des mois, quand elle avait réservé l'hôtel et le restaurant. Était-il impatient ? s'était-il demandé lors du décollage. Ils avaient rarement eu l'occasion d'être « rien que tous les quatre », depuis son départ, à seize ans à peine, du domaine paternel de Vénozan. Il voyait son père et sa mère une ou deux fois par an, et sa sœur à chacun de ses passages à Londres, c'est-à-dire fréquemment. Pourquoi ce « rien que tous les quatre » lui paraissait-il à la fois si rassurant et si angoissant ?

Pendant le vol vers Paris, Linden avait lu *Le Figaro* et s'était rendu compte avec une pointe d'appréhension que la situation était en effet préoccupante. Depuis fin novembre, les Parisiens gardaient un œil prudent sur les jambes du Zouave. Heureusement, grâce à la technologie moderne on pouvait prévoir un débordement du fleuve trois jours à l'avance, ce qui laissait tout le temps d'évacuer. Mais aujourd'hui, la pluie torrentielle ne faiblissait pas. Le fleuve recommençait à monter, et dangereusement vite.

Après plusieurs bouchons et d'autres discours alarmistes à la radio, le taxi traverse la Seine à la Concorde. Il pleut dru ; Linden arrive à peine à distinguer le fleuve, relevant simplement que les flots tumultueux moussent de manière inhabituelle. Le véhicule avance au pas sur le boulevard Saint-Germain et le boulevard Raspail noyés sous la pluie, avant d'atteindre l'hôtel Chatterton au carrefour

Vavin. Durant la courte minute qu'il faut à Linden pour bondir du taxi vers l'entrée de l'hôtel, les trombes d'eau aplatissent ses cheveux châtain clair, coulent le long de sa nuque, imprègnent jusqu'à ses chaussettes. Le froid hivernal l'enveloppe soudain et semble le suivre dans le hall. Il est accueilli par une réceptionniste souriante. Cheveux dégoulinants, corps frissonnant, il lui rend son sourire, lui tend son passeport français – il a deux passeports –, et hoche courtoisement la tête lorsqu'elle lui dit : « Bienvenue, monsieur Malegarde. » Oui, sa sœur arrive plus tard dans la journée en Eurostar, et ses parents de Montélimar en TGV. Il ignore à quelle heure. L'a-t-on prévenu que le train de ses parents serait détourné vers Montparnasse à cause des risques d'inondation gare de Lyon ? Non, il n'est pas au courant. Mais ça tombe bien, la gare Montparnasse se trouve à cinq minutes à pied du Chatterton.

La réceptionniste, dont le badge indique « Agathe », lui remet son passeport et sa clé, en lui avouant, sans trop d'effusion, qu'elle admire son travail et que c'est un honneur de le recevoir à l'hôtel. Est-il là aussi pour la Fashion Week ? s'enquiert-elle. Il la remercie, puis secoue la tête, explique qu'il s'agit d'un week-end familial, qu'il n'est pas là pour le travail, qu'il n'a pas de shooting prévu durant les prochains jours, un repos bien mérité. Il n'a emporté qu'un appareil, ajoute-t-il, son vieux Leica bien-aimé ; il a laissé son matériel à New York, chez son agent, et les seules personnes qu'il compte photographier sont ses parents et sa sœur. Quant à la Fashion Week, elle n'est pas à l'ordre du jour; il abandonne volontiers ces clinquantes créatures vacillant sur leurs talons aiguilles à leur monde de paillettes. La réceptionniste s'esclaffe. Elle a entendu à la télé que si la Seine continue de monter à cette cadence, la Fashion Week pourrait être annulée. C'est au tour de Linden de rire. Non sans mauvaise conscience, car il pense à la catastrophe que ce serait d'annuler réellement la Fashion Week, qui démarre demain, à la quantité d'efforts vains, de temps perdu et d'argent gaspillé que cela représenterait. La réceptionniste cite ensuite le nom de son père avec déférence. Elle affirme que c'est un véritable plaisir d'accueillir « l'Arboriste » parmi eux, et Linden est amusé par sa ferveur. (Elle ne soupçonne pas à quel point son père déteste ce sobriquet, qu'il trouve ridicule, et quel mal il a à assumer sa célébrité.) Son père est une figure éminemment respectée, poursuit-elle, son combat pour sauver les arbres d'exception partout dans le monde est on ne peut plus admirable. Il la prévient, aimablement, que son père est timide – rien à voir avec la décontraction et la volubilité de son fils –, mais elle se régalera avec sa mère, qui est la vraie star de la famille, et sa sœur, Tilia Favell, elle aussi un sacré numéro.

Donnant sur la rue Delambre, la chambre située au quatrième étage est chaleureuse, confortable et joliment meublée, dans des teintes crème et lilas, mais un brin exiguë. Une corbeille contenant fruits frais, pétales de roses, chocolats et bouteille de champagne est posée sur la table, avec un mot de bienvenue de la directrice, Myriam Fanrouk. Linden se souvient que sa mère avait choisi le Chatterton deux mois auparavant, quand elle avait décidé d'organiser ce week-end de double anniversaire. L'établissement était décrit comme un « charmant boutique-hôtel de la rive gauche, en plein cœur de Montparnasse », et les commentaires de TripAdvisor étaient positifs. Linden l'avait laissée se charger de la logistique. Il avait réservé ses billets d'avion quelques semaines plus tôt, lorsqu'il avait été sûr de son planning, exploit non négligeable pour un photographe free-lance. Lauren avait également choisi le restaurant où ils iraient dîner le lendemain. La Villa des Roses, une étoile au Michelin, se trouvait rue du Cherche-Midi derrière le Lutetia.

Pourquoi Paris ? se demande-t-il tout en défaisant sa petite valise et en suspendant la veste de velours vert qu'il portera demain soir. Tilia était basée à Londres avec sa fille et son second mari, l'expert en art Colin Favell ; Lauren et Paul habitaient à Vénozan, près de Sévral, dans la Drôme, et lui était établi à San Francisco, avec Sacha. Oui, pourquoi Paris ? Paris ne signifie pas grand-chose pour ses parents. À moins que ? Linden réfléchit à la question tandis qu'il envoie promener ses vêtements humides et se glisse sous une douche chaude avec délectation. Il sait que ses parents se sont rencontrés à Grignan, durant la terrible canicule de 1976, à une période où Paul travaillait comme chef paysagiste sur un ambitieux chantier d'aménagement de jardin aux abords de la petite ville. Tilia et lui connaissaient l'histoire par cœur. Lauren, dix-neuf ans tout juste, visitait la France pour la première fois avec sa sœur Candice, de deux ans son aînée. Nées et élevées à Brookline, près de Boston, elles n'avaient jamais voyagé en Europe. Elles avaient commencé par la Grèce, puis l'Italie, avant de remonter en France en passant par Nice, Avignon et Orange. La halte dans la Drôme n'était pas prévue, mais comme il faisait trop chaud pour poursuivre leur route, elles avaient décidé de dormir à Grignan dans un gîte modeste mais confortable. À la fin de cette journée étouffante, les sœurs sirotaient un verre de rosé à l'ombre fraîche de la place où gazouillait une fontaine, sous la statue d'une majestueuse Madame de Sévigné, dont l'imposant château couronnait le sommet de la colline, quand Paul était apparu au volant de sa camionnette à plateau. Il portait une salopette blanche délavée avec autant de panache que Steve McQueen sa combinaison de pilote, un chapeau de paille fatigué, et de ses lèvres dépassait une cigarette roulée. Lauren l'avait suivi des yeux alors qu'il garait la camionnette et en déchargeait divers pots et arbustes pour aller les déposer dans une boutique voisine. Large d'épaules et musclé, il était de taille moyenne, et quand il avait ôté son chapeau pour essuyer son front en nage, elle avait remarqué qu'il n'avait presque pas de cheveux, juste un ruban de duvet brun au niveau de la nuque. Quasiment chauve, mais jeune, pas même la trentaine, selon elle. Candice lui avait demandé pourquoi elle lorgnait ce type en combinaison, et Lauren avait chuchoté : « Regarde un peu ses mains. » Candice avait répondu, ahurie, que ses mains n'avaient rien de spécial, et Lauren, comme en transe, avait murmuré qu'elle n'avait jamais vu quiconque manipuler des plantes avec une telle douceur. Leur père, Fitzgerald Winter, était jardinier à ses heures, tout comme leur mère, Martha. Les filles avaient grandi dans un quartier très arboré de Brookline, près de Fisher Hill, où les habitants passaient un temps considérable à entretenir leur jardin et à surveiller, sécateur dans une main gantée et arrosoir dans l'autre, la croissance de leurs rosiers. Mais cet homme était différent, et Lauren n'arrivait pas à détacher ses yeux de ses doigts robustes et bronzés, observant la manière dont il inclinait la tête pour examiner chaque fleur, la façon dont il caressait les tiges et les boutons de chaque plante qu'il transportait, s'en emparant d'une poigne puissante mais délicate. Paul avait dû sentir l'insistance de son regard, car il avait fini par lever la tête et apercevoir les deux sœurs assises à quelques mètres de là. Même si Candice était tout aussi belle, leur père ne s'était intéressé qu'à Lauren, ses jambes, ses longs cheveux, ses yeux en amande. Il avait rejoint sa table et lui avait tendu en silence un petit olivier en pot. Lauren parlait à peine français, et l'anglais de Paul était nul. Candice maîtrisant mieux la langue que sa sœur, elle avait pu traduire, mais pour eux elle était invisible : une simple voix choisissant les mots nécessaires. Il s'appelait Paul Malegarde, avait vingt-huit ans, et habitait à quelques kilomètres, près de Sévral, sur la route de Nyons. Oui, il aimait les plantes, surtout les arbres, et il avait un superbe arboretum sur sa propriété, à Vénozan. Peut-être aimerait-elle le voir ? Il pouvait l'y emmener, est-ce que ça lui plairait ? Ah mais voilà, elle repartait demain avec sa sœur, direction Paris, puis Londres, puis retour en Amérique à la fin de l'été. Oui, elle pourrait peut-être rester un peu plus longtemps, il fallait qu'elle y réfléchisse… Quand Lauren s'était levée pour serrer la main qu'il lui tendait, elle le dominait d'une tête, mais l'un et l'autre avaient l'air de s'en moquer. Elle aimait ses yeux bleus pétillants, son sourire parcimonieux, ses longs silences. « Il est loin d'être aussi beau que Jeff », avait commenté Candice par la suite. Jeff était le petit ami B.C.B.G. de Lauren à Boston. Lauren avait haussé les épaules. Elle devait retrouver Paul plus tard, près de la fontaine. C'était la pleine lune. La chaleur ne retombait pas. Candice n'était plus là pour servir d'interprète, mais ils n'avaient pas besoin d'elle. Ils ne parlaient pas beaucoup. La voix de David Bowie, le chanteur préféré de Paul, résonnait dans l'autoradio de la camionnette alors qu'ils contemplaient les étoiles dans le ciel, leurs mains s'effleurant à peine. Jeffrey Van Der Haagen était relégué à des années-lumière. Lauren Winter n'avait jamais rallié Paris, ni Londres, et elle n'était pas retournée à Boston à la fin de ce torride été 1976. Elle était allée à Vénozan et n'en était jamais repartie.

Linden attrape une serviette, s'essuie puis enfile un peignoir. Sa mère avait jugé que se retrouver à Paris serait plus commode pour tous les quatre. Elle avait sans doute raison. Et ce serait un « week-end sans conjoints ni enfants », avait-elle précisé. Autrement dit, pas de Colin, pas de Mistral – la fille que Tilia avait eue de son premier mariage –, pas de Sacha. « Rien que tous les quatre. » Il tire le rideau et regarde la pluie dégringoler en cascade sur le trottoir luisant. De rares passants marchent à toute vitesse sous la cataracte. Sa mère avait prévu plusieurs promenades et visites de musée pour demain. La pluie ne manquera pas de contrarier ses plans. Un sinistre début d'après-midi à Paris, et trois heures du matin à San Francisco. Il pense à Sacha qui dort dans la grande chambre du dernier étage, ses cheveux noirs ébouriffés sur l'oreiller, sa respiration paisible et régulière. Son portable tinte et il se retourne pour le récupérer dans sa poche de veste. *T'es arrivé, mec ?* Tilia l'a toujours appelé « mec », et il se vengeait en l'appelant « meuf ». *Je suis dans ma chambre, meuf. N° 46.*

Quelques instants plus tard, on frappe à sa porte avec autorité et Linden va ouvrir. Sa sœur se tient là, trempée jusqu'aux os, cheveux tout plats, sourcils et cils emperlés de gouttelettes. Yeux révulsés, bras tendus devant elle, elle avance en tanguant comme un zombie, ce qui le fait rire. Ils s'étreignent et, comme toujours, elle semble petite par rapport à lui, petite mais robuste, exactement la même constitution que leur père, avec les mêmes épaules larges, la même mâchoire carrée, les mêmes yeux bleus interrogateurs.

Chaque fois que Linden et Tilia sont ensemble, ils ne savent jamais quelle langue adopter. En grandissant, ils ont appris les deux en même temps, parlant anglais avec leur mère, français avec leur père, mais entre eux c'est un déconcertant alliage des deux, un franglais mêlant argot et surnoms qui donne le tournis à tout le monde. Tilia se frictionne les cheveux avec une serviette avant d'utiliser le séchoir. Linden remarque qu'elle a grossi depuis leur dernière rencontre, juste avant l'été, à l'occasion d'un de ses brefs passages à Londres. Mais ce nouvel embonpoint est flatteur, il exacerbe une féminité qui lui faisait parfois défaut. Tilia a toujours été garçon manqué, le genre de fille à grimper aux arbres, à jouer à la pétanque avec les hommes du village, à siffler en mettant ses doigts entre ses dents et à jurer comme un charretier. Elle s'est toujours moquée de la mode, du maquillage et des bijoux, mais aujourd'hui elle porte un pantalon bleu marine bien coupé, quoique détrempé, et une veste assortie, de jolies boots noires et un collier en or. Il la complimente sur son allure, et elle articule « Mistral » par-dessus le vacarme du sèche-cheveux. Sa fille de dix-huit ans, étudiante en stylisme née d'un père basque qui est un chef renommé, exerce la police du goût, et il semble que ses efforts soient récompensés. Les cheveux enfin secs, Tilia traverse la chambre pour allumer la télé : elle veut savoir où en est la crue, et Linden remarque qu'elle boite plus que d'habitude.

Ils n'évoquent jamais l'accident de voiture dont elle a été victime, à l'âge de vingt-cinq ans. Elle refuse systématiquement d'en parler. Linden sait qu'elle a failli mourir, que des morceaux de sa jambe et de sa hanche gauches ont dû être remplacés, qu'elle a subi de lourdes opérations et a passé six mois à l'hôpital. L'accident s'est produit près d'Arcangues, alors qu'elle rentrait avec ses meilleures amies d'une soirée à Biarritz. Une des filles devait se marier la semaine suivante. Elles avaient loué un monospace avec chauffeur pour pouvoir boire tranquillement. À trois heures du matin, un chauffard roulant comme un fou sur les petites routes tortueuses les avait percutées. Quatre filles avaient été tuées sur le coup, ainsi que le chauffeur et le conducteur ivre. Tilia avait été la seule rescapée d'une collision qui avait fait les gros titres, et dont elle avait mis des années à se remettre, aussi bien moralement que physiquement. Son mariage avec Éric Ezri avait pris fin quelques années plus tard, et elle avait obtenu la garde de leur fille unique. Parfois Linden se demande si sa sœur s'est jamais remise de la tragédie, si elle a conscience du traumatisme qui en a résulté, et qui l'a comme amputée d'une grosse part de sa vie.

« Comment va Colin ? » demande Linden, avec prudence, alors que Tilia se branche sur la chaîne d'infos. Ils le savent tous deux, la famille entière le sait, son élégant mari anglais, éminent expert en art spécialisé dans les maîtres anciens pour Christie's, son charmant binoclard d'époux toujours rasé de près, avec son badinage spirituel et son large sourire, est un ivrogne. Pas l'alcoolique mondain délicieusement éméché qui, agrippé à sa coupe de champagne tiède, zigzague dans les cocktails en bredouillant des discours inoffensifs, mais l'ivrogne pur et dur qui commence sa journée en s'enfilant du gin à dix heures du matin et qui la termine rétamé, avachi dans une flaque de sa propre urine sur le seuil de sa maison de Clarendon Road. Tilia prend son temps pour répondre, juchée sur le coin du lit, les yeux rivés sur l'écran de télé où défilent de vieilles photos noir et blanc de la crue de 1910. Elle déclare, d'une voix blanche, que la situation est inchangée. Colin avait promis d'arrêter, de retourner en clinique – pour la troisième fois –, mais les choses n'allaient pas mieux. Elles devenaient même problématiques sur le plan professionnel. Il avait réussi à cacher sa dépendance un certain temps, mais plus maintenant. Elle en avait ras le bol. Colin en était conscient. Il disait qu'il l'aimait, et elle le savait sincère, mais elle était à bout de patience. Pour la première fois, Linden perçoit du défi sur les traits de sa sœur. Elle a une expression amère, pleine de rancœur. Lorsqu'elle avait épousé Colin Favell en 2010, elle ne soupçonnait pas ce problème de boisson. Il le dissimulait habilement. Il était beau et fringant. Dix-neuf ans de plus qu'elle ? La belle affaire ! Cela ne se voyait pas. Il avait un physique de jeune homme, un sourire carnassier à la Mick Jagger. Lui aussi avait déjà été marié et il avait deux grands fils. Tilia et lui s'étaient connus à Londres, lors d'une vente aux enchères où Tilia était allée avec une amie. Il avait plu également à Mistral. Au début. Et puis, petit à petit, bien après le mariage, la vérité était apparue. L'alcool. Les mensonges. La perfidie. Il ne la frappe jamais, ni Mistral, mais ses insultes sont autant d'ignobles piques empoisonnées.

Tilia va avoir quarante ans l'année prochaine, rappelle-t-elle à son frère avec un sourire ironique ; cet âge odieux, ce chiffre épouvantable, et son mariage est un désastre. Son mari est un désastre. Qu'elle ne travaille pas et vive à ses crochets est un désastre. Mais elle n'a jamais vraiment travaillé de toute son existence, alors qui irait l'embaucher aujourd'hui, à l'âge qu'elle a, sans diplômes et sans expérience aucune? Linden l'interrompt. Et sa peinture? Elle grogne, sarcastique. Sa peinture? Là encore, un désastre! Son frère ne peut s'empêcher de rire, et elle aussi, malgré elle. Oui, bien sûr elle continue à peindre, elle adore ça, et c'est ce qui la sauve, mais tout le monde se fiche royalement de ses tableaux, personne ne veut les acheter, en tout cas pas les snobinards d'amis de son mari qui font la fine bouche dès qu'une œuvre n'est pas signée Rembrandt. Tout, autour d'elle, est un désastre, excepté sa fille. Sa fille, née le soir de la violente tempête de décembre 1999, ce bébé qui devait son nom au puissant vent du nord-ouest qui avait soufflé durant toute l'enfance de Tilia, sa fille Mistral, elle y tient comme à la prunelle de ses yeux.

À la fin de sa tirade, Tilia se tourne vers Linden et lance d'un ton jovial: « Et comment va Sacha? » Sacha va bien, pas mal de boulot avec la start-up, une bonne dose de stress, mais le stress, Sacha sait le gérer. Le seul problème, c'est qu'ils ne se voient pas beaucoup en ce moment, avec Linden toujours entre deux avions, et cette date de mariage constamment repoussée à cause de ses déplacements, bref, il va falloir qu'ils trouvent une solution. Tilia demande si leur père a enfin rencontré Sacha. Linden répond que non. Lauren et Sacha avaient fait connaissance, à New York, en

2014, et le courant était bien passé. Ils s'étaient revus plus tard, à Paris, et tout s'était là encore bien déroulé. Leur père ne quitte Vénozan que pour sauver des arbres remarquables, pas pour rendre visite à ses enfants. Tilia le sait bien, non ? ajoute-t-il pince-sans-rire. Tilia joue avec son collier. Linden pense-t-il que leur père ne veut pas connaître Sacha ? Linden a vu venir la question ; sa sœur a toujours été directe et il n'est pas étonné. Mais, à dire vrai, il n'a pas la réponse. Il jette un coup d'œil vers la télé, où une carte de la Seine présente d'alarmantes flèches rouges indiquant les points d'inondations possibles. Il avoue, circonspect, qu'il n'en sait rien. Il n'a jamais proposé la chose franchement à son père, et il n'en a jamais discuté avec Sacha. Tout ce qu'il sait, c'est que Sacha et lui sont ensemble depuis presque cinq ans, qu'ils projettent de se marier, et que Sacha n'a jamais rencontré Paul. Tilia fait observer que San Francisco n'est pas la porte à côté. Linden est bien d'accord, mais lui rappelle que son père est venu il n'y a pas très longtemps en Californie, près de Santa Rosa. Une plantation de redwoods appartenant à une espèce rare devait y être abattue afin d'élargir une voie de chemin de fer et Paul, avec son groupe de disciples, composé d'arboristes, de dendrologistes, de scientifiques, d'étudiants en botanique, d'activistes, d'historiens, d'amoureux de la nature et d'écologistes, avait passé une semaine à batailler contre les autorités. Il avait réussi à sauver les arbres, mais n'avait pas pris la peine de faire une petite heure de route pour rendre visite à son fils et être présenté à Sacha. Il trouvait toujours de bonnes excuses : il était trop occupé, trop fatigué, ou bien il devait encore voler au secours d'un autre arbre.

Linden change de sujet, attire l'attention de sa sœur sur les actualités. Lors de la crue de novembre, on avait apparemment évité le pire grâce aux quatre immenses lacs artificiels construits en amont entre 1949 et 1990. Un drone survole les lacs, situés à proximité de Joigny et de Troyes, à environ deux cents kilomètres de Paris. Ils servent de réservoirs quand le débit de la Seine est trop important, et la dernière crue a pu être réduite d'une bonne cinquantaine de centimètres grâce à ces retenues. Mais aujourd'hui, poursuit le journaliste, les lacs sont saturés après la précédente montée des eaux, ils n'ont pas pu se vider. La pluie n'a pas cessé depuis des semaines, le sol est détrempé et n'absorbe plus rien.

« Merde, ça a l'air grave », marmonne Tilia. Si seulement cette fichue pluie voulait bien s'arrêter. Ils ne peuvent même pas sortir, tellement elle tombe drue. Au cas où la Seine déborderait vraiment, les autorités, ou que sais-je, sauraient empêcher la catastrophe, enfin quand même, il ne peut rien se passer de grave, si ? Ils continuent à regarder les infos, le même sujet revient sur toutes les chaînes : la Seine qui monte, la pluie qui refuse de s'arrêter, l'angoisse qui grandit. Ah, ils feraient mieux d'éteindre, maugrée Tilia, et Linden appuie sur la télécommande. Le seul bruit est désormais le crépitement de la pluie dehors. Ils évoquent les cadeaux qu'ils vont faire à leurs parents : Linden a déniché le seul vinyle de Bowie qui manque à la collection de son père, *Station to*

Station. Paul l'avait égaré il y a des années, et n'avait jamais pu remettre la main dessus. Tilia s'est procuré la dernière biographie de Bowie en français. Quant à leur mère, pour l'anniversaire de mariage, ils lui offrent un cadeau commun que Tilia est allée acheter sur Old Bond Street : une clé Tiffany incrustée de diamants blottie dans son écrin turquoise.

« Je crois que je vais faire un petit somme », annonce Linden diplomatiquement. Il ne souffre pas beaucoup du décalage horaire, il voyage trop souvent pour en être affecté, mais il a envie d'être un peu seul, avant que ses parents arrivent. Tilia n'est pas dupe et se lève pour le laisser tranquille. En sortant, elle grommelle, ironique, qu'il a bien l'air crevé, mais que plus il avance en âge, plus il embellit, tandis qu'elle, c'est trop injuste, ressemble à une vieille sorcière. Taquin, il lui balance un oreiller à la tête au moment où elle claque la porte.

Il a tiré sur la corde ces dernières semaines, et cette fatigue accumulée, il la sent dans la tension de son cou et de ses épaules. Les mains chaudes et souples de Sacha, si habiles à le masser et à chasser sa lassitude, lui manquent. Ce ne sont pas les seules choses qui lui manquent, d'ailleurs, il y en a tout un tas. Tiens, il va en faire l'inventaire, se dit-il en s'allongeant sur le lit : le sens de l'humour de Sacha, son sourire, sa cuisine fabuleuse, son rire, ses yeux noisette, tantôt marron, tantôt verts, selon la lumière, ce parfum enchanteur juste sous ses maxillaires, son amour de l'opéra, et de *La Traviata* en particulier, son enthousiasme, sa sensibilité, sa créativité et son simple magnétisme. Sacha et lui ont passé très peu de temps ensemble à Paris, constate-t-il. Leur histoire a commencé à New York en 2013.

Il n'en demeure pas moins que Paris est clandestinement cher au cœur de Linden. Il entretient un lien personnel avec la ville ; enfouis au fond de lui, des souvenirs intimes d'amour, de tristesse et de plaisir l'unissent à elle, à la manière d'un secret doux-amer, et il repense souvent aux douze années qu'il a passées ici, entre 1997 et 2009. Il se revoit, godiche et maigrichon, douloureusement complexé, débarquant sur le seuil de Candice avec son sac à dos et sa joie d'être là, loin de Sévral, de ses parents, de Vénozan. Bon sang, qu'est-ce qu'il entendait par là, quitter la maison ? avait tonné sa mère. Pour aller où, pour faire quoi ? Les notes de Linden n'étaient pas glorieuses, la prof d'anglais avait même écrit dans son carnet de correspondance que Linden était « arrogant ». Tout en écoutant les remontrances de sa mère, Linden avait conscience qu'il ne pourrait jamais expliquer à quel point il se sentait différent, à tous égards. Il était un étranger, oui, même dans la ville qui l'avait vu naître ; il était un étranger parce que sa mère était une Américaine qui ne s'était jamais départie de son accent, et que lui était donc à moitié américain et se le voyait rappeler en classe chaque jour que Dieu faisait, même si son père venait d'une vieille famille de Sévral, même si son arrière-grand-père, Maurice Malegarde, avait fait fortune avec ses usines de cartonnage et légué une touche de magnificence à tous ses descendants en bâtissant Vénozan, une folie du début du xxᵉ censée imiter une villa toscane. Pour ce qui était de la prof d'anglais, la grincheuse Mme Cazeaux, comment pouvait-il expliquer à ses parents qu'elle était exaspérée par son anglais parfait qui ne faisait que mettre en lumière son propre accent épouvantable ? Non, il ne pouvait pas avouer à quel point il était mal à l'école, sans personne à qui se confier ; c'était comme s'il venait d'une autre planète, comme si les autres percevaient intuitivement sa différence et le rejetaient. Il ne s'intégrait pas, et cela le rendait malheureux. Le problème avait empiré avec la puberté, quand il avait poussé d'un coup et que les autres s'étaient sentis rabaissés. Il avait failli répéter à sa mère qu'ils le surnommaient fielleusement « l'Américain », aggravant par là son mal-être, mais faisant naître aussi un sentiment de révolte – après tout, il était né à la clinique de Sévral, comme la plupart d'entre eux. Ils l'affublaient d'autres surnoms, ils l'accablaient d'autres insultes. Il se sentait exclu, solitaire. Le pire, c'était quand sa mère venait le chercher dans la vieille camionnette à plateau, vêtue de sa robe courte en jean et coiffée de son chapeau de cow-boy, et que chacun d'eux, garçon comme fille, la reluquait avec insistance, forcément, c'était la plus belle femme qu'ils aient jamais vue, le charme incarné avec ses cheveux couleur de miel et sa silhouette voluptueuse. La seule personne à avoir conscience de son supplice quotidien était Tilia. Elle l'avait soutenu avec fougue quand il avait pris sa décision, et n'avait pas hésité à affronter leurs parents, éructant de colère : enfin, bon sang, pourquoi Linden ne pourrait pas s'inscrire dans un lycée parisien et passer quelques années chez sa tante ? C'était quoi leur problème, nom de Dieu, pourquoi est-ce qu'ils étaient si rétrogrades, mais enfin, quels vieux schnocks, Linden aurait seize ans en mai, il n'y avait rien de compliqué à changer de lycée en cours d'année, ces choses-là se faisaient, s'étaient déjà faites ! Linden avait besoin de prendre le large, d'explorer le monde, de découvrir d'autres contrées, ils ne le voyaient donc pas ? Il y avait eu un silence, leurs parents avaient échangé un regard puis posé les yeux sur lui, et Paul avait haussé les épaules. Si c'était ce que Linden voulait, au plus profond de lui, alors il n'arrêterait pas son fils. Lauren avait ajouté qu'elle allait tout de suite appeler Candice pour mettre au point le transfert de lycée. Linden avait dévisagé sa sœur avec une franche admiration et, en réponse, elle lui avait adressé un clin d'œil et fait avec ses doigts le V de la victoire. Dire que la plupart de ses condisciples si méprisants et imbuvables du lycée de Sévral se ruaient aujourd'hui sur sa page Facebook et « likaient » le moindre de ses posts ! Il en avait même vu certains se pointer à ses expositions, fayotant, lui tapant sur l'épaule, affirmant qu'ils savaient très bien qu'il allait devenir célèbre.

Sa tante Candice habitait au 1 rue de l'Église, dans ce banal arrondissement qu'était le 15ᵉ. Son immeuble se dressait au coin de la rue Saint-Charles, une longue rue animée s'étendant, vers le sud, de la rue de la Fédération jusqu'à la place Balard. Le quartier n'avait rien de branché, mais il s'en moquait. Lorsqu'il était arrivé par cette fraîche journée de mars, en 1997, il s'était enfin senti libre. Au sixième étage, sur le balcon de l'appartement ensoleillé de Candice, il avait contemplé la vue, euphorique, ses mains agrippant la rambarde. Il se revoit debout sur ce balcon, tel un capitaine à la barre de son bateau, Paris se déployant, tentateur, à ses pieds, le grondement de la circulation venant caresser ses oreilles à la manière d'une musique, ses parents et le charme bucolique de Vénozan remisés de plus en plus loin. Peu lui importaient le canapé-lit inconfortable, les complications de la vie amoureuse de sa tante, les nouvelles têtes au lycée du boulevard Pasteur. Il ne regrettait pas le printemps à Vénozan, les cerisiers si fiers de marquer l'arrivée de la belle saison, le parfum d'air vif et de lavande que rehaussait le mistral implacable. Il ne regrettait pas le pépiement des oiseaux, ni les senteurs exquises des roses rouge sang devant sa chambre, ni la vue sur les champs de lavande piqués de figuiers, de cyprès vert foncé et d'oliviers argentés. Il n'avait la nostalgie de rien à Vénozan. Pas même de l'arboretum de son père, qu'il aimait tant quand il était enfant. Il avait épousé sans réserve sa nouvelle vie de Parisien. Il s'était parfaitement intégré, au lycée. Il était populaire, pour la première fois de son existence. Nul ne soupçonnait qu'il était un bouseux, un garçon de la campagne qui n'avait pas peur des insectes, ni même des scorpions tapis dans les murs en pierre ; un garçon qui connaissait le pouvoir du vent, la puissance suprême de la tempête, le nom latin des arbres, et nul ne se doutait qu'il avait été élevé en compagnie des aigles, des chevreuils et des sangliers. Les autres le trouvaient « cool », avec sa maîtrise impressionnante des jurons américains et son léger accent du Midi. Ils ne se moquaient pas de son prénom ; ils se fichaient de qui était son père. On l'invitait aux fêtes ; des filles fantasmaient sur ses yeux bleus et son grand sourire. Il passait même pour beau. Personne ici ne le jugeait différent.

Le bip du téléphone sur la table de chevet le fait sursauter. C'est la réceptionniste, qui lui annonce l'arrivée de ses parents. Monsieur Malegarde souhaite-t-il descendre ? Il répond que oui, il descend tout de suite. Il se débarrasse du peignoir et attrape des vêtements dans l'armoire. Quelques instants plus tard, habillé, il quitte la chambre et emprunte l'escalier pour aller plus vite. La première chose qu'il remarque quand il rejoint le hall est la mine épuisée de son père. C'est un choc. Paul est affalé dans un fauteuil, la main calée sous le menton, la peau chiffonnée et anormalement pâle. Il porte un anorak sombre qui rend son teint plus blafard encore. Et puis il a l'air amaigri, presque émacié.

« Ah, mon chou, te voilà ! » s'écrie sa mère, de sa voix rauque et chaude. Elle le serre dans ses bras, avant de reculer pour le regarder, et lui, à son tour, la regarde, sa splendeur de mère, toujours magnifique à soixante et un ans, longiligne en bottes et blouson, ses cheveux blond cendré ramenés en arrière. Si les rides et les poches ont fait insidieusement leur apparition, elles n'ont pas porté atteinte à sa beauté : cette symétrie du visage, ce nez élégamment busqué, dont il a hérité, cette bouche charnue, ces yeux bleus fendus en amande que surmonte l'arc foncé des épais sourcils. Comme d'habitude, elle n'est pas maquillée, et, comme d'habitude, elle fait tourner les têtes. Il se penche pour enlacer son père silencieux, puis pivote vers Lauren, l'air interrogateur. C'est vrai, Paul n'est pas très en forme, lui confirme sa mère en baissant la voix, il a dû attraper froid. Un peu de repos, un bain chaud, et tout ira bien. Tilia surgit. Nouvelles embrassades. Sa sœur remarque immédiatement l'état de leur père. Inquiète, elle s'accroupit pour lui parler ; il ouvre de lourdes paupières, marmonne quelque chose au sujet d'un mal de tête. Dans ce cas, pourquoi ne monte-t-il pas s'allonger ? Il pleut bien trop fort pour sortir, et personne n'en a envie de toute façon, alors autant qu'il en profite. Lauren fait signe à la réceptionniste : les bagages peuvent être transportés dans leur chambre. Linden écoute sa mère expliquer à Agathe que son mari est fatigué, serait-il possible d'avoir une tasse de thé, quelque chose à grignoter ? Son français, après toutes ces années, est toujours lent et hésitant. Mais cela ajoute à son charme, et il voit que la réceptionniste y a déjà succombé. Une fois ses parents montés, il se tourne vers sa sœur.

« La sale mine qu'a Papa ! Tellement pâle », murmure-t-il. Tilia acquiesce, soucieuse. Paul, d'ordinaire, respire la santé, même au cœur de l'hiver.

Leur père si vigoureux et si robuste ressemble à un vieillard racorni. Cette pensée les fait frémir et ils restent un moment assis dans le hall de l'hôtel, côte à côte, hébétés, pendant que la pluie continue à arroser la ville.

À LA FIN DE LA JOURNÉE, Linden va vérifier comment vont ses parents. Il frappe doucement à la porte de la chambre 37, et sa mère vient ouvrir. Elle porte ses lunettes de lecture et a son téléphone à la main. Par-dessus son épaule, il aperçoit son père couché. Lauren chuchote qu'il se repose. Elle a annulé leurs projets de dîner pour ce soir. Le tumulte de la Rotonde sur le boulevard du Montparnasse n'était pas la meilleure idée pour Paul, dans l'état de fatigue où il se trouve. Elle commandera un room-service plus tard ; Tilia et Linden disposent de leur soirée. Linden hésite à dîner avec sa sœur. Il est tenté, la compagnie de Tilia est divertissante, mais peut-être devrait-il tirer parti de cette liberté imprévue dans leur week-end familial pour voir de vieux amis. Il dit à sa mère qu'il va plutôt faire ça. Tilia ne lui en voudra pas.

Linden contourne le lit sur la pointe des pieds afin d'examiner le visage de son père. Sa peau est toujours grise et ravinée.

« Il va bien ? » demande-t-il, préoccupé, à sa mère. Ils devraient peut-être appeler un médecin ? Lauren est penchée sur son portable, ses doigts volent sur les touches. Paul a une mine de déterré, d'accord, mais ça va aller, elle n'est pas inquiète. Il en a trop fait ces derniers temps, comme d'habitude, ajoute-t-elle, en relevant ses lunettes sur sa tête. Paul est incapable de dire non quand il y a un arbre à sauver, même à l'autre bout de la planète. Il n'a pas arrêté depuis l'été dernier. Et quand il est à la maison, il ne lève jamais le pied, à inspecter le moindre centimètre carré du domaine, à surveiller ses tilleuls chéris. Cela n'avait pas été évident de le convaincre de venir à Paris, poursuit-elle à voix basse, ils savaient tous combien il détestait la ville.

Linden n'a aucune réminiscence urbaine de son père. Tout ce qui a trait à Paul Malegarde est ancré dans la nature. Dans le souvenir le plus lointain qu'il avait de lui, son père arpentait les pentes abruptes de Vénozan de son pas précis et régulier, suivi de Vandeleur, son fidèle jardinier, un chien ou deux sur leurs talons. Les mains de Paul paraissaient éternellement souillées, et Linden avait tôt fait d'apprendre que ce n'était pas de la crasse qui les noircissait mais de la terre, associée à cette poudre fine qui recouvrait l'écorce des arbres. Son père caressait les arbres comme s'il s'agissait des créatures les plus attachantes au monde. Les arbres étaient tout aussi vivants que les êtres humains, avait expliqué Paul à son petit garçon, le soulevant pour qu'il puisse à son tour toucher la surface rugueuse. Les arbres doivent se battre pour survivre, lui avait expliqué son père, ils le doivent en permanence : pour trouver de l'eau, de l'espace, de la lumière, pour se protéger de la chaleur, de la sécheresse, du froid, des prédateurs ; ils doivent aussi apprendre à se défendre contre les orages, et plus les arbres sont grands, plus ils donnent prise au vent. Debout sous le soleil, leurs racines plongeant dans le sol humide, les arbres semblent avoir un mode de vie très simple, mais en réalité les choses sont bien plus subtiles ; les arbres peuvent anticiper, ils ont conscience des saisons, de la luminosité, des changements de température. Ils propagent d'énormes quantités d'eau, ils canalisent la pluie à mesure qu'elle tombe, ils possèdent un pouvoir que l'homme doit respecter. Les humains ne seraient rien sans les arbres, affirmait son père. Il pouvait disserter à l'infini, ses discours n'ennuyaient jamais Linden. Même les appellations botaniques des arbres le subjuguaient lorsqu'il était enfant. *Ficus carica, quercus, prunus, olea, platanus…* Ces noms latins qui voulaient dire figuier, chêne, prunier, olivier, platane, il les avait parfaitement mémorisés. Sans oublier le préféré de son père, *tilia*, pour tilleul, ou *linden* en anglais, à qui sa sœur tout comme lui devaient leurs prénoms. L'arboretum, situé juste au-dessus de Vénozan, se composait de cinquante tilleuls majestueux, plantés bien avant que Maurice Malegarde, le grand-père de Paul, ne fasse construire la maison en 1908. C'était là, Linden le savait, que Paul avait emmené Lauren durant la canicule de 1976. Elle aussi avait été ensorcelée. Comment ne pas l'être ? Avec leurs abondantes frondaisons entrelacées, les tilleuls formaient une vaste canopée veloutée. Se tenir sous ce dais somptueux en été, c'était s'immerger dans un bain vert luminescent au divin parfum de miel, cerné par le bourdonnement des abeilles voltigeant de fleur en fleur.

Tandis qu'il observe son père allongé, Linden se rappelle qu'il n'a jamais été à Vénozan avec Sacha. Sacha n'a jamais vu les tilleuls en fleur, et sait très peu de choses de cette partie de sa vie, parce que Linden l'a reléguée dans le passé. Depuis cinq ans qu'ils sont ensemble, il n'a jamais été question d'aller dans la Drôme avec Sacha. Pourquoi? Est-ce parce que son père ne les a jamais officiellement invités? Est-ce parce que Linden n'a pas trouvé le courage de venir? Ce n'est pas la première fois que ces pensées lui effleurent l'esprit. Comme toujours, il les chasse, perturbé.

Quelques instants plus tard, dans sa chambre, Linden appelle Sacha sur FaceTime. Il est dix heures du matin en Californie. Sacha est au bureau, à Palo Alto. Le visage bien-aimé apparaît sur l'écran, les yeux noisette, le sourire si charmant. Linden raconte sa journée à Sacha, la pluie, la Seine, l'air exténué de son père. Sacha lui parle de la start-up, des chats, de la météo, tellement splendide qu'on a du mal à imaginer le déluge parisien. Après avoir dit au revoir à Sacha, Linden réfléchit à ce qu'il va faire de sa soirée. Il passe en revue les contacts sur son téléphone. Il y a un nom, bien sûr, qui lui vient sans même avoir à le lire. Un nom qui ne figure même plus dans son répertoire. Hadrien. Linden connaît encore son numéro par cœur. Et il n'a pas davantage oublié l'adresse, 20 rue Surcouf, 75007 Paris. Troisième étage à droite. La tristesse. La douleur. Comment se fait-il que certains souvenirs ne s'effacent jamais?

Le nom qu'il choisit ensuite est celui d'Oriel Ménard. Il tombe sur sa boîte vocale au bout de quelques sonneries. C'est une photographe qu'il a rencontrée en 2003 après avoir décroché son diplôme de la prestigieuse École de l'image des Gobelins. Un peu plus âgée que lui, Oriel exerçait déjà à ce moment-là, et elle lui avait prodigué des conseils fort utiles lorsque lui-même avait débuté. Elle travaille aujourd'hui pour une agence française où elle réalise des portraits d'écrivains. Il est en train de lui laisser un message quand elle le rappelle, ravie d'apprendre qu'il est à Paris pour une réunion de famille. Ils conviennent de se retrouver dans une demi-heure au Dôme, au coin de la rue Delambre et du boulevard du Montparnasse. Armé d'un parapluie prêté par l'hôtel, une écharpe bien chaude autour du cou, Linden remonte la rue sous les trombes d'eau glacées, sautant pour éviter les flaques. Des piétons se dépêchent, enveloppés dans des imperméables. Des voitures passent; leurs roues émettent des bruits de succion caoutchouteux. Au Dôme, presque vide, à l'exception d'un couple, un serveur à l'air sévère explique à Linden qu'il n'a jamais vu ça : cette pluie, torrentielle, incessante… Désastreux pour les affaires. Il ferait aussi bien de donner son congé et de fiche le camp de cette ville, avant que les vrais ennuis commencent, avant que le fleuve vienne tous les engloutir. Linden lui demande s'il croit réellement que la Seine va déborder. L'homme le dévisage et demande à son tour, poli mais avec une pointe de sarcasme, si monsieur vient d'une autre planète.

« Je vis à San Francisco », avoue Linden, confus. Et là-bas, ajoute-t-il, c'est un tremblement de terre que les gens redoutent, le fameux « big one », mais cela ne les empêche pas de continuer à vivre. Le serveur hoche la tête : ici c'est la même chose, les Parisiens continuent à vivre, mais la pluie n'a pas cessé, les prévisions ne sont pas bonnes, la Seine pourrait déborder comme en 1910, et alors quoi ? La ville sera paralysée, des milliers d'habitants se retrouveront sans abri, l'activité économique sera stoppée, et le gouvernement, à son avis, devrait prendre le problème plus au sérieux. Qu'est-ce qu'ils attendent ? Pourquoi marchent-ils comme ça sur des œufs ? Il faut qu'ils agissent maintenant, très vite, tant que l'eau n'arrive qu'aux chevilles du Zouave. Après, il sera trop tard. Au grand soulagement de Linden, la harangue du serveur est interrompue par l'arrivée d'Oriel. Linden n'a pas vu son amie depuis un certain temps. Elle a toujours sa tignasse châtaine, sa bouche en cœur, ses yeux gris. Elle est jolie, frêle, habillée en noir comme à son habitude. Ils se parlent en français. Linden est content de s'exprimer dans la langue de son père. Au début, son français est un peu rouillé, des intonations américaines affleurent par-ci par-là ; il les réprime, se réadapte, puis, au bout de quelques minutes, il retrouve sa fluidité habituelle. Ils commandent du chardonnay, et soudain, au moment où ils trinquent, Oriel éclate de rire.

« Je repense à un truc ! » Est-ce qu'il se souvient de ce qui s'était passé quand ils avaient fait connaissance, en 2003 ? Linden, intrigué par son hilarité, répond que non. Ah, c'était atroce, reprend-elle, avalant une gorgée de son vin. Il avait vingt-deux ans, elle vingt-quatre, une soirée pour fêter le diplôme des Gobelins, dans un loft, près des Halles, elle s'était ridiculisée en le draguant. Ça lui revient maintenant : elle l'avait acculé dans un coin sombre et avait pressé ses lèvres sur les siennes. Il lui avait rendu son baiser, gentiment, mais quand elle avait voulu aller plus loin, il l'avait repoussée avec politesse. Malgré cela, elle n'avait pas pigé, l'avait embrassé encore, promenant ses mains sur ses cuisses, les glissant sous sa chemise, murmurant qu'il n'avait pas à avoir peur, qu'elle allait s'occuper de tout, qu'il pouvait se détendre, fermer les yeux, sur quoi il avait déclaré, aussi simplement que possible, qu'il n'était pas branché filles. Ses yeux gris s'étaient écarquillés et elle l'avait dévisagé, puis, après plusieurs secondes de silence, elle avait marmonné : il voulait dire qu'il était… ? Il avait terminé sa phrase à sa place : gay, oui, il était gay. Elle avait paru tellement accablée qu'il s'en était voulu ; il lui avait caressé la joue en lui assurant que ce n'était pas grave. Elle avait alors répliqué, il s'en souvenait très bien, qu'il n'avait pas du tout l'air gay : comment aurait-elle pu deviner ? C'était injuste, il était si beau, grand, viril, comment aurait-elle pu savoir ? Il lui avait demandé, à mi-voix, avec un sourire espiègle, si elle pouvait lui expliquer ce que signifiait *avoir l'air gay*, et elle avait plaqué sa main sur sa bouche en bredouillant « désolée ». Se rend-il compte qu'ils sont amis depuis plus de quinze ans ! s'exclame-t-elle à présent. C'est fou, non ? Et si on prenait un autre verre de chardonnay pour fêter ça ? Linden fait signe au garçon. Oriel enchaîne en répétant que c'est décidément incroyable, surtout quand on considère qui il est devenu, Linden Malegarde – elle prononce son nom de manière appuyée –, célèbre dans le monde entier pour ses portraits saisissants, et le plus stupéfiant c'est qu'il n'a pas changé d'un iota, un succès pareil aurait pu faire de lui un poseur prétentieux, mais non, il est resté quelqu'un de formidablement sympathique. Elle lui donne une tape chaleureuse dans le dos. Linden n'a jamais trop aimé ce genre de bavardages : il se demande chaque fois si son interlocuteur ne nourrit pas une amertume cachée à l'égard de sa notoriété, et tandis qu'Oriel poursuit, il contemple son vin en écoutant la pluie tomber sur la verrière. Oriel dit qu'elle pourrait raconter au monde tout ce qu'elle sait, l'époque où il portait toujours le même blouson de cuir noir avec le même jean noir, l'époque où il avait les cheveux longs et ondulés comme un hippie préraphaélite – il grimace –, l'époque où il habitait le 15e chez sa tante américaine qui passait ses soirées à attendre un coup de téléphone de son amant français marié. Linden lui apprend d'un ton grave que sa tante Candice est morte il y a six ans, qu'il n'a pas pu assister à son enterrement, et qu'il s'en est affreusement voulu. Candice avait joué pour lui un rôle crucial durant les années où il avait logé chez elle. Il s'abstient de raconter à Oriel comment Candice est morte, le chagrin que lui a causé cette disparition, les marques indélébiles qu'il en a gardées.

Le serveur morose apporte la deuxième tournée, et lorsqu'il s'éloigne, Linden chuchote à l'oreille de son amie que l'homme, avant qu'elle n'arrive, s'est montré plus que pessimiste au sujet de la crue. Oriel prend une mine solennelle. Elle lui répond à voix basse que le serveur a raison, il se peut très bien qu'une inondation survienne et que ce soit l'enfer. Linden la met en boîte, mais enfin qu'est-ce qu'elle raconte? Elle parle comme ces reporters alarmistes des journaux télé qui peignent le plus sinistre des tableaux et qui paniquent tout le monde.

« Ce n'est peut-être pas le week-end idéal pour être à Paris, tu sais », déclare Oriel avec mesure. À cause de la pluie, veut-elle dire? Elle le dévisage, comme s'il était stupide. Oui, la pluie et la crue, est-ce qu'il se rend compte de ce qui pourrait arriver, dans une ville comme Paris? Il n'en a aucune idée, pas vrai? Son ton condescendant est un brin agaçant. Enfin, il n'y a pas eu de mise en garde officielle, si? On n'a interdit à personne de venir à Paris. Elle en rajoute un peu, non? Pas du tout, réplique-t-elle. Elle a un ami proche qui travaille à la mairie de Paris, et là-bas ils sont sur le qui-vive. Le niveau a atteint trois mètres quatre-vingts au pont d'Austerlitz, et si ça continue à ce rythme, d'après son ami, ils vont devoir interrompre toute circulation fluviale. Si la pluie ne s'arrête pas, ils sont dans de sales draps. La Seine monte trop vite. Perplexe, Linden objecte qu'il croyait que les crues centennales, par définition, ne survenaient qu'une fois par siècle, que la ville avait retenu la leçon de 1910, que Paris était préparé. C'est ce que tout le monde pense, admet-elle, avec une ironie désabusée. Tout le monde pense que Paris est protégé. Tout le monde pense que la Seine a été apprivoisée, qu'il ne peut y avoir une nouvelle crue. Mais Paris n'est pas protégé. Son ami Matthieu lui a dit que la situation pouvait dégénérer, très vite, beaucoup plus vite qu'on ne l'imagine, et qu'ils en sauront davantage demain matin, ou même durant la nuit. Matthieu lui a expliqué que le débit de la Seine était constamment surveillé, que le plus compliqué était de réussir à déterminer si la montée des eaux était un phénomène susceptible de se résorber en quelques jours, comme en novembre, ou au contraire l'annonce d'une crue désastreuse. La dernière fois, avant même que l'eau n'atteigne les six mètres, sous la taille du Zouave, la préfecture avait émis de sévères mises en garde, déplacé les habitants de certaines zones des 12e, 7e et 15e arrondissements, envoyé l'armée, condamné des stations de métro, fermé le musée du Louvre et le musée d'Orsay, mais le niveau avait fini par baisser. Le gouvernement avait été critiqué pour avoir affolé les Parisiens inutilement. Deux mois plus tard, les autorités procédaient à pas comptés, conscientes qu'elles n'avaient pas droit à l'erreur.

« Je suis ici pour les soixante-dix ans de mon père et l'anniversaire de mariage de mes parents », explique Linden à Oriel. Ce n'est pas un événement facile à annuler. Il y aura quand même bien moyen d'éviter les secteurs inondés ? Oriel prend un air grave. Elle lui enverra un SMS si elle a des nouvelles de Matthieu. La Seine va faire les gros titres, ça ils peuvent en être sûrs. Dans le bon sens ou dans le mauvais. Très certainement dans le mauvais. Linden l'interrompt, cette conversation lui sape le moral, et s'ils mangeaient un morceau ? Et son travail, est-ce qu'elle fait toujours des portraits d'écrivains ? Il en a photographié plusieurs récemment, des auteurs de best-sellers qui se prennent pour les rois du monde sous prétexte qu'ils ont vendu des millions d'exemplaires. Ils commandent des fruits de mer et encore du vin, et Oriel se met à lui raconter gaiement ses histoires de boulot. Deux heures plus tard, lorsqu'ils se séparent, la pluie tombe toujours.

De retour à l'hôtel, à minuit, Linden trouve un mot de sa mère sous sa porte. *Ton père a l'air mieux, il a mangé de la soupe de légumes et il dort comme un bébé. À demain.* Tilia lui a envoyé un SMS pour lui dire qu'elle a bu un verre avec une vieille amie et se couche de bonne heure. Il n'allume pas la télévision mais sort plutôt son iPad de l'étui et se connecte au wi-fi de l'hôtel. Il a reçu plusieurs messages de Sacha, auxquels il s'empresse de répondre. Rachel, qui sait pourtant qu'il est *off* dans les jours qui viennent, lui a fait suivre par mail quelques propositions. Il les épluchera plus tard.

Linden vérifie le mot « Seine ». Il vient de *Sequana*, un nom utilisé par les Gaulois et les Romains qui naviguaient sur le fleuve et avaient élu domicile sur ses rives marécageuses. Le site deviendrait Lutèce, puis Paris. Sequana, déesse celtique dotée du pouvoir de guérison, était vénérée aux sources du fleuve près de Dijon. Elle était représentée debout dans une barque, ses bras gracieusement étendus. Linden poursuit sa lecture. Il n'en revient pas que le fleuve ait si souvent détruit la ville qu'il a par ailleurs fait prospérer ; il y a eu au moins soixante inondations majeures depuis les premiers relevés attestés datant du vi^e siècle. La crue la plus meurtrière, mesurée au pont de la Tournelle, est advenue en février 1658 : la Seine avait atteint les huit mètres quatre-vingt-seize, son plus haut niveau jamais enregistré. Des dizaines de personnes étaient mortes noyées, les maisons construites sur le pont Marie avaient été emportées par les flots déchaînés.

Lorsqu'il s'endort, la dernière pensée de Linden n'est pas pour Sacha, ni Sequana et son diadème, pas plus que pour la pluie qui continue à tambouriner dehors, mais pour son père, qui dort dans la chambre en dessous, avec sa mère ; son père, qu'il aime, mais à qui il n'arrive pas à parler. Quelque chose le retient toujours. Timidité, appréhension, ou allez savoir quoi, impossible pour eux d'avoir de vraies conversations. Ils n'en avaient jamais eu. Pour ne rien arranger, Paul était du genre réservé, à part sur ses deux sujets de prédilection, les arbres et David Bowie. Linden se demande si Lauren n'a pas mis au point ce week-end familial dans l'espoir que s'instaure une communication entre le père et le fils. Le sentiment de malaise persiste chez Linden. Et si Paul ne voulait pas en savoir davantage sur son fils, ne désirait pas apprendre qui il est, qui il aime?

DEUX

Une photographie
est un secret sur un secret. Plus elle vous en dit,
moins vous en savez.

Diane Arbus

Je me souviens de son nom. Même s'il n'a plus jamais été prononcé après. Je me souviens aussi de son visage. Doux et rond. Rose, des joues veloutées. Sa voix. Ses cheveux, châtain clair. Son parfum, citronné. Elle était jeune. Sans doute dix-sept ans, peut-être plus jeune encore. C'était une fille du coin. Son père était trufficulteur. Elle avait été embauchée pour s'occuper de moi, deux après-midi par semaine, parce que ma mère était enceinte. J'avais quatre ans. J'étais trop petit pour l'école. Elle venait, toujours souriante, et nous allions nous promener dans le domaine de mon grand-père.

Il y avait tant de choses à voir. Surtout en été. La mare noire là-haut près du bouquet d'arbres non loin du col, où les crapauds coassaient. Nous leur lancions des cailloux, et riions lorsqu'ils se sauvaient à la nage. Les cyprès au bout de la vallée, qui se dressaient grands et fiers comme des guerriers. Elle les appelait les Mohicans. Attention, les Mohicans vont venir t'attraper, disait-elle, pour me faire peur. Parfois, c'est vrai, on aurait dit des Indiens géants aux impressionnantes coiffes en plumes, dévalant les collines à grandes enjambées. Nous nous installions dans les champs de lavande, tranquillement. Elle confectionnait des couronnes de pâquerettes qu'elle plaçait sur sa tête. Elle était jolie. Nous chantions « À la claire fontaine ». Nous comptions les papillons. Nous faisions entrer des chenilles dans de vieilles boîtes d'allumettes afin de les étudier quand elles s'y tortillaient. Nous cueillions des abricots sur les branches chargées de fruits en juillet. Nous allions chercher du lait et des œufs à la ferme voisine. Des moutons paissaient devant, gardés par leur colley blanc. J'étais un gamin heureux. Quand les taons me piquaient, elle savait me soulager. Elle soufflait sur la vilaine piqûre rose et me fredonnait un petit air tout bas.

Plusieurs fois, en février, alors que le mistral soufflait fort et qu'il faisait un froid glacial, elle m'avait emmené dans la truffière bien protégée de son père. Nous le regardions récolter sous les chênes les précieux champignons sauvages. Sa chienne était dressée pour les flairer même sous les pierres calcaires et les racines. J'adorais observer l'animal quand il collait son museau au sol, puis grattait la terre de ses pattes. Le père de la jeune fille extrayait alors la truffe avec soin à l'aide de sa pelle spéciale. Les champignons ne me paraissaient pas si extraordinaires, petits, noirs, ronds et irréguliers, parfois bosselés, mais le père de la jeune fille disait qu'ils n'avaient pas de prix. Il me les faisait toujours respirer. Une puissante odeur de moisi. Je n'étais pas certain de l'aimer. Mais quand je ramenais ma récolte à la maison, délicatement enveloppée dans un torchon, mes parents étaient toujours ravis.

Je dois maintenant choisir les mots avec soin et expliquer exactement ce qui s'est passé. Et comment, enfant, j'avais perçu la chose.

Je dois retrouver cet esprit enfantin, ces yeux de l'enfance. Oublier ma vision d'adulte. Raconter ce qui s'est passé franchement, fidèlement, même si cela me remplit d'horreur.

L E PORTAIL DE VÉNOZAN se trouve sur la route de Nyons, quand on sort de Sévral par l'est. Le village le plus proche est Léon-des-Vignes, réputé pour son huile d'olive et ses truffes. On ne distingue pas la maison de la route. L'allée de cailloux pâles monte en serpentant, se dévidant tel un long ruban à travers les abricotiers, les vignes et les champs de lavande. C'est un coin de terre paisible, où seul le grondement d'un tracteur empiète parfois sur le silence. Les touristes ne s'aventurent pas sur ces hauteurs, ils craignent que le sentier pierreux n'abîme leurs pneus, mais des randonneurs surgissent parfois, bâton à la main. Grimpant et tournicotant sans trêve, le sentier monte en pente tellement raide que les véhicules doivent changer de vitesse, que le marcheur ou le cycliste manquent bientôt de souffle. La maison apparaît alors, et ceux qui la découvrent sont souvent ébahis. On croirait qu'elle date de la Renaissance. Maurice Malegarde, l'arrière-grand-père de Linden, voulait que Vénozan ressemble aux pavillons de chasse toscans de la famille Médicis. Maurice n'était jamais allé en Italie, n'avait jamais vu le moindre pavillon de chasse des Médicis, c'était un humble garçon de ferme né dans une petite maison près de Sévral, mais la fortune considérable tirée de son entreprise d'emballage avait engendré chez lui, à trente-cinq ans, une certaine folie des grandeurs. Rien n'était trop beau pour lui et sa charmante femme, Yvette, elle aussi d'origine modeste. Ses usines, toutes prospères, produisaient des boîtes en carton. Ces emballages avaient été les premiers à permettre d'expédier dans le monde entier des vers à soie vivants : les trous ingénieusement percés dans les parois évitaient que les larves si fragiles ne meurent asphyxiées durant les longs voyages. Les industriels de la soie s'étaient empressés d'adopter ce conditionnement, bientôt imités par les fabricants de parfums et de cosmétiques. Les cartons Malegarde faisaient fureur : joliment décorés, pratiques et faciles à usiner, ils créaient en outre de l'emploi. Au début du xxᵉ siècle, la production de cartons d'emballage avait constitué une véritable manne pour Sévral et sa région, non seulement pour Maurice Malegarde, qui avait été un des premiers à y établir ses usines, mais pour tous ceux qui lui avaient emboîté le pas. Des trains entiers chargés de cartons quittaient la gare de Sévral deux fois par jour, en partance pour Marseille, Paris ou Lyon.

Quand Maurice Malegarde avait décidé de construire sa maison, il avait cherché dans les alentours l'emplacement idéal. Il n'avait pas mis longtemps à le trouver : à Vénozan, il avait été conquis par un vaste terrain, qui s'étendait juste

SENTINELLE DE LA PLUIE

au-dessous d'un arboretum qu'un fermier inspiré avait planté des générations plus tôt. Un grand tilleul, dont la beauté et la vieillesse manifeste avaient très certainement attiré le fermier botaniste, trônait au cœur du peuplement d'arbres de la même espèce. L'achat des parcelles avait nécessité d'habiles tractations, et d'épaisses enveloppes de billets avaient allègrement circulé sous les tables. Maurice avait engagé un architecte parisien en vogue qui vouait un culte à l'art italien et au quattrocento. La maison, qui avait demandé deux ans de travaux, était une robuste forteresse en pierre blonde dotée d'un toit crénelé. Campée au-dessous de l'arboretum, elle affichait sa patine nonchalante face à la vallée comme si elle occupait les lieux depuis des siècles, ornée sur ses flancs d'un chêne, d'un érable, d'un orme et de deux platanes. Le vent du nord-ouest s'époumonait en vain contre son dos massif.

Maurice Malegarde, homme sociable doté d'une grosse moustache, organisait avec la belle Yvette des réceptions somptueuses, dont on parlait dans tout le comté. Les gens venaient de loin pour y assister, faisant de Vénozan l'endroit où il fallait être. Coiffé d'un haut-de-forme, l'air avantageux, Maurice accueillait ses invités sur le perron, tandis que l'orchestre jouait une valse et que les serveurs proposaient du champagne. Dix ans plus tard, il avait ajouté à son nom celui de la commune et s'était octroyé un titre imaginaire, faisant inscrire un ostentatoire « Baron de Malegarde-Vénozan » non seulement sur ses cartes de visite, mais sur l'étiquette d'un vin blanc qu'il avait eu l'audace de produire pendant quelques années. Le prétentieux Maurice était mort d'une crise cardiaque à soixante-dix-neuf ans, en 1952. Son fils François, né en 1908 avec la maison, n'avait pas hérité du panache de son père. C'était un homme timide et peu loquace qui ne s'était jamais senti à l'aise dans l'immense domaine paternel. Quant à sa femme Mireille, originaire de Montélimar, elle mourait d'ennui dans ce cadre par trop champêtre. L'animation de sa ville natale lui manquait : il ne se passait jamais rien ici, du moins rien d'excitant ; il n'y avait que du vent, et des arbres et de la lavande à perte de vue. Après avoir donné naissance à ses deux enfants, Paul, en 1948, et Marie, en 1952, elle avait estimé avoir accompli son devoir. Elle était restée à Vénozan le temps de les élever, mais quand son fils avait eu douze ans, elle entama une liaison discrète avec un fermier de Visan, un village voisin. Cinq ans plus tard, François avait placidement accepté le divorce. Mireille s'était remariée et avait déménagé. François avait rencontré une institutrice du nom de Brigitte ; elle était veuve et il avait noué avec elle une relation paisible. Jamais il n'aurait osé se servir du titre usurpé de son père, que cet intrigant de Maurice s'était débrouillé pour intégrer dans les documents relatifs au domaine et à la famille.

Sous la direction hésitante de François Malegarde, la splendeur de Vénozan avait décliné pendant une vingtaine d'années. À l'inverse de son père, François ne possédait pas le sens des affaires ; il n'exploitait pas les usines d'une main aussi sûre. Après un apogée, le règne de l'emballage carton touchait lentement à sa fin. François ne parvenait pas à assurer la bonne marche de la maison. En hiver, sans chauffage central, les immenses pièces étaient glaciales, malgré les énormes cheminées. Vénozan était construite sur les hauteurs du village. Aussi la neige n'avait-elle rien d'insolite à partir de décembre. Les jardins dont Maurice avait été si fier étaient laissés à l'abandon, envahis par les ronces et les mauvaises herbes. La maison humide et mal entretenue se fissurait. Certains plafonds fuyaient.

En 1970, François Malegarde avait succombé à un cancer du foie à l'âge de soixante-deux ans. Son fils Paul, vingt-deux ans, était installé non loin du domaine à Buisson-les-Baronnies, où il travaillait pour un jardinier paysagiste. Paul et sa sœur Marie avaient hérité de la maison, mais il avait bientôt été décidé que Paul la récupérerait. Marie était fiancée à un cultivateur bourru prénommé Marcel qui, établi à Léon-les-Vignes, n'avait aucune intention d'investir un centime dans Vénozan. Paul s'était réinstallé là-bas durant l'hiver 1970. Une tâche énorme l'attendait : s'occuper des jardins, de l'arboretum, de la maison, et ce avec des moyens limités. C'était une entreprise de longue haleine à laquelle il se donna corps et âme. Il trima jour après jour, aidé par ses amis, des gars du coin qui connaissaient la terre et l'aimaient autant que lui. Pas question de reproduire l'extravagance de son grand-père, d'organiser des cocktails princiers.

Six ans plus tard, au moment de sa rencontre avec Lauren, Paul avait déjà réussi à transformer le domaine en un petit paradis sur terre.

L E RIDEAU DE PLUIE ARGENTÉE chatoie toujours
derrière la fenêtre lorsque Linden se réveille. Il est neuf
heures et quelques. Il envoie un SMS à sa mère pour savoir
comment va Paul. Lauren répond aussitôt: *Bien! On petit-
déjeune, tu nous rejoins?* Après une douche, il descend dans
la salle à manger près du hall. Son père est encore pâle, et
étrangement bouffi. Il mange des céréales, penché sur son bol.
Chaque mouvement qu'il fait semble au ralenti. Lauren paraît
enjouée, son sourire un peu trop éclatant. Qu'importe s'il
pleut! Ça ne va pas les empêcher d'aller au musée: elle a réservé
les billets sur Internet, et si l'un d'eux est fatigué, il pourra se
reposer, il y a plein d'endroits pour ça dans les musées. Tilia?
Elle dort encore, comme d'habitude. Linden parle à son père,
avec douceur, il veut savoir comment il se sent. C'est son
anniversaire, après tout, et ils le fêteront ce soir. Paul répond
d'une petite voix enrouée. Il a les yeux larmoyants, le bord
des paupières enflammé. Il est si peu lui-même que Linden ne
comprend pas qu'il n'ait pas consulté de médecin.

« Je n'ai pas besoin de médecin, lui dit son père, de la même voix grêle. Je vais bien. »

Linden se demande depuis combien de temps il a cette allure-là et cette voix. Il voudrait poser la question à sa mère, mais il se doute qu'elle ne lui répondra pas, du moins pas devant Paul. Elle change déjà de sujet, adroitement, tendant le bras pour servir à son mari une autre tasse de café. Linden n'en revient pas de la voir donner le change de façon si naturelle, comme s'il n'y avait rien d'anormal chez Paul. Linden a-t-il vu les infos? s'enquiert-elle. Non, il est descendu directement. Lauren continue à babiller pendant que Paul mastique ses céréales en silence, sa cuillère naviguant avec une extrême lenteur, d'autant plus surprenante que son père, d'habitude, engloutit la nourriture et a déjà nettoyé son assiette avant que les autres n'aient même commencé. Sa mère parle étrangement fort ce matin, remarque Linden. Dieu sait comment tous ces gens vont faire, dit-elle d'une voix tonnante, brandissant un morceau de croissant. Enfin quoi, les autorités vont trop loin, non, à tout annuler comme ça à la dernière minute, à envoyer tout le monde se faire voir, tous ces mannequins, ces coiffeurs, ces maquilleurs, ces photographes… Linden réalise qu'elle parle de la Fashion Week. Les créateurs sont verts de rage, à ce qu'il paraît; on le serait à moins! Linden prend son téléphone pour vérifier sur Twitter. La Fashion Week, qui était censée débuter aujourd'hui et durer jusqu'à jeudi prochain, a en effet été annulée sur ordre de la préfecture. La Seine continue à monter: baignant les mollets du Zouave, elle dépasse désormais les quatre mètres et les autorités ont décidé de prendre des mesures, comme Oriel l'avait prédit. Les défilés ne sauraient être transférés sur d'autres sites, en cette période critique où le gouvernement est en alerte. Toute navigation fluviale a cessé et certains musées seront fermés, comme Orsay, Branly et très certainement le Louvre. (Linden lit cette dernière mention à haute voix, et sa mère grommelle.) On érige des remparts autour de nombreuses stations de métro afin de les protéger, et le quai de la Gare, zone où la Seine entre dans Paris, a été inondé. L'afflux des eaux menace les égouts, et la situation pourrait s'aggraver dans les heures qui viennent.

L'arrivée de Tilia coupe court à la lecture de ces nouvelles préoccupantes. Sa sœur a les cheveux attachés en un chignon désordonné. Elle porte un pull ample et un jean large. Ce n'est pas la première fois qu'il se le dit, mais, décidément, il ne doit pas être facile d'être la fille de Lauren, de ne pas avoir hérité de son physique, d'être toujours comparée, défavorablement, à sa mère. Tilia s'en formalise-t-elle ? Bien qu'elle ne le montre jamais, Linden imagine qu'elle a dû souffrir, et souffre sans doute encore. À dix-neuf ans, Tilia elle aussi avait quitté Vénozan. Elle était partie vivre au Pays basque avec Éric Ezri, qu'elle avait épousé peu après la naissance de leur fille. Mais Linden n'ignore pas que le lien entre Tilia et ses parents est extrêmement fort, il sait combien elle est tendre et prévenante avec eux, et il le constate une fois de plus, alors que Tilia prend la main de Paul, de toute évidence perturbée à la vue de ses traits enflés et las. Bougon, Paul marmonne la même réponse à sa fille, il va bien, pas besoin de médecin, il va très bien, est-ce qu'ils pourraient par pitié arrêter de s'alarmer? Bon, alors, maintenant ils vont s'inquiéter pour le fleuve, réplique Tilia en attrapant un pain au chocolat. Ils ont une chance folle, non, d'être dans un hôtel qui ne risque pas d'être inondé? Lauren a été fine mouche d'y avoir pensé quand elle a réservé! Sa mère répond qu'elle ignorait que la rue Delambre se trouvait dans un secteur hors de portée de la crue, tout comme, d'ailleurs, le restaurant de ce soir. Elle a vérifié sur Internet. La mère et la fille bavardent comme autrefois, tandis que le père et le fils se taisent. Ça a toujours été comme ça, dans leur famille. Pourtant, quand Linden a quitté la maison pour s'installer à Paris, il a cessé de se taire. Les complexes qu'il éprouvait à Sévral en pénétrant dans l'enceinte du collège s'étaient évaporés. En grande partie grâce à Candice. Sa tante ressemblait à sa mère, en ce sens qu'elle aussi était une grande blonde à la silhouette avantageuse, mais elle avait une qualité qu'elle ne partageait pas avec Lauren, elle savait merveilleusement écouter. Lorsque Linden avait emménagé dans l'appartement de la rue de l'Église, elle ne lui avait rien demandé, elle s'était montrée posée et chaleureuse. Il s'était senti le bienvenu dès qu'il avait franchi la porte. Il avait remarqué qu'elle était plus sophistiquée que sa mère, tant dans son apparence – coupe au carré impeccable, jupes crayon et talons aiguilles – que dans son mode de vie. Chez elle, les murs de chaque pièce étaient tapissés de livres, et bien souvent, en rentrant, il la trouvait en train de lire sur le canapé, absorbée, son chat Muffin en boule sur ses genoux. Ils parlaient en anglais, même si le français de Candice était excellent, avec seulement un rien d'accent américain. Elle vivait à Paris depuis déjà plus de quinze ans. Il avait été question de mariage avec un Français au nom à rallonge, mais le projet était resté sans suite. Candice continuait à attendre, et semblait s'étioler. Elle enseignait la littérature américaine dans une université française, se faisait facilement des amis, mais le temps filait et quand Linden avait débarqué, elle avait dépassé la quarantaine et, comme elle le disait elle-même avec ironie, elle n'était plus « de la première fraîcheur ». Elle ne posait jamais de questions, et lui non plus, mais cette discrétion leur convenait. Ils discutaient de tout sauf d'eux-mêmes. Linden n'avait pas tardé à comprendre qu'elle était malheureuse, même si elle n'en soufflait mot. Elle continuait à voir le Français, qui en avait épousé une autre. Elle n'avait rien révélé de tout cela à son neveu, mais il avait vite deviné de quoi il retournait : certains soirs, elle sortait d'un pas léger, les joues roses, tout enjouée, vêtue d'une jolie robe de soie, pour rentrer à minuit la tête basse, robe froissée et cheveux ébouriffés, entourée d'un halo de tristesse. Linden ne se rappelait pas le nom du Français, seulement ses initiales, J.G. D'une certaine façon, Candice comprenait Linden mieux que quiconque. Peut-être était-ce sa faculté d'empathie, sa délicatesse. Il était à l'aise en sa présence, il l'avait toujours été, dès l'époque où elle venait passer ses étés chez eux à Vénozan et faisait la course avec lui jusqu'au fond du jardin. Elle n'aimait pas qu'on l'appelle Tante Candice. Elle avait toujours été « Candy » pour Tilia et lui.

« À quoi tu penses, mec? Tu as l'air triste. »

La voix de sa sœur le ramène brusquement à l'instant présent. Linden répond : « Candy », et le regrette aussitôt en voyant les yeux de sa mère s'embuer de larmes. Il murmure qu'il est désolé, être ici à Paris lui fait inévitablement repenser à sa tante; il n'y peut rien. Elle lui manque. Sa mère se tamponne la paupière avec une serviette. Elle se tait, mais il entend distinctement sa voix, aussi distinctement que si elle avait prononcé les mots tout haut : *D'accord, elle te manque, Linden, mais tu n'es même pas venu à sa crémation, tu étais sur un shooting que soi-disant tu ne pouvais pas annuler, et tu nous as laissées Tilia et moi affronter la mort de Candy et l'horreur qui s'en est suivie.* Tous se taisent pendant un long moment, et les seuls sons que perçoit Linden sont le chuintement de la pluie, la cuillère de Paul contre la porcelaine et des voix qui résonnent dans le hall. Il ne pipe mot, il rechigne à évoquer le sujet douloureux du décès de sa tante en 2012, le SMS abrupt qu'il avait reçu alors qu'il se trouvait sur un autre continent, dans un autre fuseau horaire, mais que jamais il n'oublierait : *Rappelle, STP. Urgent. Candy morte.* Le reproche dans les yeux de sa mère est injuste; il avait tout fait pour revenir au plus vite, mais le shooting, un budget énorme, un célèbre acteur américain, pour une marque de parfum, ne pouvait pas être reporté. Quand il avait enfin atterri à Paris, le corps de Candice avait déjà été incinéré. Elle avait laissé une lettre très claire, pas de messe, pas de cérémonie, pas de tombe et pas de fleurs. Ses parents et sa sœur pourraient disposer de ses cendres comme ils le jugeraient bon. Pendant longtemps, elles étaient restées au fond d'une petite urne, dans le dressing de Lauren, à Vénozan, jusqu'à ce qu'elle trouve le courage de les disperser au pied des églantiers que Candy aimait tant.

BLOTTIS SOUS DES PARAPLUIES, ils descendent cahin-caha le boulevard Raspail sous la pluie diluvienne qui semble avoir dissuadé les promeneurs et même les automobilistes. Lauren et Tilia marchent en tête. Linden ralentit le pas pour le régler sur celui bizarrement traînant de son père. Il est habitué à la démarche très vive de Paul et ce rythme nouveau le déconcerte. Pourtant son père a l'air mieux, moins blafard, moins gonflé. Les trois grands musées sont fermés : Lauren est passée au plan B. Lorsqu'ils arrivent au Bon Marché, les chaussures de Linden sont mouillées et il a les pieds gelés. C'est sûrement pareil pour les autres, mais comme personne ne se plaint, il s'abstient lui aussi. À peine les portes franchies, des bouffées d'un air chaud au délicieux parfum les enveloppent. Le grand magasin de luxe est rempli de clients trempés comme des soupes qui se réjouissent de trouver là un havre de chaleur. Le bras de Paul est toujours glissé dans le sien.

« Tout va bien ? » demande-t-il à son père, en français, en se penchant vers lui. Tilia et Linden ne parlent jamais à leur père en anglais ; tout comme ils ne s'adressent pas à leur mère en français. Paul hoche la tête. Il semble assez en forme, quoiqu'un peu hébété. Ses joues sont enflammées : deux petites taches rouges qu'on croirait peintes. Linden demande à son père s'il veut s'asseoir, et Paul acquiesce. Tilia dit qu'il y a un salon de thé au deuxième étage. Ils trouvent une table malgré la foule. Linden regarde les mains de son père autour de son mug de café. Des mains fascinantes, à la fois puissantes et gracieuses. Il remarque soudain que leur peau est plissée et tachetée. Ce ne sont plus les mains d'un jeune homme. Linden sort son Leica pour les photographier. Ses proches sont tellement habitués qu'ils y prêtent à peine attention.

Linden avait commencé à les photographier quand il avait douze ans, à Vénozan. Il avait pris un boulot d'été auprès d'un photographe de mariage à Sévral, le vieux M. Fonsauvage. Ce qui avait débuté comme une corvée s'était rapidement transformé en passion. L'ambiance de la chambre noire le ravissait. Il avait observé le vieux photographe lorsqu'il sélectionnait les clichés réussis sur les planches contact, se courbant pour coller son œil au compte-fils, remontant ses lunettes sur son front ridé. M. Fonsauvage était toujours très pointilleux sur le choix final. Il ne voulait pas décevoir ses clients. Après tout, leur mariage était le jour le plus important de leur vie, n'est-ce pas ? L'astuce, pour développer, consistait à opérer dans l'obscurité totale. M. Fonsauvage lui avait soigneusement montré comment faire, lumières allumées, en utilisant les restes de film. Linden regardait les mains noueuses du vieux monsieur manipuler avec précaution les bouts de film, tenant la spire entre l'index et le majeur, insérant, calant et coupant adroitement chaque bobine. Linden avait appris en pratiquant. Le vieil homme, enchanté des progrès et du zèle de son jeune apprenti, lui avait offert un Praktica L2 esquinté mais en état de marche, fabriqué en 1979. Ce n'était pas un appareil facile à maîtriser pour un novice, mais Linden n'avait pas tardé à s'enticher de son cadeau. Ses parents et sa sœur étaient ses modèles préférés. Au début, sa manie de braquer l'objectif sur eux les avait embêtés, mais Linden avait bientôt appris à se faire plus discret, et eux soit à l'oublier, soit à poser comme des professionnels. Il photographiait sa mère qui prenait des bains de soleil, son père qui contemplait ses arbres, sa sœur qui faisait le clown et brandissait vers lui un doigt provocateur. Il photographiait ses rares amis. Il avait une prédilection pour le noir et blanc, et se chargeait lui-même de ses tirages sous la supervision de M. Fonsauvage. Il avait appris l'ombre et la lumière en expérimentant, tout seul, par tâtonnements. Il ne se destinait pas à la photographie. C'était juste un hobby. Il ne s'était pas rendu compte de la place qu'occupait la photo dans sa vie. L'année de ses quinze ans, la famille était allée passer une semaine à Venise. Paul, Lauren et Tilia étaient équipés d'un appareil jetable. Linden, lui, s'en tenait à son Praktica. À leur retour à la maison, toutes leurs photos avaient été rassemblées dans un unique album. Il y avait trois lots identiques, et un qui ne ressemblait pas aux

autres : celui de Linden. Il n'avait pas choisi les photos stéréo-
typées du pont des Soupirs, du Rialto ou de la place Saint-
Marc. Il avait préféré immortaliser une vieille femme en noir
assise sur un banc regardant défiler les touristes comme un
troupeau de moutons, des chats vagabondant dans une ruelle
humide du Dorsoduro, les sonnettes en cuivre, typiques de la
ville, un serveur grillant une cigarette derrière le Harry's Bar
et passant une main dans ses cheveux noirs gominés.

Linden tourne maintenant son Leica vers sa mère et
sa sœur, et appuie à répétition sur le déclencheur. Il aime
le son différent, plus riche, que produit un appareil argentique, ce ronronnement mécanique de la pellicule qui s'en-
roule dans son logement. La plupart des commandes qu'il
obtient aujourd'hui exigent du matériel numérique. Il y est
habitué, mais conservera toujours un faible pour son vieil
appareil. Ce Leica M4-P fabriqué au Canada, il se l'était procuré d'occasion aux puces de Saint-Ouen pour ses dix-sept
ans. Toute sa famille avait participé, même ses grands-parents
de Boston. L'achat était moins onéreux que prévu, en raison
d'un défaut que le vendeur ne lui avait pas caché. Il y avait
un problème avec l'obturateur, qui altérait les images, et la
réparation coûterait plus cher que l'objet lui-même. Dès que
Linden s'était emparé du boîtier noir frappé de l'estampille
Leitz et l'avait soupesé, sentant sa masse robuste dans le creux
de ses mains, il avait su qu'il le lui fallait. C'était un appareil
mythique, celui de ses rêves. Alfred Eisenstaedt s'était servi
d'un Leica pour fixer sur la pellicule le légendaire baiser de

Times Square en 1945; avec, Nick Ut avait photographié l'horreur brûlante du napalm en 1972, et Alberto Korda avait immortalisé le Che coiffé d'un béret en 1960. Linden le ferait réparer plus tard, quand il en aurait les moyens. En attendant, ses premières photos étaient zébrées d'étranges filets d'ombre; des formes fantomatiques flottaient sur l'image. Il avait constaté que les ombres s'agrandissaient avec l'accroissement de la vitesse d'obturation. Contraint d'apprendre à les exploiter, il avait élaboré sa propre technique. Le Leica l'avait accompagné une grande partie de sa vie. C'était avec le Leica qu'il avait pris la fameuse photo de son père, celle qui l'avait fait repérer à l'âge de dix-huit ans, alors qu'il habitait encore chez Candice.

Il a souvent raconté l'histoire de cette photo-là. Le dimanche 26 décembre 1999, le téléphone avait sonné au petit matin, chez Candy. C'était Lauren, folle de joie, annonçant la naissance du bébé de Tilia dans la nuit à la clinique de Biarritz. Une fille. Le traditionnel Noël à Vénozan n'avait pas eu lieu cette année-là, car Tilia avait commencé à avoir des contractions le 24 et Lauren s'était précipitée à Biarritz pour être auprès de sa fille. Linden était resté avec sa tante à Paris, et Paul etait monté les rejoindre. Il habitait un hôtel voisin, avenue Félix-Faure. Toute la nuit, des vents violents avaient balayé la ville, mais ce n'était qu'en ouvrant les volets après le coup de fil de sa mère que Linden avait mesuré l'ampleur des dégâts. Le square plus bas dans la rue semblait avoir été bombardé. Le kiosque à musique avait été écrasé par un châtaignier. Des branches jonchaient la rue. En allumant la télévision, Linden avait appris qu'une tempête de la force d'un ouragan avait ravagé la France d'ouest en est pendant la nuit, semant la destruction de la Bretagne à l'Alsace, dévastant Paris et sa région. Une centaine de personnes avaient perdu la vie. L'électricité était coupée dans plus de trois millions de foyers. Tandis que Linden regardait les images, subjugué, son père avait téléphoné. Sa voix était étranglée, méconnaissable. Linden avait d'abord cru qu'il y avait un problème avec le bébé de Tilia. Son père avait besoin de la voiture de Candy, maintenant, tout de suite. Il devait aller à Versailles. Le plus vite possible. Versailles? Pourquoi Versailles? Linden ne comprenait pas. Après avoir demandé ses clés de voiture à Candice, il s'était habillé et rué dans l'escalier à la rencontre de son père. Son père n'avait pas dit un mot pendant le trajet. Mais Linden avait commencé à prendre conscience du désastre en voyant la quantité d'arbres à terre. L'autoroute était fermée à cause des dommages causés par la tempête. Ils avaient dû emprunter des petites routes pour atteindre le château. Ils avaient été arrêtés par des barrages de police en arrivant au grand portail, mais quand son père avait cité son nom et ceux des personnes qui les attendaient, les policiers les avaient laissés passer. Le château avait des dizaines de fenêtres cassées. À l'orée des jardins, un groupe patientait. Les gens s'étaient retournés et avaient acclamé son père comme un sauveur. Parmi eux, un homme entre deux âges, petit et barbu, qui paraissait désespéré. Le jardinier en chef de Versailles. Il avait pris le bras de Paul et murmuré que les ravages étaient épouvantables. Et alors que la troupe s'engageait dans les jardins, Linden avait constaté avec effroi que l'homme n'exagérait pas.

Un spectacle de chaos et de désolation s'offrait à eux. Les arbres avaient été déracinés par la tempête, jetés comme des allumettes sur le sol éventré, sentinelles abattues dont les racines nouées s'élevaient dans les airs tels des bras de suppliciés. Certains arbres avaient été fendus en deux, assaillis par des bourrasques monstrueuses qui les avaient attaqués comme à coups de hache. Tout en prenant des photos, Linden écoutait le récit de l'homme barbu qui les guidait dans ce tragique labyrinthe de ruines ; la tempête avait duré plus de deux heures, et, de sa fenêtre, il avait assisté, atterré, impuissant, à sa fureur déchaînée. Sur les deux cent mille arbres que comptait le domaine, dix mille avaient été massacrés. L'Orangerie avait été saccagée. Les jardins dessinés par Le Nôtre, les bosquets, les haies et les parterres n'étaient qu'un poignant amas de branches cassées. Le pire, avait poursuivi le jardinier, c'était que les arbres rares les plus anciens avaient été détruits, comme le tulipier de Marie-Antoinette au Trianon, ou le doyen du domaine, un chêne planté sous Louis XIV. Linden marchait derrière son père et ne voyait pas son visage, mais, instinctivement, il avait accéléré le pas pour le rejoindre, se frayant un chemin parmi les décombres.

« Nous avons perdu trois siècles d'histoire », avait murmuré le jardinier alors qu'ils atteignaient enfin le point de vue panoramique face au Grand Canal. De ce poste d'observation, le carnage pouvait être contemplé dans toute son abominable étendue, une surface sans fin de troncs disséminés comme autant de carcasses. Linden avait regardé son père. Il ne l'avait jamais vu si raide. Paul était reparti vers le château, les mains dans les poches. Soudain, il s'était arrêté, puis s'était accroupi pour toucher du plat de la main un arbre abattu. Il ne parlait toujours pas et Linden ne savait pas quoi dire. Prenant son Leica, il avait photographié son père, trois fois de suite. C'est à travers le viseur qu'il avait remarqué que Paul pleurait sans bruit, les traits chiffonnés par la douleur. Il avait rangé l'appareil et s'était assis à côté de son père, l'entourant fermement de son bras, sentant les énormes sanglots qui lui secouaient le dos.

Quelques jours plus tard, lorsqu'elle avait vu la photo en noir et blanc, Candice en avait eu le souffle coupé. Le visage blême de Paul était basculé vers le ciel, ses mains plaquées contre ses joues mouillées de larmes. Derrière lui, l'obturateur défectueux avait dessiné des ombres spectrales sur l'écorce charbonneuse des arbres assassinés ; on aurait dit des cendres ensanglantées. Elle n'avait jamais rien vu d'aussi fort, d'aussi bouleversant. Pouvait-elle montrer la photo à un ami journaliste ? Il était basé à Paris, et cherchait des images de la tempête qui soient originales. Linden avait accepté, persuadé que cela ne donnerait rien. Il avait décroché son bac en juin, et travaillait dans un labo photo près de la Bastille, sans trop savoir ce qu'il ferait après. Il tenait la caisse, s'occupait des commandes et des livraisons. Il n'envisageait pas de retourner à Sévral et Vénozan après presque trois ans à Paris : ce job et ce salaire pourraient l'aider le temps qu'il réfléchisse. Si agréable qu'ait été sa cohabitation avec Candy, il rêvait d'un peu d'indépendance.

La photo avait été publiée dans le *Herald Tribune* début janvier 2000 et les appels avaient commencé à affluer pour Linden Malegarde. Pouvait-il apporter son book ? Le saisissant portrait noir et blanc de « l'Arboriste » se tenant la tête, les larmes ruisselant sur ses joues, alors qu'il contemplait la dévastation des jardins de Versailles, n'était pas passé inaperçu. Mais Linden n'avait pas de book. Seulement ses travaux personnels, qu'il n'était pas prêt à divulguer. Il avait beau se réjouir de l'attention suscitée par sa photographie, il se sentait incapable de présenter ce qu'il faisait. Ses parents lui reprochaient ses hésitations, convaincus qu'il devait foncer et devenir photographe professionnel. « Il n'est pas prêt ! avait aboyé Tilia au téléphone depuis Biarritz, la petite Mistral à son sein. Il n'a même pas dix-neuf ans, laissez-lui du temps, nom de Dieu ! » Il était donc resté au labo photo, puis avait présenté sa candidature à l'École de l'image des Gobelins quelques mois plus tard, sans s'attendre à être admis. Le jour de l'oral, lorsqu'il avait montré ses travaux personnels, une examinatrice avait déclaré avoir vu la photographie de l'Arboriste et l'avoir toujours à l'esprit. Ses parents et sa tante l'avaient aidé à financer ses trois ans de cursus, de 2000 à 2003. Linden avait continué à travailler dans divers labos photo pendant toutes ses études, officiant également comme photographe à des fêtes, des mariages ou des séminaires. Ces revenus avaient couvert le loyer de sa petite chambre jusqu'à ce que ses premiers contrats sérieux lui permettent, en 2005, de s'offrir un appartement plus confortable rue Broca.

« Laisse-moi prendre une photo de toi, pour une fois, dit sa mère en lui arrachant le Leica des mains. Ah, c'est encore ce vieux machin compliqué, hein ? Où il faut calculer la lumière, la vitesse et tout ça ? »

Linden sourit, lui reprend l'appareil, et le lui met rapidement au point. Il jette un bras autour de Tilia et l'attire vers lui. Elle fait une grimace. Pas de pitreries, prévient sa mère ; elle veut une jolie photo de ses enfants. Paul regarde la scène, un sourire attendri sur son visage congestionné. Pourquoi a-t-il encore l'air hébété comme ça ? se demande Linden. Il est habitué aux silences de son père, mais pas au vide nouveau qu'il voit maintenant dans ses yeux, l'absence d'émotion, comme si rien ne comptait, comme si Paul était à moitié endormi, ou ivre. Lauren se plaint du mauvais temps qui a bouleversé tous les plans qu'elle avait échafaudés pour eux cet après-midi. Elle avait prévu plusieurs visites de musées, une courte promenade le long de la Seine, et une escale dans un délicieux salon de thé.

« On peut toujours aller au cinéma, suggère Tilia avec son pragmatisme habituel. Pas de pluie dans la salle ! »

Lauren applaudit. Excellente idée, on va faire ça. Il y a forcément un bon film qui se joue quelque part. Pendant le quart d'heure suivant, la mère et la fille cherchent sur leurs téléphones le film idéal. Paul demeure assis là, taciturne. Il ne s'ennuie pas, il ne s'impatiente pas : il est absent. Linden meurt d'envie d'étendre le bras, de lui taper sur l'épaule, de le forcer à revenir sur terre. Mais c'est une chose qu'il n'a jamais osé faire. Paul a toujours vécu dans un autre monde, interdit à Linden. Dans cet autre monde, Linden avait-il au moins essayé d'y entrer ? avait demandé Sacha. Non. Pourquoi ? Parce qu'il ne sait pas comment. Il ne sait pas quels mots employer. Il ne sait pas comment aborder le sujet. Sacha avait dit que cela pouvait se faire très facilement, en allant à Vénozan, par exemple, en invitant Paul à déjeuner, puis en partant se promener dans la campagne avec lui, et en attaquant bille en tête, au milieu de la nature. En prononçant les mots susceptibles d'établir un lien entre le père et le fils. Un soir, après le dîner, dans leur maison d'Elizabeth Street, Linden avait dit à Sacha, tristement, qu'il était trop tard. Son père allait sur ses soixante-dix ans. Lui-même en aurait bientôt trente-sept. Il était trop tard pour communiquer. Et puis, ce n'était pas comme si Paul et lui se disputaient. Ils ne se disputaient pas. Ils ne s'étaient jamais disputés. Il n'y avait jamais eu de conflit. Le conflit aurait peut-être facilité les choses. Oui, il y avait de l'amour. Mais il n'était pas exprimé. L'amour était rangé dans un coin, à l'écart. Ce soir-là, un des chats sur les genoux, Linden avait avoué qu'il était peut-être une déception pour son père. Qu'il n'était pas le fils dont Paul avait rêvé. Sacha l'avait dévisagé ; il déraillait ou quoi ?

Linden était un fils merveilleux, il suffisait de le regarder ; comment pouvait-il dire une sottise pareille ? Même ceux qui l'avaient à peine croisé étaient séduits par sa personnalité, sa bonté, son talent, son sens de l'humour. Sans parler de son physique. Linden avait souri, gêné. Mais il savait que Sacha comprenait ce qu'il voulait dire. Il lui avait pris la main et l'avait serrée très fort. Pourtant, dans les yeux de Sacha, Linden avait lu aussi une tristesse, fugace et tendre, et cette lueur de pitié avait ravivé chez lui une abominable sensation, enfouie mais toujours cuisante, d'isolement et d'exclusion, tout comme le souvenir des insultes que murmuraient dans son dos les gamins de Sévral.

Linden se demande quel genre de relation Paul avait avec son propre père. Il savait qu'il n'avait que vingt-deux ans à sa mort en 1970. À Vénozan une série de photos encadrées étaient accrochées aux murs de l'escalier. Elles avaient toujours fasciné Linden. Maurice Malegarde, le baron de pacotille, brandissant sa flûte de champagne, se pavanant, une femme plantureuse à son bras. Son arrière-grand-mère Yvette, sans doute. Ce devait être un sacré personnage. François, le grand-père qu'il n'avait pas connu, assis sur la terrasse un chapeau de paille sur la tête, lisant le journal. L'homme avait un visage doux et bienveillant. Linden n'avait pas connu non plus sa grand-mère, celle prénommée Mireille, qui venait de Montélimar, et qui s'était remariée. Elle était morte bien avant sa naissance. François et Paul s'entendaient-ils bien ? Il a conscience que son père n'est pas particulièrement proche de sa propre sœur, Marie, qui habite à Sévral. Avec qui son père discute-t-il? Lauren? Tilia? Son jardinier, Vandeleur, qui travaille pour la famille depuis des années? Ou cet autre type avec qui il gère le domaine, un de ces solides gaillards à l'accent du Midi qu'il se plaît à fréquenter? Et quel adolescent, quel jeune homme Paul était-il? Fan de David Bowie, ça il le sait, mais c'est à peu près tout, hormis sa farouche passion pour les arbres. Linden observe son père de l'autre côté de la table, sentant les yeux interrogateurs de Tilia sur lui. Paul Malegarde demeure un mystère pour son fils unique.

Après le film, une banale comédie américaine finalement, la famille rentre à l'hôtel et le portable de Linden se met à vibrer. Un SMS d'Oriel. *Les choses se gâtent. Il pleut toujours et le débit de la Seine est bien trop rapide. Le trafic fluvial est interrompu. Reste à l'abri. Ou bien file? O.*

Ou bien file? À coup sûr, elle en rajoute, contaminée par le pessimisme de son ami spécialiste des fleuves. Arrive alors un SMS de Sacha: *Tout va bien? Les nouvelles sont plutôt inquiétantes vues d'ici.* Linden allume la télé. Les eaux se sont apparemment infiltrées dans le métro, aux alentours du musée d'Orsay. Les experts jouent des coudes sur toutes les chaînes. Chacun est semble-t-il en mesure d'expliquer la situation, et Linden commence à la connaître par cœur: des précipitations exceptionnellement abondantes l'été précédent, un hiver chaud entraînant un dégel prématuré, un sol saturé, une pluie incessante. Mais personne ne sait comment enrayer le phénomène.

La Ville de Paris a organisé une grande répétition il y a deux ans pour que les habitants sachent comment réagir si les eaux venaient à dépasser le niveau d'alerte, soit quatre mètres. Mais manifestement, personne ne semble prêt à faire face à une inondation maintenant que celle-ci est imminente. Déconcerté, Linden écoute un expert après l'autre. Une femme d'une quarantaine d'années, lunettes, cheveux tirant sur le roux et voix basse, répète que malgré la technologie moderne, les recherches d'ingénierie, les études prévisionnelles, la construction en bordure de Seine de berges surélevées censées en contrôler le cours, le creusement du lit du fleuve pour le rendre plus profond, rien ni personne ne pourra empêcher le niveau de l'eau d'atteindre les mêmes hauteurs qu'en 1910. « Autrement dit, le chaos absolu », déclare-t-elle, avec une tranquille délectation. Outrés, ses opposants la critiquent hargneusement : la situation est selon eux maîtrisée, on va faire intervenir l'armée, des habitants seront évacués, mais il est exclu que les choses deviennent aussi dramatiques qu'en 1910. La femme rousse garde son calme. « Vous verrez, réplique-t-elle d'un ton égal. C'est mathématique. C'est inévitable. Paris va forcément subir une inondation aussi catastrophique qu'en 1910. Et on dirait bien que c'est maintenant. Et ce sera même pire. » Linden reste suspendu à ses lèvres alors qu'elle poursuit, tout aussi sereinement : ce que les gens doivent comprendre, c'est que, par rapport à 1910, la topographie parisienne a changé de façon spectaculaire. L'urbanisation a revêtu la terre de couches de béton, creusé le sous-sol en profondeur pour construire des parkings, créé des milliers de nouvelles routes, de nouveaux lotissements. L'eau de pluie qui dégringole des toits ne pénètre plus dans le sol mais se déverse directement dans le fleuve.

Linden éteint la télé. Les prophéties de l'experte le perturbent. Peut-être est-il temps de partir. Peut-être devraient-ils tous fiche le camp d'ici, tant que l'eau est encore sous les genoux du Zouave. Tant pis pour l'anniversaire de Paul, le restaurant, tout ça, peut-être devrait-il suivre le conseil d'Oriel et déguerpir. Il fait part de ses inquiétudes à Tilia par SMS. Elle répond sur-le-champ : *Partir, mec, tu déconnes ???*

Bon, alors, ils aviseront demain matin à la première heure. Ils devront agir vite. Rapatrier leurs parents sans encombre dans la Drôme est leur priorité. Ce sera l'enfer pour trouver des billets, mais ils se débrouilleront. Quant à eux deux, Tilia rentrera à Londres, lui à San Francisco. Il n'y a pas d'autre solution. Tilia s'incline. Mais n'est-il pas un peu trop pessimiste ? « Allume la télé », lui suggère-t-il sèchement. Quelques minutes plus tard, elle lui envoie un émoticone en pleurs assorti d'un « Oh, putain, merde ! ».

Linden ne comptait pas s'endormir, mais lorsqu'il se réveille, en sursaut, quelqu'un frappe à la porte et il fait noir dehors. Il ouvre à la femme de chambre, qui demande si elle peut rabattre les draps pour le soir. Il consulte sa montre : presque huit heures. Comment a-t-il pu s'assoupir si longtemps ? Il va avoir à peine quelques minutes pour se préparer. Il attrape sa veste en velours vert dans l'armoire, ainsi qu'une chemise blanche. Ses chaussures n'ont pas séché et il les enfile avec une grimace. Au rez-de-chaussée, Tilia, Lauren et Paul attendent. Linden doit remonter en courant, car il a oublié le cadeau pour son père, le vinyle de Bowie.

Un taxi a été commandé pour les emmener au restaurant la Villa des Roses, situé non loin de là, rue du Cherche-Midi. S'il n'avait pas plu, ils y seraient allés à pied, mais personne n'a envie de se refaire saucer. Paul a l'air plus fringant, remarque Linden. Ses joues sont moins rouges et il a l'œil vif. Ce dîner va être une merveilleuse soirée familiale. Dans ce cas, pourquoi Linden ressent-il ce malaise persistant? Qu'est-ce qui le chiffonne? A-t-il peur que Tilia et lui se disputent? Ils ne se sont pas disputés depuis longtemps, mais les emportements de sa sœur sont imprévisibles, tout comme les représailles dont lui-même est capable. Il lui arrive de détester la manie qu'a Tilia de fulminer à tout bout de champ, en utilisant les pires injures. Fait-elle cela pour attirer l'attention, pour choquer, pour provoquer? Mystère. Il s'efforce de réprimer son anxiété. Le restaurant est accueillant et bien chauffé: un autre sanctuaire qui les préserve de la pluie glaciale. Ils s'assoient et acceptent du champagne. La salle est pleine, mais ils s'entendent parler. Linden observe autour de lui le décor raffiné; des tons crème et rose pâle, un éclairage délicat. Une jeune serveuse vient prendre leur commande. Paul porte un costume sombre, une chemise blanche et une cravate. Il n'a pas l'air à l'aise dans sa tenue; il tire sur son col, comme s'il le serrait trop. Lauren, magnifique en robe de soie bleue, les cheveux attachés en arrière, n'arrête pas d'éternuer. Elle s'est enrhumée cet après-midi sous la pluie, et cela la contrarie. Elle se mouche avec agacement. Ses narines sont déjà irritées et sa voix paraît étouffée. Linden ne peut s'empêcher de remarquer qu'elle regarde très souvent son portable.

Le repas est un succès. La conversation, naturelle, ne s'aventure pas dans des zones dangereuses, comme le problème d'alcool de Colin. Le quatuor discute, avec aisance, légèreté, et les rires fusent par-ci par-là. Les plats sont succulents, le vin excellent. Une fois les bougies soufflées, sous les acclamations des tables voisines, et les cadeaux déballés, Paul prononce un petit discours. Il tient à les remercier tous de leur présence. Il n'est pas venu à Paris depuis longtemps et il est très heureux d'être ici ; il voudrait seulement que la pluie s'arrête pour qu'ils puissent profiter d'un peu de soleil durant le reste de leur séjour. Sa voix paraît bizarre, essoufflée et haut perchée. Il marque régulièrement des pauses, s'emparant de son verre d'eau d'une main tremblante. Son élocution est embrouillée. La tablée n'arrive plus à comprendre ce qu'il dit. Linden et Tilia échangent des regards gênés. Le visage de leur père se tord soudain en un rictus bouffon. Ses traits ressemblent à un masque grotesque. C'est lui, et ce n'est plus lui, comme si quelqu'un s'employait à tirer vers le haut un côté de sa figure. Il se tait, et quand Tilia lui demande s'il va bien, il soupire profondément.

Cela survient dans la minute suivante, alors qu'ils font signe à la serveuse de rapporter de l'eau. Après un hoquet, presque inaudible, Paul s'affaisse subitement sur son siège ; sa tête bascule en avant et son menton va heurter sa poitrine. Lauren, effrayée, crie son nom, mais Paul s'écroule et son front s'écrase sur son assiette, renversant la bouteille de vin. Puis son corps chavire sur le côté et il tombe à terre avec un bruit sourd. Cris et confusion. Une multitude de visages surgissent autour d'eux. Linden, agenouillé, maintient entre ses mains le crâne chauve de son père. Les yeux de Paul sont à demi fermés ; on n'en voit que le blanc. Son teint est gris. Tilia et Lauren semblent frappées d'horreur, incapables de bouger. Linden déboutonne tant bien que mal le col de son père, place des doigts hésitants sur sa jugulaire. Il croit percevoir un battement, mais il n'en est pas sûr. Il se penche davantage, demande à Paul s'il entend sa voix. Paul ne doit pas s'inquiéter ; on va s'occuper de lui, ça va aller. Linden ne sait pas si c'est vrai, mais en cet instant de panique, il ne trouve rien d'autre à dire. Il ne sait même pas si Paul l'entend, si Paul est encore en vie. Il regarde alentour, impuissant, voit tous ces inconnus qui les observent avec insistance. Soudain la voix de Tilia retentit avec sa vigueur coutumière et il l'embrasserait presque : « Est-ce que quelqu'un va se décider à appeler une *putain* d'ambulance ? »

Cette apostrophe brutale incite les gens à l'action. La patronne du restaurant détale en annonçant qu'elle appelle tout de suite le Samu, et un homme, serviette de table encore à la main, se présente à la famille angoissée : il est médecin, peut-il intervenir ? Il s'accroupit à côté de Linden et prend le poignet de Paul tout en essayant d'examiner ses yeux. Lauren demande, en larmes, si son mari est en train de mourir. Non, il n'est pas en train de mourir, mais il doit être transporté au plus vite à l'hôpital. Il n'y a pas une minute à perdre.

L'ambulance met une éternité. Assises côte à côte, Tilia et Lauren pleurent en silence. Linden s'allonge sur le sol auprès de Paul. Mâchoires serrées, il attend. De près, son père a l'air mort. Linden ne peut pas, ne veut pas y croire. Son père ne peut pas être mort. Toute cette scène n'est pas réelle. Et pourtant si, c'est bien vrai. Il perçoit l'odeur synthétique de la moquette, sent ses poils raides sous sa joue. Il entend sa mère qui se mouche. Il entend le murmure des voix, le cliquetis des couverts tandis que les clients poursuivent leur repas. Lorsque l'équipe médicale surgit enfin, tout se passe très vite. C'est lui qui répond aux questions ; sa sœur et sa mère semblent hors d'état de le faire. Paul Malegarde, soixante-dix ans. Pas de traitement médical. Oui, il montrait des signes de fatigue depuis plusieurs jours. Oui, il a soudain eu du mal à articuler. Oui, un côté de son visage s'est affaissé. Non, cela ne s'est jamais produit avant. Non, il n'a jamais souffert de gros problèmes de santé.

Il n'y a de la place que pour un seul proche dans l'ambulance. Linden dit à sa mère et sa sœur de rentrer à l'hôtel. Il les appellera ou leur enverra un SMS dès qu'il aura du nouveau. Il se charge de tout. Elles peuvent lui faire confiance. Lauren hoche la tête, un mouchoir appuyé sous son nez qui coule ou sur ses yeux qui pleurent. D'un geste, elle indique à son fils la poche de veste de Paul. Linden fouille dedans et en retire le portefeuille de son père. Il y prend sa carte d'identité et sa carte de sécurité sociale.

« Attends ! » s'écrie Lauren. Elle fourrage dans son sac, lui remet une attestation, et Linden comprend qu'il s'agit de leur carte de mutuelle. Alors que son père inconscient se trouve attaché sur un brancard, un masque à oxygène sur le nez et la bouche, des intraveineuses dans un bras, il s'étonne de ne pas paniquer ; il se surprend à rester calme, maître de lui, à faire oui de la tête à l'équipe médicale, à grimper d'un pas agile dans l'ambulance. La camionnette blanche, sirène hurlante, fonce dans les rues mouillées pendant que deux médecins continuent à s'occuper de son père. Linden s'aperçoit que son cœur bat fort, mais ces palpitations sont l'unique indice de son désarroi. Il voudrait demander aux hommes si son père va s'en sortir, mais ils ont l'air tellement affairés qu'il n'ose pas. Il voudrait savoir où on les emmène, et parvient à interroger un des médecins.

« À Georges-Pompidou, dans le 15ᵉ », lui répond-on.

Linden sait qu'il s'agit d'un hôpital dont la réputation est bonne. Les véhicules devant eux se déportent pour laisser passer l'ambulance. Paul doit être conduit en soins intensifs, mais Linden n'est pas autorisé à suivre. Il doit se rendre au bureau des admissions au rez-de-chaussée pour régler les formalités administratives. Deux médecins de l'hôpital accueillent l'équipe de l'ambulance. Ils contemplent le malade allongé, qu'on embarque sans délai sur son chariot.

Les portes se referment et Linden se retrouve seul. Il rejoint le comptoir des admissions. L'hôpital est vaste et moderne, d'une blancheur éclatante, décoré de plantes artificielles. Une odeur flotte, cette odeur particulière d'air confiné, de nourriture trop cuite et de désinfectant. Les gens font la queue. Linden se place au bout de la file. Il envoie un SMS à sa mère et sa sœur pour les tenir au courant. L'attente est longue. Il se sent fatigué, soudain. Il jette un coup d'œil sur son portable, constate qu'il est près de minuit. Il voudrait que Sacha soit là. Et s'il l'appelait maintenant ? Non, mieux vaut attendre de savoir ce qu'il en est pour Paul. Il regarde les gens autour de lui. Ils ont tous la même expression lasse et abasourdie. Il se demande quelle est leur histoire à chacun, pour quelle raison ils sont ici.

Son tour arrive enfin. Il s'assoit sur une chaise devant le comptoir. Une employée blasée, de l'autre côté, lui lance à peine un regard. Il lui remet les cartes d'identité, de sécurité sociale et de mutuelle de son père. Les longs ongles roses pianotent sur le clavier. L'employée finit par lever les yeux. Dans les quarante-cinq ans, chemisier jaune décoloré, cheveux noirs noués sur la nuque. Elle le regarde et, au grand étonnement de Linden, elle sourit, un sourire bienveillant, qui lui éclaire le visage.

« C'est votre père ? » s'enquiert-elle, tout en lui restituant les documents. La gorge serrée, Linden acquiesce. La femme lui demande ses coordonnées. Elle entre son nom et son numéro de portable dans le dossier, après quoi elle l'invite à patienter au troisième étage, au service des soins intensifs. Alors qu'il quitte sa chaise, elle ajoute, avec douceur : « Bonne chance, monsieur. »

INSTALLÉ DANS LA SALLE D'ATTENTE impersonnelle des soins intensifs, Linden épluche les mails qui se sont accumulés. Son agent lui a demandé d'appeler, ce qu'il n'a pas fait. À un moment ou un autre, il faudra qu'il lui apprenne ce qui se passe. Il a quelques engagements importants qui approchent et elle a besoin de voir certains détails avec lui. Expédier Linden d'une ville à l'autre dans le monde entier n'est pas une sinécure. Il lui faut son équipe avec lui, soit ses deux assistants, Marlowe et Deb, ainsi que Stéphane, son indispensable opérateur numérique. Sans parler de son matériel, qui semble chaque année plus volumineux : ses trois Canon et son Hasselblad, ses objectifs, son trépied, son ordinateur portable, les câbles, le matériel de sauvegarde, les flashes et les éclairages, les parapluies, les réflecteurs, les rallonges électriques, les adaptateurs, les pinces de tailles diverses, les bandes velcro, le support de fond, les arrière-fonds enroulables, les cartes mémoire, les batteries de rechange pour les appareils et les flashes, et le chargeur de batterie. Fini l'époque où il pouvait voyager léger et prendre l'avion avec un seul appareil et quelques rouleaux de film argentique. Rachel Yellan n'était pas son premier agent. Il y avait eu Béatrice Mazet avant elle. Elle avait repéré le travail de Linden en 2005, alors qu'il travaillait comme assistant pour le photographe Marc Clerget. Béatrice lui obtenait des contrats tout simples qui ne lui déplaisaient pas, sans l'enthousiasmer non plus. Les shootings publicitaires standard n'étaient pour lui qu'un job alimentaire. Son talent avait été reconnu deux ans plus tard, lorsqu'il avait été exposé dans une galerie de Saint-Germain-des-Prés. Il évitait la lumière artificielle, qu'il n'aimait pas, et se concentrait sur les reflets, créait des surimpressions de visages et de silhouettes en jouant avec le grain et avec la lumière naturelle. Le résultat était original et plein de sensibilité, très éloigné des images trafiquées avec Photoshop si présentes dans les médias. Rachel Yellan, célèbre agent américain, avait découvert les portraits de Linden en parcourant le site de la galerie. Elle était ensuite allée voir son travail sur Internet, et avait reconnu « L'Arboriste pleurant à Versailles ». Elle avait contacté Linden, et quand elle était venue à Paris, ils s'étaient rencontrés. Bien que d'abord intimidé par l'énergie de Rachel, il avait décidé de lui faire confiance. Lorsque les commandes avaient commencé à arriver, celles-ci exigeaient pour la plupart qu'il se déplace en Amérique. Il était devenu évident pour Linden de partir s'installer à New York, et il avait sauté le pas en 2009. Son passeport américain lui avait facilité les choses. À l'âge de vingt-huit ans, c'était presque comme revenir au pays, à ceci près qu'il ne connaissait pas très bien les États-Unis. Rachel lui avait trouvé une colocation à SoHo, dans Spring Street, un immeuble rénové au-dessus d'une épicerie. Il partageait l'appartement avec un peintre et un autre photographe. Il était allé à Boston très souvent voir ses grands-parents maternels, et à New York de temps en temps, avec sa mère, pourtant il avait mis un moment à s'acclimater à Manhattan. Il ne s'attendait pas du tout à se sentir à ce point français en arrivant ; il était même convaincu qu'on pouvait déceler son accent lorsqu'il parlait anglais. C'était une autre affaire de vivre dans cette ville que d'y venir en visite. Jamais il n'avait été confronté à un vacarme aussi assourdissant : le grondement incessant des voitures, le tintamarre des chantiers de construction, les hurlements des sirènes, les coups de klaxon continuels et le chahut des fêtes. L'épicerie était ouverte toute la nuit, et sa chambre se situait juste au-dessus. Les clients bavardaient sur le trottoir à trois heures du matin comme en pleine journée. Cela ne dérangeait pas ses colocataires, qui étaient de vrais New-Yorkais. Il avait fini par s'habituer au bruit, tout comme à la loquacité de ses voisins, si différents de ceux de Paris avec qui il échangeait à peine trois mots. Il n'en revenait pas de l'affabilité que montraient dans la rue ou dans les boutiques de parfaits inconnus, entamant la conversation, pleins d'intérêt et de curiosité quand ils apprenaient qu'il était de Paris. Six mois plus tard, il avait emménagé 80e Rue dans l'Upper West Side, entre Amsterdam et Columbus, dans une petite maison mitoyenne de quatre étages dont l'escalier escarpé ne l'avait pas dissuadé. La rue était plus tranquille que d'autres, car elle aboutissait au joli parc derrière le Muséum d'histoire naturelle. Son appartement jouissait d'une terrasse sur le toit où il aimait s'installer pour voir le soleil se lever sur Central Park, et se coucher sur l'Hudson et le New Jersey. Sa voisine du dessous, Émilie, venait de Paris aussi. C'était un grand chef cuisinier et une fan d'Edward Hopper. Il aimait bien parler français avec elle, ce qui ne lui arrivait plus tellement ces temps-ci. Elle l'emmenait faire les courses chez Zabar's, où il la suivait, fasciné par la débauche de denrées exposées, et elle lui avait fait découvrir le célèbre Cafe Lalo, entre Broadway et Amsterdam, où se côtoyaient New-Yorkais et touristes. Peu à peu, Linden s'était intégré, mais jamais complètement. Il avait des petits amis, fréquentait des bandes différentes, et s'amusait bien. Les restaurants étaient combles, mais il y avait toujours une nouvelle adresse excitante à explorer. New York était une ville chaleureuse, hospitalière, mais il commençait à penser que pour l'apprécier pleinement il fallait y être né. Son nouveau quartier lui rappelait le Paris où il était devenu adulte, ce 15e arrondissement avec sa combinaison singulière de vilaines constructions et d'immeubles cossus, sa population mélangée, ses familles, sa simplicité. Grâce à Rachel, il ne manquait pas de travail ; il était trop occupé pour avoir le mal du pays. Au début, ce n'était pas exaltant – des quantités de books pour des mannequins, un flux régulier de shootings publicitaires – mais très rentable. Il faisait honneur à chaque commande avec sa ferveur coutumière et ses efforts étaient payants, à la grande satisfaction de Rachel. En quelques années, Linden Malegarde était devenu le jeune photographe franco-américain que toutes les grandes marques et tous les magazines s'arrachaient. Respirant la fraîcheur, ses portraits étaient immédiatement identifiables. C'était une question d'ombre et de lumière, de texture et de chromie, d'habileté à faire poser ses modèles sans chercher à tout prix le sourire, qu'il jugeait factice ou insipide, mais en préférant traquer l'émotion, celle qui se dissimule. Pour lui, prendre une photo d'une personne, ou d'un lieu, revenait à ébaucher des contours invisibles, à faire surgir de l'obscurité des zones insoupçonnables, à leur conférer une autre dimension, à leur insuffler une candeur nouvelle. Il n'était pas bavard pendant ses shootings, mais il avait appris à mettre ses sujets à l'aise. Il avait conscience que, dans la majorité des cas, ses modèles avaient besoin d'être un peu guidés. Son exercice préféré était de photographier une célébrité qui n'éprouvait aucune gêne devant l'objectif, qui savait poser et attraper la lumière. Il l'incitait alors doucement à baisser la garde, à lui offrir quelque chose d'intime, un aspect d'elle qu'elle n'avait jamais révélé, une vulnérabilité secrète, une touche d'humour, une pointe d'originalité.

Ce soir, à l'hôpital Pompidou, Linden éprouve un détachement aussi bizarre qu'inédit à l'égard de son travail. Pourtant il prend sa carrière à cœur ; il est toujours enthousiaste, ponctuel et poli, même avec les stars de cinéma et les divas les plus capricieuses, même avec les grands pontes des médias qui essaient de le manipuler, de l'enjôler ou de l'arnaquer. Rien d'autre ne compte à cet instant que son père. Il est seul dans la salle d'attente, les yeux fixés sur la porte à deux battants devant lui. Il a renoncé à répondre aux messages incessants de sa sœur. Il lui a clairement dit qu'il appellerait dès qu'il saurait quelque chose. Quant à Lauren, avec sa fièvre et son mal de tête, elle est source d'un tourment supplémentaire. Son rhume s'est semble-t-il aggravé. Tilia l'a mise au lit et leur mère a fini par s'endormir, mais il a fallu du temps pour l'apaiser : toutes deux se consument d'inquiétude pour Paul. Épisodiquement, Linden quitte sa chaise et arpente le morne couloir. Puis il se rassoit, rongé d'appréhension. Pourquoi mettent-ils si longtemps ? Qu'arrive-t-il à leur père ? Pourquoi ne viennent-ils pas le tenir au courant ? Il va devenir fou, si ça continue. Une télé silencieuse clignote dans l'angle, montrant en boucle les mêmes images de la Seine en crue. Il n'y prête pas attention, se demandant s'il devrait aller trouver quelqu'un, chercher à se renseigner.

À deux heures du matin, alors que Linden sommeille sur une chaise inconfortable, un médecin en blouse blanche apparaît et demande s'il est ici pour Paul Malegarde. Linden se lève, la tête qui tourne. Le médecin est une femme. Petite, blonde, son âge. Elle ressemble étrangement à Jodie Foster. Le nom sur son badge indique : *Docteur Hélène Yvon*. Elle l'emmène dans un bureau exigu à côté, l'invite à s'asseoir. Il est tellement inquiet qu'il n'arrive pas à parler. Il ne réussit qu'à la fixer du regard, redoutant ce qu'elle va lui annoncer. Elle a dû percevoir sa tension, car elle lui touche le poignet de sa petite main fine.

« Votre père est encore avec nous. »

Même sa bouche est dessinée comme celle de Jodie Foster, jusqu'à l'implantation des dents. Linden s'en veut de remarquer de tels détails alors que cette femme lui donne des nouvelles si importantes, et rassurantes. Elle poursuit, expliquant que Paul a eu une attaque, une attaque sévère. Il a une lésion au cerveau, qui peut entraîner des problèmes de communication si elle touche les zones du langage. Certaines victimes d'AVC ne peuvent plus parler parce que les muscles des lèvres, de la langue ou de la bouche ont été touchés. Mais ils ne savent pas encore pour Paul, il est trop tôt. Ils vont lui faire subir plusieurs examens et autres scanners pour le déterminer. Une opération sera peut-être nécessaire, afin de retirer le caillot sanguin. Il faut que Linden comprenne que son père va rester ici un moment. Ils ignorent combien de temps. Linden écoute, hoche la tête. Il regrette que Tilia ne soit pas avec lui, elle saurait précisément quoi demander, quoi dire. Lui est sans voix. Les mots restent coincés dans sa bouche.

L'œil pénétrant du Dr Yvon enregistre son atonie. Elle se lève, prend une bouteille d'eau, remplit un gobelet, le lui tend. Il boit avec avidité. Il demande alors s'il peut voir son père. Elle répond que ce sera possible plus tard dans la journée. Il n'aura qu'à revenir en début d'après-midi. Pour l'instant, le mieux, c'est d'aller dormir un peu. Est-ce que ça lui va? Linden opine. Il serre la main du médecin puis tourne les talons. Il est trop tard pour envoyer un SMS à sa sœur. Il la verra à l'hôtel, si elle n'est pas encore couchée. Lorsqu'il sort du bâtiment, l'âpreté de l'air glacial le revigore après l'atmosphère étouffante de l'hôpital. Il tombe une pluie légère, silencieuse, qui lui mouille la nuque. Les rues sont vides. Dans ce quartier résidentiel, la vie nocturne est inexistante. Linden dépasse la place Balard, continue jusqu'à la rue Lecourbe, tout aussi déserte, puis rejoint la rue de Vaugirard, plus animée. Il n'est pas revenu dans le 15ᵉ depuis longtemps. C'est plus fort que lui, il aime cet arrondissement pourtant loin d'être séduisant – l'excroissance disgracieuse du Front de Seine, projet urbanistique des années 1970, altérait la beauté classique de la ville –, qui était le Paris de son adolescence. Linden avait coutume de dire en plaisantant qu'il habitait à « Moche Grenelle ». Il sait que Beaugrenelle, il y a peu, s'est métamorphosé en un centre commercial très couru. Linden connaît ce coin comme sa poche ; les rues familiales tranquilles, les bâtiments modernes qui coudoient les immeubles haussmanniens. Quand il avait débarqué à Paris, il ignorait presque tout des subtilités entre les différents arrondissements. Il avait tôt fait de comprendre que les noctambules se réunissaient à l'époque surtout à Montparnasse, au Quartier latin, à la Bastille ou dans le Marais. N'empêche, il ne lui déplaisait pas de laisser derrière lui le tumulte de la vie nocturne pour regagner les rues endormies où Candice habitait. Il rentrait toujours à pied de ses soirées, savourant le plaisir d'une paisible communion avec la ville. À présent, tandis qu'il marche vers la rue Delambre, Linden se revoit à dix-sept ans, rentrant tard après une fête. Sa large carrure décourageait les agresseurs éventuels. Quelquefois un passant imbibé lui réclamait une cigarette. Il n'avait jamais d'ennuis. Candice ne lui donnait pas d'heure limite. Elle lui faisait confiance. Ses notes en classe étaient correctes, pas excellentes, mais au-dessus de la moyenne.

Comment pourrait-il jamais oublier cette nuit d'hiver où il était rentré à plus de quatre heures du matin ? Il se souvient du froid très vif, un peu comme ce soir, de ses chaussures qui glissaient sur les trottoirs verglacés. Après avoir tourné sa clé dans la serrure et s'être faufilé dans l'appartement, il avait constaté, effaré, que les lumières étaient encore allumées et que Candice l'attendait dans le salon. Elle était assise là dans sa robe de chambre rose, les mains autour d'une tasse de tisane.

« J'étais tellement inquiète, j'ai cru qu'il t'était arrivé quelque chose. » Il avait détourné le regard, tout honteux. Il avait marmonné qu'il aurait dû appeler, qu'il était désolé, et avait enlevé son blouson. Il avait pris place en face d'elle. Muffin avait cligné ses yeux jaunes avec curiosité avant de se rendormir, pelotonné sur le canapé. C'était il y a vingt ans, et pourtant Linden se souvient de chaque instant, de chaque seconde. Candy ne posait jamais de questions. Elle ne se montrait jamais indiscrète. Elle ne demandait pas avec qui il avait passé la soirée, ni où, et s'il s'était bien amusé. Et pourtant, cette fois, il s'était senti obligé de s'expliquer. Le besoin avait gonflé en lui telle une énorme bulle. Il avait regardé les mains de Candice autour de la tasse. Elles étaient plus longues et plus blanches que celles de sa mère. Il avait avoué qu'il n'était pas à une fête. Il était avec un ami. Bienveillants, les yeux de sa tante n'avaient pas cillé. Ils avaient soutenu son regard, mais sans insistance déplacée. Le silence s'était prolongé entre eux, exempt de tout malaise : Linden cherchait simplement les mots appropriés. Elle lui avait laissé le temps. Il avait fini par lâcher que son ami s'appelait Philippe. Il était dans sa classe, au lycée. Il était avec lui, et il n'avait pas vu les heures passer. Il avait arrêté là sa confession. Il n'arrivait pas à se résoudre à aller plus loin. Il avait été saisi par une sorte de peur, la crainte que sa tante ne le juge, qu'elle ne soit dégoûtée, ou fâchée. Soudain elle avait déclaré, et Linden se rappelait ses paroles avec précision, leur souvenir ne l'avait jamais quitté : « Linden, n'aie pas peur. Dis-moi ce que tu as à dire. »

Il y avait de la tendresse dans les yeux de sa tante, rien d'autre. Linden s'était levé ; par la fenêtre, il avait contemplé la rue Saint-Charles déserte, avec ses décorations de Noël qui scintillaient. Ce serait peut-être plus facile s'il ne la regardait pas en face. Il était nu, sans armure, plus vulnérable qu'il ne l'avait été de toute son existence. Un bref instant, quelques secondes, il avait pensé qu'il ferait peut-être mieux de garder cela pour lui, de ne rien dire, ne rien divulguer, jamais, de taire ce secret, ne jamais le révéler. Mais la bulle en lui montait déjà, impatiente de sortir et de s'échapper. Il avait dit, lentement, que Philippe était la personne à laquelle il pensait nuit et jour. Philippe était beau, attachant, et Linden était bien avec lui, il se sentait lui-même. Il pouvait lui parler, lui confier des choses qu'il n'avait jamais dites à personne. La bulle s'élevait irrésistiblement, cherchant à franchir ses lèvres, et impossible de la retenir. Linden avait dit qu'il s'était toujours senti différent. Il s'en était rendu compte il y a long-temps, à Sévral. Les gamins au collège l'avaient perçu. Il ignorait comment, il ne pensait pas que cela se voyait, mais ils l'avaient deviné, et ils avaient fait de sa vie un enfer. À treize, quatorze ans, ses camarades avaient commencé à avoir des petites amies, à être obsédés par les filles, le corps des filles, les jambes des filles, les seins des filles. Chez lui, cette obsession n'était pas survenue. Au lieu de le laisser tranquille, ils le mettaient en boîte en permanence : mais où donc était sa petite amie ? L'Américain n'en avait pas, ou quoi ? Est-ce qu'il avait déjà touché une fille comme ci, ou comme ça, est-ce qu'il en avait même jamais embrassé une ? Est-ce qu'il était carrément gay, alors ? Une fiotte, une pédale ? Ils se gargarisaient des insultes en série qu'ils lui lançaient pendant la récréation, et la seule chose que Linden pouvait faire, c'était essayer de se blinder. Une fille lui avait un jour chuchoté que les autres garçons étaient jaloux parce qu'il était mignon. Pourquoi n'avait-il pas de petite amie ? Il pouvait avoir toutes les filles qu'il voulait, à commencer par elle. Il ne lui avait pas répondu. Quand il s'était installé à Paris, il avait été soulagé. Personne dans sa classe n'avait jamais suggéré qu'il était différent. On se fichait qu'il ait ou non une petite amie. Il était populaire. Et puis, un jour, Philippe. Philippe et ses cheveux bouclés, ses yeux rieurs. Philippe était bien dans sa peau, il assumait son identité. Il n'avait pas à faire semblant d'être quelqu'un d'autre. Philippe avait emmené Linden dans sa chambre, un jour après leur dernier cours. Se pouvait-il que ce soit aussi simple? Eh bien, oui. Ils étaient seuls dans l'appartement, et Philippe l'avait embrassé. C'est comme ça que leur histoire avait commencé. Récemment, trois élèves de leur classe les avaient arrêtés, Philippe et lui, dans l'escalier. Sarcasmes, quolibets, invectives. Sifflantes, les injures avaient fusé, toujours les mêmes mots affreux, et Linden avait reculé, horrifié. Il était tout à coup de retour à Sévral, victime des railleries et en proie au mépris, et ses yeux s'étaient fermés d'épouvante. Il avait entendu résonner la voix de Philippe, calme, pleine d'humour… Comment Philippe pouvait-il rester aussi stoïque? Son ton était à la fois impassible et intrépide, et Linden, en rouvrant les yeux, avait vu Philippe qui se tenait là dans son long manteau noir, superbe, menton levé, sourire aux lèvres. Gay? Oui, il était gay. Ça posait un problème? On allait le mettre en prison? Le passer à tabac? L'attacher, le lyncher, le jeter aux lions? Quoi, il devait rentrer chez lui pleurer dans les jupes de sa mère? Il devait se détester sous prétexte qu'il était gay? C'était ça qu'ils essayaient de lui dire? Eh bien, il allait leur apprendre une chose. Il avait dix-sept ans, et il n'avait pas peur. Non, il n'avait pas peur. Pas peur d'être gay. Pas honte d'être gay. Est-ce que ces connards avaient quelque chose à ajouter? Quelque chose du genre « sale pédé », peut-être? Il y avait eu un silence. Les trois élèves s'étaient éloignés d'un pas traînant. La main de Philippe avait empoigné la sienne et l'avait serrée très fort. Linden avait remarqué qu'elle tremblait.

Linden s'était tu à nouveau, un long moment. Son souffle avait dessiné un nuage cotonneux sur la vitre froide. Candice attendait. La bulle s'était extirpée de son corps, elle s'était libérée. Il avait dit: « Ça ne va pas te plaire. » Autre silence. « Je suis homo. Tu es déçue? »

Il avait éprouvé de la peur, de la détresse, de la solitude, et puis, chose étrange, du soulagement. Il s'était retourné pour faire face à sa tante. Elle souriait, et son sourire n'était pas différent des sourires qu'elle lui adressait chaque jour. Elle s'était levée de son siège, était venue vers lui, puis l'avait enlacé: « Je ne suis pas déçue, je t'aime toujours autant. »

Comme il avait chéri ces mots-là. *Je ne suis pas déçue, je t'aime toujours autant.* Ils l'avaient accompagné durant le long intervalle où il ne s'était pas senti prêt à faire son aveu à qui que ce soit d'autre. Ils l'avaient accompagné lorsqu'il repensait à son adolescence à Sévral, aux insultes qu'il avait subies, à la solitude dont il avait souffert. Ils l'avaient accompagné lorsqu'il envisageait de s'ouvrir à son père, à sa mère, à sa sœur. Il le ferait un jour. Les mots si précieux de Candy le protégeaient, en attendant, de toutes les peurs qui l'habitaient.

Linden tourne à gauche boulevard du Montparnasse, où, en dépit de l'heure tardive, la circulation est plus dense. Au carrefour de la rue de Rennes, les trottoirs sont bondés malgré le froid. Marcher lui manque énormément, son métier ne lui en laisse pas assez l'occasion. Quand il est chez lui, à San Francisco, il consacre plus d'une heure par jour à la marche, gravissant avec bonheur les rues escarpées.

Nombre de bars et de cafés sur le boulevard sont encore ouverts, et les trottoirs grouillent de clients sortis fumer une cigarette. En arrivant à l'hôtel, il trouve un mot de sa sœur sur sa porte. Tilia tient à ce qu'il passe la voir quelle que soit l'heure. Elle a les traits blêmes et tirés, les yeux rouges. Il lui répète tout ce qu'il sait. Elle le supplie de lui dire si leur père va s'en sortir. Un peu exaspéré, il lui répond qu'elle n'aura qu'à venir avec lui à l'hôpital : elle pourra poser elle-même la question au médecin.

« Je peux pas venir avec toi à l'hôpital, mec. »

Il la dévisage. Enfin, bon sang, qu'est-ce qu'elle entend par là ? Tilia baisse la tête, gênée. Il attend. Elle s'éclaircit la gorge après un bref silence. Elle explique, hésitante, qu'elle ne peut plus entrer dans un hôpital depuis son accident. Ah, et puis, par pitié, qu'il arrête de la regarder comme ça ! Elle ne peut pas. Oui, elle sait que c'était il y a une éternité, mais elle en est incapable. Elle a essayé. Elle se sent défaillir chaque fois qu'elle met le pied dans un hôpital. Ça réveille toute l'horreur. Linden lui fait remarquer qu'elle n'en parle jamais, alors comment mesurer l'horreur que ça a été ? Elle croise les bras, affiche cette mine obstinée qu'il connaît si bien. Elle ne peut pas y aller, point final. Elle s'occupera de leur mère, qui a encore de la fièvre. Tilia ne peut pas l'accompagner et Linden va devoir se faire une raison.

Il y a tant de choses sur sa sœur qu'il ignore, songe Linden en regagnant sa chambre avec lassitude. C'est bizarre, il a vécu presque seize ans avec elle, il est certain de la connaître mieux que personne, et pourtant des zones d'ombre subsistent. Il ne sait pas ce qui s'est passé la nuit de l'accident, hormis qu'elle a été la seule rescapée. D'accord, ils sont proches, mais à quel point? À quel point peut-on être proche d'une sœur? se demande-t-il. Qu'est-ce que c'est, être proche? Connaître les secrets de l'autre? Connaître son passé, ou même son présent? Sa sœur n'a probablement aucune idée de la vie qu'il mène depuis qu'il est devenu un photographe célèbre. Elle s'imagine sans doute que tout est rose pour lui. Elle ne sait rien de la tension, des rivalités, de l'énergie folle qui vont avec cette gloire. Il l'entend d'ici répliquer: Eh oui, Linden Malegarde est mon petit frère, avec cette expression mi-railleuse mi-souriante. Est-elle jalouse? Il n'y a jamais réfléchi, mais allez savoir. Elle est peut-être jalouse de son succès, de la beauté dont elle n'a pas eu la chance d'hériter… Il est temps pour Linden d'appeler Sacha en Californie. Sacha saura trouver les mots, il saura l'apaiser.

Linden n'arrive pas à dormir. Il reste allongé sur le dos, les yeux ouverts dans le noir. Quand il se lève pour regarder dehors, intrigué par le silence soudain, il constate que la pluie s'est transformée en neige. Des flocons tourbillonnent autour des réverbères comme des nuées d'insectes recherchant la lumière. Il se remet au lit, après avoir augmenté légèrement le chauffage. Non, il n'allumera pas la télévision. La montée de la Seine est trop alarmante. Il veut se concentrer sur son père, sujet autrement plus alarmant. Il doit se montrer fort pour son père, pour sa mère, pour sa sœur. D'une certaine façon, il comprend que c'est à lui de faire front, que c'est à lui qu'il incombe de conduire la bataille. Est-il prêt? Il le faut bien, il n'a pas tellement le choix. Jusqu'à maintenant, il avait toujours pensé que Tilia, en sœur aînée autoritaire, serait celle qui prendrait les choses en main. Sous la mine fanfaronne et le langage grossier se cachait en réalité un être bien plus fragile qu'il ne l'imaginait. Sacha avait été très surpris d'apprendre que Tilia refusait de s'approcher de l'hôpital. Il avait demandé à Linden s'il était déçu. Par loyauté envers Tilia, Linden avait prétendu que non. Mais au fond il l'était.

Il pense à son père, en soins intensifs. Paul a-t-il repris connaissance? Sait-il ce qui lui est arrivé? Souffre-t-il? Ces interrogations l'angoissent et font fuir le sommeil. Il se souvient, un jour, dans l'avion, il était assis à côté d'une femme avec qui il avait eu une conversation intéressante. D'après elle, chaque fois qu'on était gagné par la peur ou le stress, il suffisait d'évoquer une vision positive, de se représenter une chose, un lieu ou une personne aux vertus rassurantes. Il n'avait jamais essayé. Il ferme les yeux. La première image qui lui vient est celle de son père, à Vénozan, avec son chapeau de

paille fatigué et sa salopette ; son père se penchant pour examiner ses arbustes et ses fleurs. Quand il était petit, Linden
avait l'habitude de le suivre dans le jardin. Son père ne parlait
pas beaucoup, mais Linden s'en accommodait. Il se sentait
proche de Paul même pendant les silences, il avait appris à
ne pas s'en offusquer. Il s'agenouillait à côté de son père et,
jouant dans le sol rocailleux avec son râteau et sa pelle de
plage, il observait. Les mains de son père volaient de-ci de-là,
arrachant les mauvaises herbes, redressant les tiges courbées.
Dans un de ses premiers souvenirs, Linden se revoit indiquer
à son père les différentes couleurs. « Bleu », avait-il lancé fiè-
rement, en français. Tant de nuances de bleu autour de lui !
Et des plantes si merveilleuses ! Intimidé, il avait caressé de
petits globes indigo pareils à des boules de ouate, si doux et
légers au toucher qu'on les aurait cru tissés par des araignées
magiques. « *Echinops ritro* », avait annoncé son père, bourru.
Linden avait désigné un autre bleu – des fleurs tubulaires
compliquées au bout de minces tiges argentées. « Sauge de
Russie », lui avait-on répondu. Il y avait aussi des touffes
compactes de brins filiformes semblables à des aiguilles : il
avait tourné autour sans oser toucher leurs pointes d'un bleu
éclatant. « Fétuque bleue », avait précisé son père. Et ces fleurs
en forme d'étoiles qui poussaient en bouquets très denses et
semblaient aiguiser l'appétit des abeilles ? « Bourrache. » Il
adorait jouer au jeu des couleurs avec son père. Toujours en
français. « Jaune ! » criait Linden, excité, en repérant tous les
jaunes alentour. Il y avait les ajoncs resplendissants, à la teinte

vive comme du beurre fondu, mais aussi les pompons jaune citron d'une plante que son père appelait santoline, terme qui lui évoquait un prénom de fille. Quelquefois son père inversait l'exercice et c'était à lui, Linden, de citer le nom des fleurs. La plupart des noms latins lui échappaient, mais celui des marguerites géantes à rayures orange et dorées, Linden se le rappelait toujours. « *Gazania splendens*! » zézayait-il, triomphant, en brandissant sa pelle de plage. D'une main terreuse, Paul ébouriffait les cheveux de son fils. Vandeleur, le jardinier préféré de son père, applaudissait. Linden aimait beaucoup Vandeleur, avec ses cheveux roux et ses taches de son. Il attrapait de terribles coups de soleil, sans que cela ne semble le déranger. Vandeleur avait paraît-il du sang anglais, et Lauren le taquinait parce qu'il ne parlait pas un mot de la langue. Le jardin de Paul était un enchantement en toute saison, même durant les courtes journées d'hiver. Il savait quelles plantes fleurissaient à l'automne, lesquelles avaient un feuillage persistant, lesquelles embaumaient à Noël, comme le *Sarcococca confusa*, sorte de buis odorant. Quand les orages éclataient et provoquaient des coupures de courant, puis que les nuages noirs se dissipaient, laissant dans leur sillage une brume nacrée, Linden n'avait qu'une hâte, retourner dehors, car les parfums du jardin se trouvaient alors exaltés. La pluie intensifiait leurs senteurs enivrantes et Linden les respirait avec avidité.

Linden sent une douce paix l'envelopper. Son nez retrouve les arômes pleins de fraîcheur du jardin et, dans sa tête, il voit l'arboretum. Il voit son père pareil au capitaine d'un navire, voguant sur un océan de feuilles, debout à côté du plus grand et plus vieux tilleul. Aux pieds de Linden, des aspérules dressent leurs tiges vert vif que chapeautent de pâles boutons pointus. Il aperçoit un parterre de joubarbes, épaisses rosettes pourprées aux feuilles imbriquées qui le sub-juguaient quand il était petit et lui rappelaient des artichauts. Il étire le bras pour caresser le rouge carmin des orpins. Des papillons voltigent autour d'asters violets ; l'un d'eux se pose dans le creux de sa main tendue, battant lentement de ses ailes délicates, comme du temps de son enfance. La femme de l'avion avait raison : la méthode fonctionne. Il distingue parfaitement le papillon, sa minuscule tête duveteuse, ses yeux ronds, ses fines antennes ; il discerne la texture des ailes iridescentes. Il remarque que sa paume n'est pas celle d'un adulte. Il est un petit garçon, dans le jardin de son père. Il se sent en sécurité, serein. S'il regagne la maison, il apercevra sa mère qui bronze sur la terrasse, non loin des lauriers-roses et des roses trémières. Il entend Mme Leclerc, la femme de ménage, qui lave marmites et casseroles dans la cuisine. Tilia fait la roue sur la pelouse, encore et encore, inlassablement, comme au ralenti. C'est la dernière vision qu'il ait avant de s'endormir enfin.

On prit l'habitude de passer les soirées
sous un immense tilleul à quelques pas
de la maison.

Stendhal, *Le Rouge et le Noir*

Mon coin préféré se trouvait là-haut, auprès des arbres.
En été, c'était mon royaume. La jeune fille aimait y aller,
elle aussi. Elle lisait un livre à l'ombre pendant que
je construisais une cabane dans l'arbre avec des branches
et des brindilles. Mon père ne s'y aventurait jamais.
J'avais vite compris qu'il préférait la ville. Quant à ma mère,
sa grossesse la fatiguait. Elle n'avait pas envie de monter
jusqu'ici. Je semblais être le seul à me plaire auprès
des arbres. Mes amis préféraient les prairies ou la pelouse,
où ils pouvaient faire des parties de ballon ou se bagarrer.

Ma cabane dans l'arbre bougeait avec le vent et grinçait
comme un navire. La jeune fille me faisait parvenir le panier
en osier rempli de tout ce qu'il me fallait. Je tirais sur
la corde pour le hisser. Elle m'encourageait toujours.
Je me sentais fort, viril, même si je n'étais qu'un petit garçon.

La jeune fille déployait une nappe à carreaux, où nous nous installions. Dans le panier, elle avait rangé avec soin figues, pêches et fraises des bois, toutes provenant du jardin, mais aussi de petits carrés de chocolat noir que nous devions manger très vite quand la chaleur s'intensifiait, et de gros morceaux de baguette.

Je jouais avec les arbres. Ils étaient comme des êtres vivants, pour moi. Aussi vivants que des humains. Ils semblaient se chuchoter des secrets. Peut-être étais-je le seul à les entendre. Les arbres étaient au cœur des choses. J'avais quatre ans, mais j'en avais déjà l'intuition.

Je me souviens très clairement de ces lents après-midi ensoleillés. Tout, autour de moi, avait l'air en paix. Depuis mon perchoir dans les branches, je regardais les insectes en tout genre se promener sur le tronc. Scarabées, fourmis, chenilles et gendarmes, mes préférés. Ils étaient inoffensifs et grimpaient sur mon doigt. Ils se rassemblaient en grappes qui formaient une unique tache rouge. J'observais les abeilles engrangeant le pollen, fasciné par leurs petits manchons jaunes qui devenaient de plus en plus gros. Je ne me faisais jamais piquer, même quand l'arbre, en juillet, en attirait des nuées entières.

Elle était jolie. Elle avait la peau la plus blanche qui soit. On aurait dit du lait. Elle ne devait pas s'exposer au soleil,

m'expliquait-elle. Aux pieds, elle portait des espadrilles.
Elle les envoyait valser quand nous nous étions installés
sur la nappe. Même ses orteils étaient pâles et crémeux.
Elle était mon premier béguin. Les après-midi où elle devait
venir, je me plantais à la fenêtre du premier étage, à attendre,
rien que pour la regarder approcher de la maison. Son père
la déposait avec sa camionnette bleue. Elle était toujours
en robe. Les jours où le mistral soufflait, sa jupe se soulevait,
dévoilant ses cuisses.

Elle s'appelait Suzanne. Chaque fois que j'entends ce prénom,
quelque chose en moi se brise.

À HUIT HEURES LE DIMANCHE MATIN, Linden est réveillé en sursaut par un SMS d'Oriel. *Tu es toujours à Paris ? La Seine monte beaucoup trop vite. On n'a pas vu ça depuis longtemps.* Se frottant les yeux, encore ensommeillé, il allume la télé. Dans la nuit, la Seine a bondi d'un mètre, atteignant les cuisses du Zouave. Toutes les chaînes montrent les mêmes images ; des eaux marron qui ne cessent de grimper. Elles envahissent désormais d'autres caves et d'autres parkings, lentement mais sûrement, s'infiltrant dans les bâtiments par en dessous. Linden n'avait jamais réfléchi au fait que les inondations survenaient par le bas, en remontant des sols saturés, et non en submergeant les berges des rivières. Dehors, la neige continue à tomber, recouvrant la rue Delambre d'une couche de bouillasse.

La Seine l'inquiète, mais pas autant que d'attendre des nouvelles de son père. Aucun signe de l'hôpital. S'il y avait eu quoi que ce soit de grave, le Dr Yvon aurait appelé, du moins il le suppose. Il a des dispositions à prendre : annuler tous leurs

départs prévus cet après-midi et vérifier s'ils peuvent prolon-
ger leur séjour à l'hôtel. Il se douche puis s'habille à la hâte.
En bas à la réception, aucune trace d'Agathe, mais à sa place,
un jeune homme désinvolte qui ne semble pas comprendre
que Linden doit parler au plus vite à la directrice de l'hôtel. Mme Fanrouk ne vient pas le dimanche, lui répond-on.
Masquant tant bien que mal son irritation, Linden demande
s'ils peuvent garder leurs chambres quelques nuits de plus.
Pas de problème pour celle de ses parents, mais, malheureusement, seule celle de sa sœur est disponible ce soir et demain.
Linden réserve les deux chambres. Il va devoir dormir avec
Tilia, et il se demande comment elle va le prendre.

Il frappe à la porte de sa mère, doucement, d'abord,
puis un peu plus fort. Tilia vient ouvrir, les traits chiffonnés
et les cheveux en bataille. Linden devine qu'elle a à peine
fermé l'œil. Elle demande s'il a eu des nouvelles de l'hôpital,
il fait non de la tête.

« Maman a beaucoup de fièvre, chuchote-t-elle tout
bas. Et sa toux sèche est épouvantable ! »

Lorsqu'il voit le visage de sa mère, Linden comprend qu'il ne s'agit pas d'un simple rhume. Elle a les joues
empourprées, les yeux creux. Ils doivent appeler un médecin,
sur-le-champ. Tilia est d'accord, et contacte la réception. Un
médecin va venir dans l'heure. Tilia tente une plaisanterie sur
leur petite réunion familiale qui vire au cauchemar. Linden
sourit sans conviction. Il suggère à sa sœur d'aller se doucher
et se reposer un peu. Elle a l'air épuisée ; elle a besoin de

souffler. Il va la relayer auprès de leur mère et il la tiendra au courant de ce qu'aura dit le médecin. Sa sœur quitte la pièce, reconnaissante et fatiguée.

Linden s'assoit sur un petit canapé. Sa mère a les yeux fermés, mais elle tousse souvent, grimaçant en même temps. Il lui demande avec douceur si elle veut de l'eau et elle secoue la tête. Elle lui sourit faiblement. Il lui sourit à son tour. Il balaie la chambre du regard. Il ferait n'importe quoi, n'importe quoi, pour que son père soit de retour ici. Chaque fois qu'il pense à l'hôpital, il a la boule au ventre. Il ne va rien dire à sa mère. Il va garder son angoisse pour lui. Sur la table de chevet, il remarque les lunettes de lecture de son père et un livre. *L'homme qui plantait des arbres* de Jean Giono. Il est intrigué. À sa connaissance, son père lit très peu. C'est un mince volume, une quarantaine de pages, publié par Gallimard. Sur la page de garde, une écriture inconnue : *Pour Paul Malegarde, l'Elzéard Bouffier des temps modernes, avec ma plus profonde admiration.*

Linden n'arrive pas à déchiffrer le nom griffonné au bas de la page. Le livre a sans doute été offert à son père par un des nombreux disciples qui suivent ses exploits de défenseur des arbres. En feuilletant le roman, Linden comprend qu'Elzéard Bouffier est le héros de l'histoire, un paisible berger provençal qui, en l'espace de quarante ans, avait planté à lui seul une forêt entière, régénérant par là l'écosystème affaibli d'une vallée désertifiée. Son père, de la même manière, est considéré comme un héros par ceux pour qui les arbres ont tout autant d'importance, sinon plus, que les êtres humains. Des fanatiques de ce genre se réunissaient parfois à Vénozan à seule fin d'écouter Paul. Avec Tilia, Linden se moquait d'eux derrière leur dos, ridiculisant leur ferveur et leur vénération, mais, au fond de lui, il était impressionné par l'influence que son père semblait avoir sur eux. Spécialistes de la nature et scientifiques accouraient de partout pour consulter « l'Arboriste », et Linden s'était vite habitué à voir des voitures garées dans l'allée quand il rentrait de l'école, et à entendre sa mère l'avertir que son père n'était pas disponible. C'était toujours bizarre de voir son père, d'ordinaire si peu communicatif, parler intarissablement devant des inconnus qui buvaient ses paroles comme s'il était Dieu. Parfois Linden allait s'asseoir discrètement avec son goûter pour écouter son père, caché derrière un buisson ou une chaise. Les journalistes voulaient toujours savoir comment était née cette passion, ils posaient systématiquement cette question, et Paul n'en était jamais agacé. Il expliquait, aimablement, que ses parents ne s'intéressaient pas à la nature. Ni son père ni sa mère ne s'occupaient du jardin. Lui, c'était tout le contraire. Très jeune, il avait appris à observer les arbres, comment ils poussaient, ce qui les différenciait, ce qui leur était nécessaire, ce qui leur portait atteinte. C'était ici, à Vénozan, dans l'arboretum planté bien avant sa naissance, qu'il avait peu à peu découvert la nature. Son père l'avait autorisé à cultiver un petit carré de jardin rien que pour lui. Il aimait regarder pousser les végétaux, même s'il était trop petit pour connaître le nom de ses plantes et de ses fleurs préférées. Il passait des heures dans ce carré de jardin, tout seul, armé de sa pelle et de son râteau, à planter et à désherber. Il avait appris que tout ce qui avait trait aux jardins ou aux arbres était lent. Rien ne survenait du jour au lendemain, hormis les dégâts causés par la violence d'une tempête. Par la suite, jeune homme, quand il avait amoureusement et minutieusement redonné forme au jardin de Vénozan que son père avait laissé en friche, il avait su qu'il allait consacrer le reste de sa vie à prendre soin des arbres. Pas en tant que paysagiste, son premier métier, mais en tant que défenseur des arbres. Paul racontait toujours aux journalistes et aux admirateurs l'histoire du premier arbre qu'il avait sauvé, quand il avait à peine quinze ans. Linden connaissait l'anecdote par cœur, mais il avait toujours plaisir à l'entendre. Paul travaillait sur un massif d'arbustes dans le village fortifié du Poët-Laval, près de Dieulefit. Un riche homme d'affaires parisien avait acheté une vieille demeure pourvue d'un jardin clos. Il faisait réaménager toute la propriété, peut-être pas dans le meilleur goût, et avait persuadé le maire d'abattre un platane tricentenaire en bordure de son domaine, sous prétexte qu'il faisait trop d'ombre sur sa piscine. Haut d'une bonne quinzaine de mètres, l'arbre était une splendeur, avec ses feuilles épaisses tannées comme du cuir et son écorce gris olive qui s'écaillait par endroits pour laisser voir une surface lisse d'un blanc laiteux. Paul avait été scandalisé en apprenant les intentions de M. Morel. Pourtant, personne ne semblait choqué par ce qui se préparait. Personne ne s'en formalisait. Le maire avait d'autres soucis. Personne n'écoutait le jeune garçon dont la colère allait croissant. Un soir de printemps, Paul avait frappé à chaque porte du petit village, s'était présenté et avait expliqué la situation. Enfin voyons, on ne pouvait pas assister les bras croisés à l'abattage du platane. Le platane faisait partie du village au même titre qu'eux. C'était à coup sûr un des plus vieux arbres de la région. Il fallait le protéger. Tant pis pour la piscine de M. Morel. Petit à petit, les habitants avaient prêté l'oreille à ses arguments. Paul était jeune, il était convaincant, et il était l'un d'entre eux. Il parlait leur langue, il avait leur accent, il était de Sévral, le bourg voisin. Pas comme ce Parisien méprisant qui leur accordait à peine un regard quand il débarquait. Une pétition avait commencé à circuler. Paul s'était rendu à vélo dans tous les villages des environs, sa pétition en poche. Le papier était froissé, taché de pluie, de café et de rosé, mais Paul avait fini par recueillir plus de quatre cents signatures. Malgré cela, le maire avait renâclé. À l'évidence, il était du côté de M. Morel, à qui il léchait les bottes avec une servilité que Paul jugeait répugnante. Le jeune homme avait donc annoncé à la presse subjuguée qu'il ne restait qu'une chose à faire : s'enchaîner à l'arbre. Deux habitants l'avaient accompagné dans son acte de révolte ; la vénérable Violette Sédiron, quatre-vingt-huit ans révolus, et Roger Durand, l'âge de Paul, amoureux comme lui de la nature. Cette sédition avait fait grand bruit. En arrivant avec leurs tronçonneuses et leurs camions, les bûcherons avaient découvert trois énergumènes attachés à l'arbre. Quand la police avait été appelée sur les lieux, d'autres villageois s'étaient joints au trio. Bientôt, une centaine de personnes défendaient le platane avec acharnement. Le journal local avait envoyé un photographe. On apportait à manger et à boire aux protestataires. Tout le monde scandait : Sauvez notre arbre, sauvez notre arbre ! Un moment magique, merveilleux, se souvenait Paul, ses traits s'illuminant. Et un moment plus merveilleux encore quand M. Morel avait accepté de simplement élaguer l'arbre, et s'était engagé à ne jamais l'abattre.

Sur la table de chevet, le téléphone de Lauren se met à vibrer et Linden sursaute. Sa mère n'esquisse aucun geste vers l'appareil. Il vibre à nouveau. Linden tend la main pour l'attraper : peut-être l'appel concerne-t-il Paul ? Le nom qui s'affiche sur l'écran est vaguement familier. *JeffVDH*. Soudain Linden se souvient. Jeffrey Van Der Haagen, le fiancé de sa mère avant Paul. Jeff était venu à Vénozan un été, il y a des années, avec sa femme et ses filles. Sourire joyeux, apparence soignée, raie impeccable. Ennuyeux, mais sympathique. Tandis que Linden se demande s'il doit répondre, on frappe à la porte. Le médecin. Linden repose le téléphone et se lève pour aller ouvrir.

Le médecin examine sa mère et déclare tout net que Lauren a une mauvaise grippe, qui pourrait durer jusqu'à une semaine. Il n'y a rien à faire sinon prendre du paracétamol pour faire baisser la fièvre, et se reposer. Après le départ du médecin, Linden appelle Tilia et la met au courant. L'un d'eux va devoir aller à la pharmacie. Tilia dit qu'elle arrive tout de suite; elle vient de sortir de la douche. Linden en profite pour passer des coups de fil afin d'annuler leurs billets de train et d'avion. La démarche prend un certain temps. Une fois ces formalités accomplies, il se demande s'il doit prévenir sa tante Marie. Son père n'est pas très proche de son unique sœur. Linden décide d'attendre le compte rendu du Dr Yvon. Il consulte sa montre, pressé de retourner à l'hôpital. Il serait tenté d'y aller sans délai, mais il sait qu'il ne pourra pas voir Paul; il doit se montrer patient. Il confie Lauren aux bons soins de Tilia. De retour dans sa chambre, Linden envoie un mail à Rachel Yellan pour lui expliquer brièvement la situation. Il a un shooting important prévu mardi, le portrait d'une personnalité politique dans le Massachusetts. Il va falloir reporter la séance, à moins que Rachel ne se voie contrainte à embaucher un autre photographe. Linden s'en moque, il s'en moque complètement. C'est étrange. Dire que, jusqu'ici, son travail était tout pour lui, qu'il l'emportait sur tout le reste. Plus maintenant.

Il faut qu'il sorte. Pas question de rester devant la télé à regarder la Seine monter d'heure en heure en attendant de pouvoir aller à l'hôpital. Il attrape son manteau et quitte l'hôtel. Le froid lui pique la peau dès qu'il met le pied dehors. La pluie recommence à tomber sans discontinuer comme si elle ne devait jamais s'arrêter. Pas de parapluie, pas de chapeau. Ses cheveux ne tardent pas à se mouiller. Il marche jusqu'à Denfert-Rochereau. Il remarque que la place autour de l'énorme statue du lion de Bartholdi est étrangement vide, avant de se rappeler qu'on est dimanche matin. Il choisit le café au coin de la rue Daguerre, s'y installe, commande un chocolat chaud. Il n'y a pas trop de monde, et il apprécie la tranquillité ambiante. Il demande le code wi-fi au serveur puis branche son téléphone à la prise murale. Il cherche « attaque cérébrale » sur Google et regrette bientôt son initiative. Plus il lit, plus il est angoissé. Comment son père pourra-t-il jamais se remettre ? Après une attaque, beaucoup souffriraient de séquelles physiques et psychologiques, et conserveraient des handicaps irréversibles. Cette pensée lui est insupportable. Dans quel état trouvera-t-il son père tout à l'heure ? Il se rend compte qu'il redoute d'entrer dans la chambre d'hôpital. Il va devoir le faire seul, sans sa sœur et sa mère comme soutiens. Sans Sacha. Il va devoir affronter cette épreuve tout seul. Il va devoir cacher sa peur à son père. C'est ce que font les parents, non ? Ils protègent leurs enfants ; ils ne leur laissent jamais voir qu'ils sont inquiets. Linden va devoir agir ainsi pour son père. Il le revoit massacrer une vipère à coups de pelle sur la terrasse de Vénozan, alors que le serpent allait s'introduire dans la maison. Paul paraissait calme et maître de lui, mais Linden avait repéré que ses mains tremblaient. Plus tard, il avait appris que son père détestait les serpents. Il n'avait pourtant rien montré de sa phobie. Linden devait se comporter de la même façon aujourd'hui au chevet de son père. Calme et assurance.

Il parcourt les infos sur Twitter. Le 12ᵉ arrondissement semble être le secteur le plus inondé. C'est celui, à l'est, où la Seine pénètre dans la ville. L'électricité a lâché dans certaines rues aux environs de Bercy. On s'emploie à condamner d'autres stations de métro près du fleuve, en érigeant des murs en ciment autour des bouches. On évacue le Jardin des Plantes. Le gouvernement va certainement activer demain le « plan Neptune », dispositif mis en place en cas d'urgence maximale. Linden découvre que Paris fait les gros titres dans le monde entier. La Seine va-t-elle continuer à grimper ? La question est sur toutes les lèvres.

Mais, pour Linden, il n'y a qu'un sujet qui compte à l'heure actuelle. Son père. Son père, et rien d'autre.

Quand il arrive à l'hôpital Pompidou en début d'après-midi, il s'arrête au bureau des soins intensifs pour réclamer le Dr Yvon. Une infirmière à la mine affairée lui apprend qu'elle s'est absentée jusqu'à mardi matin. Linden se sent abandonné, désorienté. Cela va de soi, les médecins ont besoin de repos, mais il s'était mis dans la tête que le Dr Yvon serait présente à son retour. Il demande à l'infirmière s'il peut voir son père, Paul Malegarde, et elle hausse les épaules, oui, bien sûr, il est dans la chambre 24. Elle paraît tellement insouciante et indifférente, il lit dans cette attitude un signe encourageant, le signe que son père s'est rétabli, qu'il va bien, qu'ils vont pouvoir sortir d'ici plus tôt qu'il ne le pensait.

Il longe le couloir tapissé de linoléum, évitant de regarder dans les chambres contiguës où des patients sont couchés. Des infirmières et des médecins le frôlent en passant. Linden n'a pas l'habitude des hôpitaux. Il n'a jamais été malade, ne s'est jamais cassé un bras ou une jambe. Une des dernières fois qu'il a mis les pieds dans une clinique, c'était pour voir sa sœur après son accident. À l'époque, il travaillait comme assistant d'un photographe de mode. L'accident avait eu lieu début août, et Linden se souvient de la chaleur étouffante de l'hôpital de Bayonne, de l'angoisse de ses parents, et du choc qu'il avait éprouvé en voyant le corps bandé de Tilia, son visage tuméfié couvert de bleus.

La porte de la chambre 24 est fermée. Linden l'ouvre, tout doucement. Il tombe nez à nez avec une femme d'une trentaine d'années. Derrière son épaule, il aperçoit un inconnu brun et poilu, dont la jambe massive est maintenue en l'air par un appareillage. Il règne une odeur aigre dans la pièce, une odeur de flatulence et de transpiration.

« Pardon, marmonne Linden. J'ai dû me tromper de chambre. »

« Non, vous ne vous êtes pas trompé », répond la femme, s'écartant pour lui laisser voir un rideau tiré contre le lit. Elle indique le fond de la pièce. Linden comprend qu'un deuxième lit est caché derrière le rideau. Son père est étendu de tout son long sur le matelas, des tubes dans l'avant-bras et dans le nez. Il a les yeux clos. Son visage est déformé par une abominable expression comique, comme s'il clignait de l'œil ou souriait d'un petit air satisfait après une blague cochonne. Derrière lui, des machines contrôlent son rythme cardiaque avec des bips mécaniques. Paul paraît étrangement chétif, comme si ses muscles avaient fondu. Où est passé le solide gaillard ? Linden, accablé, essaie de reprendre son souffle. Il ne sait pas quoi dire à son père ; il ne sait pas ce qu'il peut comprendre ou entendre. Il se rapproche, avec prudence, pose la main sur le tibia de son père. Les yeux de Paul demeurent fermés.

« Papa, c'est moi, dit Linden en français. Je suis là. »

Il s'assoit sur la chaise à côté du lit. Son père est-il dans le coma ? Le Dr Yvon n'avait rien dit à ce sujet. Le malade de l'autre côté du rideau se met à gémir. Sa plainte n'en finit pas. Linden aimerait qu'il se taise. La femme murmure quelque chose entre ses dents, et l'homme se calme enfin. Une immonde puanteur envahit la pièce.

Linden se penche plus près de l'oreille de son père. Il chuchote que Lauren a la grippe et que Tilia s'occupe d'elle. Mais ce qu'il veut surtout savoir, c'est comment il se sent. Paul n'émet aucun son. Ses paupières tressaillent. Paul ne pourra-t-il jamais plus parler ? Linden demande avec douceur à Paul s'il peut l'entendre, s'il peut ouvrir les yeux. Toujours pas de réaction. Pendant ce temps, l'homme poilu recommence à geindre tel un enfant paniqué.

La porte s'ouvre dans un déclic ; un médecin et une infirmière font leur apparition. Ils s'occupent d'abord de l'autre patient. Linden ne peut s'empêcher d'entendre ce qui se dit. Le gros homme poilu s'appelle Pascal Beaumont. Il a eu une attaque deux jours plus tôt. Le médecin tente d'expliquer à Mme Beaumont que son mari va être opéré, mais il ne réussit pas à placer un mot. Mme Beaumont, au bord de l'hystérie, le harcèle de questions : quand son mari va-t-il redevenir lui-même, pourquoi ne l'a-t-on pas encore opéré, pourquoi son mari ne peut-il pas avoir une chambre individuelle ? Elle a une voix aiguë exaspérante qui vous crève les tympans. Si seulement elle pouvait la boucler. Lorsque le médecin tourne enfin son attention vers Paul, Linden voit bien que l'homme est à bout de patience. Lui aussi meurt d'envie de le bombarder de demandes, mais il se retient. Le médecin a à peu près son âge, avec de longs traits maigres expressifs et des yeux perçants couleur café. Linden ne peut s'empêcher, même dans les situations de crise comme celle-ci, d'envisager les êtres ou les lieux avec l'œil du photographe. Le Dr Frédéric Brunel ferait un sujet passionnant, avec ses paupières languides, sa pâleur d'ivoire et ces fines ridules autour de sa bouche tombante.

« Malegarde... dit le médecin. Vous êtes le photographe ? »

Linden hoche la tête. Cela arrive, de temps en temps. Mais il ne s'y attendait pas, pas dans ce contexte. La remarque paraît déplacée, incongrue. Le Dr Brunel étudie la fiche de soins au pied du lit de Paul, demande à l'infirmière de vérifier la tension artérielle et la température du patient. Mme Beaumont, qui épie la scène derrière le rideau, n'en perd pas une miette. Le médecin enchaîne en disant qu'il aime beaucoup ce que fait Linden. Le malaise de Linden s'accroît. Il n'a aucune envie de savoir ce que le médecin pense de son travail, il veut savoir comment va Paul, s'il va survivre, s'il aura des séquelles. Le Dr Brunel se tait enfin. Il se penche, soulève la paupière de Paul, braque une mini-torche dans son œil. Paul cligne. Le médecin paraît satisfait. Il griffonne sur la fiche de soins. Puis il se tourne vers Linden. Paul doit être surveillé de près. Il va rester dans ce service une semaine de plus. Il est trop tôt pour déterminer l'ampleur des lésions cérébrales, mais l'état du patient est stable. Un point positif, apparemment. Ils ne savent pas encore s'ils vont devoir opérer. Linden veut savoir ce que son père voit, ce qu'il entend, ce qu'il comprend. Est-il dans le coma ? Il a conscience que son ton est pressant, impérieux, et il prie pour ne pas ressembler à l'assommante Mme Beaumont, mais il faut qu'il sache. Il faut qu'il sache, maintenant. Le médecin se dirige vers la fenêtre, loin des oreilles indiscrètes de Mme Beaumont. Il contemple dehors les toits mouillés, le ciel gris et maussade. Il n'a pas l'air irrité par les questions de Linden. Au contraire, il semble vouloir prendre le temps d'y répondre. À nouveau, Linden remarque combien le profil de l'homme est extraordinaire : ce nez à l'arête proéminente, ce beau menton saillant. Son père se trouve dans une sorte de *no man's land* post-AVC, un lieu très inconfortable, explique le Dr Brunel. Il ne peut pas parler, il ne peut pas bouger, mais, pas de doute, il peut voir et entendre. Ce n'est pas un coma. Il est comme un bébé dépendant qui ne peut plus rien faire par lui-même. Il va devoir réapprendre. Le mieux, pour Linden, c'est de parler à son père, lentement, et, avant tout, d'être patient.

Après le départ du médecin et de l'infirmière, Linden décide de tenter le coup. Il se rassoit, murmure doucement à l'oreille de Paul que tout va s'arranger, Paul ne doit pas s'inquiéter. Il doit essayer de se détendre. C'est bien l'anniversaire le plus étrange que Paul ait jamais eu, pas vrai ? Le ton de Linden paraît faux, même à ses propres oreilles. Il hésite, puis se tait. Il n'est pas évident d'être assis là, avec deux étrangers derrière une mince paroi de tissu qui guettent la moindre de ses paroles. Comment va-t-il y arriver ? Il a déjà assez de mal à parler à son père en temps normal. Il demeure silencieux, sa main sur le bras de Paul. Linden se penche et embrasse le crâne dégarni de son père. Sa peau est sèche et brûlante. Quand Linden quitte la chambre, Mme Beaumont lui dit au revoir, d'une voix mal assurée. Il répond poliment. Ils sont dans le même bateau, après tout, à veiller sur leur proche en danger, à tâcher d'apprivoiser leur peur.

Une nouvelle fois sous la pluie, sur le chemin de l'hôtel, Linden entend sonner son portable. L'indicatif 04 correspond, il le sait, à la région de la Drôme. Lorsqu'il répond, il reconnaît sa tante Marie. Tilia a dû lui donner son numéro. Cela fait des années qu'il ne l'a pas vue et ne lui a pas parlé. Maigre comme un clou, Marie est une veuve à la figure austère qui a dans les soixante-cinq ans. Son mari Marcel est mort dans un accident de chasse au sanglier près de Taulignan. Leur fille Florence est coiffeuse ; âgée d'une trentaine d'années, elle vit à Sévral avec ses jeunes enfants et son mari. Après le décès de Marcel, Marie a emménagé chez sa fille. Elle veut savoir comment va son frère. Inquiète qu'il ne réponde pas à ses appels pour son anniversaire, elle a fini par téléphoner à Tilia, qui lui a appris la nouvelle. Linden lui répète ce qu'il sait. Tout en lui parlant, il l'imagine dans sa salle de séjour encombrée, où les stores sont toujours fermés, même en hiver. Marie et Florence habitent dans le centre de Sévral, non loin de son ancien lycée, à proximité des larges avenues circulaires bordées de platanes qui ceinturent la petite ville. Il se rend compte en répondant à ses questions que son dernier séjour à Vénozan et à Sévral remonte à plus de quatre ans. Il n'a pas revu sa tante et sa cousine depuis. Ils avaient déjeuné dans le restaurant près de l'ancienne gare, aujourd'hui désaffectée. Après le repas, Linden s'était promené en ville, seul, appareil photo à la main. Il avait le souvenir d'une ville plus animée. Il savait que du temps de son arrière-grand-père, durant l'âge d'or des cartons d'emballage, Sévral était une véritable ruche. Dans les années 1980, la production avait ralenti car les cartons coûtaient moins cher à fabriquer en Chine. L'ère de prospérité s'était achevée dans les années 1990, et l'an 2000 avait sonné le glas de l'activité industrielle. La ville ne s'en était jamais remise. Même au cœur de l'été, les ruelles sinueuses du vieux quartier demeuraient désolées.

Sévral était une ville fantôme. Personne ne venait plus visiter sa chapelle du xve siècle ; accroché à la porte, un panneau gribouillé indiquait : « Ouvert seulement le mardi matin. » Personne ne réservait de chambres au Grand Hôtel, qui avait l'air à l'abandon. Le seul endroit où on croisait du monde, c'était à l'hypermarché situé en périphérie de la ville. Il était toujours rempli de clients flânant dans les allées avec des chariots bourrés de provisions. À cause de l'hyper-marché, tous les petits commerces avaient fermé. Les maisons anciennes, si imposantes et belles, avaient leurs volets clos. Personne ne semblait vivre là, personne n'en avait les moyens. L'unique librairie était vide et à vendre. Le cinéma et le théâtre avaient fait faillite. Autrefois, devant la mairie, des vieillards bruyants faisaient des parties de pétanque ou buvaient du pastis aux terrasses des cafés. Il n'y avait plus d'enfants en train de jouer. L'endroit était lugubre, désert, à l'exception de chats vaguant sur des trottoirs poussiéreux et de femmes voilées traversant les rues avec légèreté. La moindre fenêtre des immeubles d'habitation était équipée d'une para-bole. Personne ne se préoccupait de Sévral. Personne ne se souvenait. La ville s'enfonçait dans l'oubli.

Au déjeuner, Linden avait noté combien le restaurant jadis grandiose paraissait défraîchi. Lui aussi avait été un éta-blissement renommé, régalant dignitaires et habitués dans un décor Belle Époque avec tentures et festons de velours rouge, sol en carreaux céramique, lampes dorées et dôme vitré. Les carreaux étaient ébréchés, le dôme fissuré et les festons sem-blaient recouverts d'une croûte de poussière. Les serveurs traî-naient doucement les pieds comme s'ils travaillaient dans un salon funéraire. Les rares clients chuchotaient au-dessus de leurs plats. Dire que c'était autrefois un lieu si joyeux! Linden n'arrivait pas à y croire. Il se rappelait avoir fêté là les trente ans de Lauren, en 1987. Il n'avait que six ans mais il avait gardé les images en mémoire. Le restaurant, décoré de roses blanches, les préférées de sa mère, et la musique disco, elle aussi sa préférée, qui hurlait dans les enceintes. Son costume de grand. Candice, aussi ravissante que sa sœur cadette, en robe noire sophistiquée. Tilia, neuf ans, toute rouge et au comble du bonheur, dansant le boogie avec Paul. Et puis sa mère, la reine de la soirée, radieuse en tailleur-pantalon blanc. Les conversations avec sa tante paternelle et sa cousine avaient toujours été laborieuses. Rien n'était fluide, personne ne riait. Ce dernier déjeuner, en 2014, n'avait pas été différent. Marie et Florence s'étaient appliquées à ne pas évoquer sa vie privée. Elles avaient poliment pris des nouvelles de Tilia, Mistral et Colin, mais elles n'avaient jamais été curieuses de savoir si Linden fréquentait quelqu'un, s'il avait une compagne. Il se demandait parfois comment elles réagiraient s'il se mettait soudain à parler de Sacha ; s'il prononçait les mots « mon petit ami ». Il était plus facile et plus rassurant pour elles de l'interroger sur son travail. Non qu'elles y connaissent quoi que ce soit en photo, ou aient envie de mieux s'y connaître.

Rien n'a changé, avec Marie. Elle a toujours la même voix dure. Linden lui dit au revoir, promet d'appeler s'il en apprend davantage. C'est fou ce qu'elle peut ne pas ressembler à son frère. La nature et les arbres ne l'intéressent pas. Elle n'a jamais voulu garder ni restaurer Vénozan. Être une Malegarde compte très peu pour elle, elle a renoncé au nom quand elle a épousé Marcel. Mais Linden sait qu'elle aime son frère, même s'ils ne sont pas proches. Elle a du respect pour lui ; elle l'admire. Et, derrière la raideur de son ton, Linden devine l'étendue de son inquiétude.

On dirait que la pluie fait désormais partie intégrante de sa vie. Et si les cieux demeuraient éternellement pluvieux et gris ? Et si le soleil ne reparaissait jamais ? Peut-être est-ce là son nouvel univers. La pluie. Avec son humidité et son crépitement. Linden en prend son parti et regagne l'hôtel d'un pas alerte. Sa démarche est énergique et rapide. Les passants s'écartent à son approche. Sentir son corps qui fonctionne, ses jambes qui se tendent pour le propulser, ses bras qui exercent leur mouvement de balancier, tout cela lui fait du bien. Sa respiration sème derrière lui de petits nuages de vapeur. Il a ignoré les appels de son agent. Rachel veut savoir comment va son père, mais elle veut aussi savoir quand il reprendra le travail. Il n'a pas de réponse à lui donner. Sa priorité est son père, et si elle ne comprend pas, qu'elle aille se faire voir. Il retournera à l'hôpital demain. Cette fois, il emportera le livre de Giono. Il fera la lecture à son père. Certes, ce ne sera pas pareil que de lui parler pour de bon, mais cela aidera peut-être.

Plus tôt, il avait appelé Sacha, longuement. Entendre sa voix lui avait remonté le moral. Sacha avait demandé à Linden s'il voulait qu'il vienne, il pouvait, tout de suite, il pouvait sauter dans un avion, être là en moins d'une journée. Non, Sacha n'avait pas besoin de venir, pas encore, en tout cas, même si Sacha lui manque à un point tel que c'en est douloureux. Il a l'impression d'être coincé dans une faille temporelle inconnue, un territoire étranger, où il doit affronter des peurs et des émotions qui l'écrasent. Il ne peut pas penser à l'avenir, c'est trop effrayant. Il préfère s'en tenir à l'instant présent. Allongé sur son lit, à fixer le plafond. À son retour à l'hôtel, il y avait eu une scène désagréable avec Tilia. Exactement le genre qu'il redoutait. Elle lui avait expliqué sans ambages qu'elle n'avait pas les moyens de payer les nuits d'hôtel supplémentaires, elle ne gagnait pas des fortunes comme lui, en fait, elle gagnait littéralement que dalle en ce moment, est-ce qu'il s'en doutait un tant soit peu ? Piqué au vif, il avait balayé l'objection, déclarant que bien sûr il prendrait en charge les nuits supplémentaires, ce n'était pas un problème ; le problème, c'était leur père, pas ces histoires d'argent. Là-dessus, elle avait explosé, son visage était devenu écarlate. Putain, mais il se prenait pour qui ? Est-ce qu'il croyait que sous prétexte qu'il photographiait les puissants de ce monde et vivait sur un grand pied, il pouvait se permettre ce genre de remarque, oser comparer l'état de leur père à ce qu'il avait dans son portefeuille ? Il s'était efforcé de la calmer, mais il la connaissait assez pour savoir qu'elle était partie pour une de ses crises, et qu'il n'avait d'autre choix que de quitter la pièce et aller se réfugier dans sa chambre. Il y avait sous sa porte un mot de Myriam Fanrouk, la directrice de l'hôtel, disant qu'elle était navrée pour les ennuis de santé de ses parents et que si elle pouvait être utile en quoi que ce soit, surtout qu'il n'hésite pas.

Linden, sur son lit, continue à ruminer les événements de la journée quand on frappe à sa porte. Sûrement la femme de ménage, histoire de lui rappeler qu'il doit quitter sa chambre pour celle de sa sœur. Une jeune fille se jette sur lui dans un tourbillon de longues boucles noires. Sa nièce. Mistral.

Il a toujours existé entre eux une connivence spéciale. Mistral était le seul bébé que Linden avait su d'instinct comment porter dans ses bras, comment câliner. Désormais elle est plus grande chaque fois qu'il la voit : elle a l'air d'une gracieuse arachnide à côté de sa mère, blonde et replète. La seule chose qu'elle ait héritée de son père basque est son teint bistré. Pour le reste – la taille, l'allure –, elle est le portrait craché de sa grand-mère. Sa sophistication lui fait souvent penser à Candy. Aujourd'hui elle porte un trench Burberry cintré autour de sa taille fine, un foulard Hermès vintage et un jean noir avec des boots.

« Maman était folle de rage contre toi », lance-t-elle avec désinvolture avant de lui préciser qu'elle a étouffé sans tarder la rancœur de Tilia. Mistral, dix-huit ans à peine, materne sa mère avec doigté, et semble le faire depuis toujours. Maintenant qu'elle a calmé Tilia, elle veut tout savoir sur « Papy ». Après tout, il n'a pas d'autres petits-enfants. C'est pour lui qu'elle est ici, pour Papy. Elle ne le voit pas souvent ; elle est inquiète. Elle veut venir à l'hôpital ; elle veut être là. Elle veut aider. Elle est gênée que sa mère en soit incapable. Elle la croyait remise de l'accident, mais visiblement ça n'est pas le cas. Peut-être sa mère a-t-elle besoin de plus de temps. Comme toujours, Linden est impressionné par le sang-froid dont sa nièce fait preuve. Mistral parle de sa mère, de son beau-père, de son grand-père avec une telle acuité. Elle semble avoir déjà tout compris. Il était loin de posséder la même maturité à son âge. De cette époque, il ne se rappelle que son mal-être, ses efforts désespérés pour s'intégrer, sa peur d'être différent. Dans deux ans, Mistral aura terminé ses études de stylisme, financées par son père, à Central Saint Martins, et elle voudrait ensuite travailler à New York, pour une grande entreprise de mode. Si Linden a des tuyaux, elle est preneuse, mais elle ne veut pas l'embêter, elle sait combien il est débordé. En tout cas, elle pourra dire que Linden Malegarde est son oncle, ça pourrait lui être utile lors des entretiens, non? Un sourire conquérant illumine son joli visage. Il lui affirme qu'il fera tout pour l'aider. Elle le remercie, et enchaîne, expliquant qu'elle doit fuir Clarendon Road, que la cohabitation avec Colin est devenue insupportable, son alcoolisme est un cauchemar. Elle imite son beau-père, titubant de la porte à la fenêtre avec une claudication élégante, yeux plissés, lèvres flasques, un verre imaginaire tenu penché dans sa main. Le problème de l'argent, bien sûr, n'arrange pas les choses, le fait que Tilia ne gagne presque rien avec ses tableaux, que Colin puisse se montrer affreusement rapiat. Mistral a un petit ami, un Anglais appelé Sam, et – Linden trouve ce détail touchant – les joues de sa nièce rosissent lorsqu'elle prononce son nom. Elle passe beaucoup de temps chez lui à Hackney, près de London Fields. C'est assez loin pour que Tilia et Colin lui fichent la paix. Mistral interrompt sa logorrhée. Enfin, ça ne va pas du tout, elle monopolise la conversation, c'est n'importe quoi! Elle veut savoir comment il va, lui, comment va Sacha. Quand Sacha revient-il à Londres? Elle veut qu'il l'emmène à nouveau à l'opéra. Elle veut savoir quelle est la meilleure version de *La Traviata*, et là-dessus il n'y a que Sacha qui puisse l'aider. Elle veut tout savoir sur les gens célèbres que Linden a photographiés dernièrement. Elle va se taire, maintenant, promis! Linden tend la main pour caresser sa tête bouclée d'un geste affectueux.

« Tu t'en tires bien, pas vrai, petite maligne? »

Mistral hausse les épaules. Elle est convaincue que lui aussi s'en tirait bien, à dix-huit ans. Oh, mais non, qu'elle se détrompe! Les sourcils noirs de Mistral se dressent, étonnés. Au contraire. Elle devait l'imaginer en adolescent solitaire, vivant au début chez Candice, qui attendait à longueur de journée les appels trop rares de l'insaisissable J.G. Linden n'avait avoué son homosexualité qu'à sa tante, deux ans plus tôt. Sa famille ne savait rien de sa vie privée. Il ne parlait jamais de lui. Il n'avait aucune certitude sur rien. Il s'interrogeait sur son avenir professionnel, se demandait comment il allait accéder à l'indépendance, hésitait à dévoiler qui il était vraiment aux gens qu'il rencontrait. Après sa cohabitation avec Candy, et même s'il appréciait sa compagnie, il avait déménagé, pour voler de ses propres ailes. Il n'était en réalité pas tout à fait prêt. Il lui avait fallu du temps pour s'habituer à vivre seul, explique-t-il. Plus tard, il avait travaillé dans un labo photo, où il percevait un petit salaire, et il avait des aventures que tout le monde ignorait. Candice savait que Philippe était son premier amour. Quand il y avait eu d'autres garçons, il avait cessé de se confier à sa tante, trop gêné. Il n'était pas question d'amour, avec eux, mais de simples liaisons. Des types qu'il croisait dans des bars. De brèves aventures qu'il dissimulait, et qui ne faisaient qu'accentuer son sentiment de solitude. Et puis, il y avait eu Hadrien, l'histoire d'amour la plus triste et la plus douce qu'il ait jamais vécue, quand il avait l'âge de Mistral. Hadrien, et la rue Surcouf. Personne n'était au courant. C'était un secret, trop compliqué, trop douloureux. Cela s'était terminé de façon horrible. Linden s'était senti plus seul que jamais.

Sa mère, qui demandait sans arrêt s'il avait une petite chérie. Mistral roule des yeux. Elle lui demandait *vraiment* ça ? Eh oui, jusqu'à ce qu'il trouve le courage de lui dire qu'il était gay. Il avait alors vingt-quatre ans, et vivait seul, rue Broca. Est-ce que ça avait été difficile de l'avouer à Lauren ? Oui et non. Facile parce que c'était un tel soulagement de se délester de ce poids. Dur parce que sa mère avait eu l'air terriblement abattue. Il essaie de se rappeler les mots exacts qu'il avait prononcés. Ce n'étaient pas ceux qu'il avait employés avec Candice. Il gardait des images très vivaces de ce jour du printemps 2005. Sa mère était assise en face de lui, dans sa petite salle de séjour. Elle portait une chemise couleur jade, une jupe en jean et des sandales. Bon alors, quand est-ce que son père et elle allaient faire la connaissance de sa petite amie ? Il revoyait son sourire pincé, ses yeux pleins d'attente. Elle serrait sa tasse de café avec une telle intensité, il avait eu peur qu'elle ne la casse. Une fraction de seconde, comme il le redoutait, il s'était senti si vulnérable que rien au monde ne pourrait le protéger. Il savait que sa mère n'oublierait jamais cette conversation. Une pensée terrifiante. Il s'était lancé, la tête la première. Plus question d'hésiter. Ni de tergiverser. Il avait dit quelque chose du genre : « Il n'y a pas de petite amie. » Et comme elle ne semblait pas comprendre, il avait ajouté : « Il y a un petit ami. » Puis, maladroitement : « Ou plutôt plusieurs. » Elle était restée silencieuse, avant de lâcher un faible « Oh ». Son visage s'était vidé de toute expression. Mistral gémit et se couvre les yeux. Elle n'arrive pas à croire que sa grand-mère se soit bornée à dire « Oh ». Que s'était-il passé ensuite ? Lauren s'était levée et avait arpenté la pièce. Est-ce que d'autres savaient ? Linden en avait-il parlé à quelqu'un ? Il lui avait répondu que Candy était au courant. Elle avait fait volte-face. Candy ? Sa propre sœur ? Depuis quand ? Il l'avait dit à Candy en 1998. Lauren avait paru abasourdie. Il l'avait dit à Candy il y avait presque sept ans de ça ? Elle avait comme sifflé le mot sept ; il revoit encore la façon dont ses lèvres s'étaient retroussées pour dévoiler ses dents. Candice l'avait-elle répété à quelqu'un ? Linden avait été déconcerté par la question. Non, il pensait que non. Quelle importance, de toute manière ? C'est alors que sa mère avait proféré la phrase qui lui faisait encore mal aujourd'hui. « Je ne sais pas comment ton père va le prendre. » Il avait eu envie de se replier sur lui-même, de se cacher, de disparaître. D'un côté, il avait envie de pleurer, de l'autre il était fou de rage. Lauren voulait-elle dire que son père serait déçu ? Eh bien, évidemment, avait-elle répliqué. C'était un sacré choc, il s'en rendait compte, tout de même ? À quoi s'attendait-il, à ce qu'elle le félicite ? Il avait perçu le venin dans les paroles de sa mère et eu un mouvement de recul. Comment se faisait-il qu'elle ne s'en soit jamais doutée ? Comment se faisait-il qu'elle n'ait jamais rien vu ? Si les gamins du collège à Sévral l'avaient deviné, alors qu'il avait à peine plus de dix ans, comment sa propre mère pouvait-elle n'avoir rien remarqué ? La réponse était claire. Parce qu'elle n'avait pas voulu voir. Linden s'était mis debout et il avait lancé à sa mère : « Ta sœur, elle, m'avait dit qu'elle n'était pas déçue et qu'elle m'aimait toujours autant. » Il y avait eu un silence, puis les traits de Lauren s'étaient décomposés. Elle avait sangloté dans le creux de ses mains et Linden l'avait laissée pleurer, sans bouger. Il l'avait observée jusqu'à ce qu'elle reprenne contenance. Elle avait essuyé ses larmes, étalant son mascara. « Je suis désolée. » Elle avait murmuré, tout bas, mais il avait entendu. Il n'avait jamais su de quoi elle était désolée. Il n'avait jamais demandé. Quand elle était partie, elle l'avait serré contre elle. Elle avait soufflé, distinctement, juste au moment où il fermait la porte de ses doigts tremblants de nervosité, qu'elle ne dirait rien à son père. Elle le laisserait s'en charger.

Les mains de Mistral se coulent dans les siennes, et sa voix se fait entendre :

« Et tu l'as dit à Papy ? »

« Dit quoi ? »

« Enfin bon, que tu es homo. »

Linden baisse la tête. Il reste muet plusieurs secondes. Puis il la regarde dans les yeux.

« Non. Je ne lui ai jamais dit. Et je ne sais pas ce qu'il sait. »

PLUS TARD, APRÈS SON DÎNER avec Tilia et Mistral, Linden découvre un message à la réception, de la part de Mme Fanrouk. La directrice de l'hôtel est désolée de n'avoir pu lui garder sa chambre, d'autant qu'elle a cru comprendre que sa jeune nièce venait d'arriver et dormirait avec sa mère. L'hôtel est complet, comme il le sait, mais il y a une chambre mansardée qu'il pourra occuper aussi longtemps qu'il lui plaira, à titre gracieux. Il lui faudra juste partager la salle de bains avec sa sœur. Linden, chargé de sa petite valise, monte au dernier étage avec un employé. La porte n'affiche pas de numéro. La mansarde est longue et étroite, avec un lit une place dans un angle. Il peut à peine se tenir droit sans se cogner aux poutres. Le martèlement de la pluie retentit sur le toit. La chambre est propre et bien chauffée, mais elle n'a ni télé ni wi-fi. Il devra s'en accommoder.

Avant le dîner, sa sœur, l'air penaud, avait marmonné des excuses, qu'il avait acceptées. Mieux valait aller de l'avant et oublier ce fâcheux épisode. Tous trois étaient sortis manger une pizza rue Vavin, de l'autre côté du carrefour. Il ne tombait plus qu'une légère bruine. Il avait remarqué que Tilia éclusait son Valpolicella à toute vitesse. Quand Mistral avait placé furtivement sa main sur le verre de sa mère, Tilia ne s'était pas récriée, et s'en était ensuite tenue à l'eau. Linden avait appelé l'hôpital. Le médecin de garde l'avait informé que l'état de Paul était stationnaire. Ni mieux ni pire. Linden avait dit qu'il viendrait le lendemain avec sa nièce pendant les heures de visite. Quant à Lauren, ils étaient tous passés la voir en fin de journée. Elle paraissait éreintée, pâle et émaciée sur ses oreillers. Pas pire non plus, mais pas tellement mieux.

Linden avait regardé les infos dans la chambre de sa sœur. Ce qu'il avait vu l'avait alarmé. Le quartier de Bercy était désormais inondé. Les centrales électriques avaient été envahies par les eaux, le courant fonctionnait mal quand il n'était pas en panne, les appartements et les commerces n'étaient plus chauffés ni éclairés. Plusieurs lignes de métro avaient été très largement submergées. Le pompage n'avait servi à rien. La ligne C du RER, dont les voies longeaient le fleuve, avait dû être fermée. Toutes les manifestations prévues à l'AccorHotels Arena avaient été annulées. Non loin de là, le ministère de l'Économie et des Finances était sur le point d'être évacué. L'aspect le plus inquiétant de la crue était la lente mais inexorable accumulation des eaux dans les souterrains des égouts. Le problème provenait principalement des profondeurs : avec la pluie persistante, les nappes phréatiques étaient saturées et les eaux se répandaient dans les caves, les sous-sols, les parkings. Elles montaient petit à petit, sans se presser, mais avec une régularité prodigieuse. Le site Vigicrues avait été consulté des milliers de fois par les Parisiens. Il mesurait, à la minute, la hausse incoercible du niveau de la Seine. Linden avait entré l'adresse sur son portable et découvert que le fleuve dépassait déjà les six mètres au pont d'Austerlitz. Les prévisions pour les deux jours à venir n'étaient pas réjouissantes. Le gouvernement était entièrement mobilisé. Personne ne prenait la situation à la légère.

Oriel ne s'était pas trompée. Le fleuve ne baisserait pas. Linden avait éteint la télé. Il éprouvait comme une envie de vomir. La crue de la Seine le tracassait, mais l'état de ses parents le bouleversait davantage encore. Quel malheureux concours de circonstances. Comment leur week-end familial avait-il pu se muer en un calvaire pareil ? Il avait pensé à son père, à l'hôpital, à sa mère, prostrée dans sa chambre sans air, au fleuve qui montait tout doucement, et il avait senti grandir son angoisse.

Au dîner, toutefois, il tâche de ne pas montrer son inquiétude à sa sœur et sa nièce. Il essaie de les égayer en leur faisant le récit des pires séances photo qu'il ait vécues, celles où tout est allé de travers. Depuis le mannequin belliqueux qui regimbait systématiquement, jusqu'au directeur artistique dominateur qui lui avait plus ou moins arraché l'appareil des mains, il les régale d'anecdotes. Son souvenir le plus effrayant, c'était un shooting dans un studio ultra-moderne en sous-sol quand une panne électrique affectant la moitié de New York avait plongé les lieux dans le noir. L'équipe entière, assistants, mannequins, stylistes, coiffeurs et maquilleurs, ainsi que le traiteur et le concierge, s'étaient retrouvés enfermés pour la nuit. Un des coiffeurs avait fait une crise de panique. Et puis il y avait eu aussi cette fois calamiteuse où, alors qu'ils s'apprêtaient à embarquer pour l'Australie, un assistant étourdi avait oublié dans un taxi la quasi-totalité du matériel. Inutile de préciser qu'il ne travaillait plus avec lui. À vrai dire, confie-t-il à sa sœur et sa nièce, la séance photo parfaite relevait du miracle. En rentrant à l'hôtel, le trio passe par la chambre de Lauren. Sa fièvre est tombée mais sa toux résiste. Le seul mot qu'elle arrive à prononcer dans un grincement rauque, les larmes aux yeux, est le nom de son mari. Son chagrin les attriste ; ils ne savent pas comment la réconforter. Assis tous trois autour de son lit, ils restent désemparés. Mistral finit par trouver les mots justes, et parvient à rassurer sa grand-mère.

Quand Linden se retire dans sa chambre mansardée, laissant sa sœur et sa nièce avec Lauren, il est à bout de forces. Son dos lui fait mal, tout comme sa tête. Sans doute le Valpolicella. Le lit est trop petit. Au début, le tintamarre de la pluie sur le toit lui paraît anormalement sonore, mais il finit par s'y habituer. Il met un temps considérable à s'endormir, un sommeil agité, saccadé. Il se réveille subitement, la gorge desséchée, et tend le bras pour regarder son téléphone : une heure du matin. Son mal de tête n'est pas parti. Il se rappelle qu'il n'a pas l'eau courante dans sa chambre. Heureusement, une bouteille d'eau minérale a été aimablement placée à son chevet. Il la boit d'un trait, repose sa nuque sur l'oreiller. La pluie tambourine doucement, apaisante. Il ferme les yeux et sombre dans les ténèbres.

Le profil du mannequin est exquis, sa peau pareille à de la porcelaine, ses longs cils chargés de mascara évoquent les branches d'une étoile. Elle baisse les yeux, jambes croisées, bras enroulés autour de son buste mince. Il lui demande de poser, mais elle refuse, alors il lâche son appareil et se rapproche pour lui parler. Elle refuse de le regarder. À présent, il peut voir les larmes sur ses joues, son mascara dégouline. Ses lèvres tremblantes sont rouge sang et luisantes. Il lui demande ce qui ne va pas, en douceur, et elle fait non de la tête. Son maquillage bave, mais le mannequin est tout aussi ravissant, comme si on l'avait brutalisée puis laissée en plan, fleur broyée et rejetée. Peut-être devrait-il la photographier quand même? Le client ne sera pas ravi, mais il saura trouver une solution? La robe noire moulante est si courte, elle révèle presque l'intégralité de ses jambes fuselées. Il récupère son appareil, commence à mitrailler. Elle sanglote en silence, au comble du désespoir. Tournant son visage vers lui, elle le laisse prendre une image après l'autre. Elle sait bouger. Elle n'a rien d'un amateur, mais elle ne lui donne pas ce qu'elle offre d'habitude. Il est à la fois surpris et ému. Elle a dépouillé sa posture de tout glamour, et seule sa détresse transparaît, dans la pureté de sa beauté nue. Il vérifie les images dans son viseur, et il peut déjà dire, avec un frisson enchanté, qu'elles sont fabuleuses, loin de sa feuille de route. Il a une peur bleue lorsqu'elle s'écroule sur le sol. Il se précipite auprès d'elle, lui attrape la main. Il l'aide à se relever, la conduit dans une pièce voisine où se trouve un lit. Elle le dévisage, respire profondément à plusieurs reprises. Puis elle dit : « C'est mon père. Mon père est mort. » Elle crie à tue-tête : « Mon père est mort ! Il est mort ! » Ses larmes jaillissent à nouveau et il s'avère incapable de l'aider, tout comme il est incapable d'enrayer la douleur, le chagrin qu'elle éprouve. Il l'allonge sur le lit, déploie une couverture sur elle, éteint la lampe de chevet. Il ne connaît même pas son nom. Elle sanglote et s'endort au bout de quelques instants. La somnolence le gagne, et il s'y abandonne. Ses oreilles perçoivent de faibles sons dans l'obscurité ; un grincement, un souffle. Ils ne sont pas seuls. Le mannequin n'a pas bougé. Son visage est pâle comme la mort. Il y a quelqu'un dans la pièce avec eux ; quelqu'un se tient à l'extrémité, près de la porte. Ses yeux s'accoutument peu à peu à la pénombre et il devine deux silhouettes penchées non loin de l'entrée, à côté de son matériel photo. Qui sont-ils ? Que veulent-ils ? Il remue légèrement et les intrus se figent. L'un des deux avance à pas de loup, tenant un téléphone portable comme une lampe torche. Il sent la faible lumière sur son visage. Il feint d'être endormi. Ils se remettent à fourrager dans ses affaires, en chuchotant. Sa panique s'évanouit lorsqu'il les voit s'emparer de son Leica – le seul objet auquel il tienne vraiment – au profit d'une rage lente mais dévorante. Pourquoi laisserait-il ces individus dérober un de ses biens les plus précieux ? Il ne va quand même pas rester bras ballants sans réagir ? Les voleurs ont glissé le Leica sous leur pull. Linden arrive à distinguer un homme et une femme. Ils se disputent à propos de la suite des opérations ; l'homme veut partir, mais la femme désigne le smartphone près du lit où dort le mannequin. L'homme essaie de l'entraîner, mais elle insiste. C'est elle qui vient chercher l'appareil, par terre, en rampant comme un serpent. Lorsque sa main se tend, Linden, sur le fauteuil, lance brusquement ses jambes en avant. Enfonçant ses deux pieds dans le dos de la femme, il lui écrase le creux des reins de tout son poids, indifférent à son cri de douleur, puis il se jette sur l'homme, qu'il empoigne par les cheveux avant que celui-ci n'ait le temps de s'esquiver. Sa fureur décuple ses forces, lui prodiguant une énergie surhumaine. D'une main, il se saisit du Leica, et, de l'autre, il flanque une beigne au type. Un seul coup de poing, et l'inconnu tombe à genoux en gémissant.

Linden se réveille en sursaut. Son cœur bat à tout rompre ; sa bouche est plus desséchée encore. Le rêve était d'une telle force qu'il a laissé sur lui sa marque visqueuse. Frémissant, Linden avale le fond de la bouteille d'eau, puis se rallonge le souffle court sur le petit lit. Il retrouve son calme. Il se lève pour vérifier que le Leica est toujours là. Quel étrange et affreux cauchemar. Il enfile un jean et un sweat-shirt, prend son iPad et descend au rez-de-chaussée. Il est presque quatre heures du matin. L'hôtel est désert, mais, éclatantes, les lumières sont encore allumées dans le hall. Y a-t-il un veilleur de nuit? Il appelle. Personne ne répond. Il scrute dehors la rue Delambre derrière le rideau de pluie. Pas de piétons à cette heure tardive. Il s'installe confortablement sur un canapé, envoie un message à Sacha lui demandant de le rappeler tout de suite. Sacha est encore au bureau, mais en réunion. Non, il ne peut pas parler. Plus tard, peut-être? Sacha demande alors à Linden: *Qu'est-ce que tu fais debout à cette heure??* Linden rédige un long message où il lui décrit son horrible rêve. La scène avec Tilia. Ses pauvres parents. La Seine qui monte. La pluie. Sacha lui manque. La Californie lui manque. Il est comme une âme en peine. Il découvre un mail de Tilia qu'il n'avait pas pu lire avant en l'absence de wi-fi dans sa chambre. Elle lui dit combien elle est désolée. Elle doit apprendre à contenir son sale caractère. Elle est soulagée que sa fille soit là, la superbe, l'intrépide Mistral. Mistral ira à l'hôpital avec lui demain; il se sentira moins seul, non? Encore pardon d'être une sœur aussi nulle, répète-t-elle. Et puis, au bas du mail, elle avait ajouté:

PS: Je suis retournée voir Maman pour m'assurer que tout allait bien. Elle dormait comme un loir et son front était plus frais, je crois. J'ai regardé son téléphone: il y avait des dizaines de SMS et d'appels manqués d'un certain « JeffVDH ». Dis donc, mec, c'était pas son fiancé d'avant Papa??

QUATRE

La Seine, avec ses larges flaques vertes et jaunes,
plus changeante qu'une robe de serpent.

Victor Hugo, *Notre-Dame de Paris*

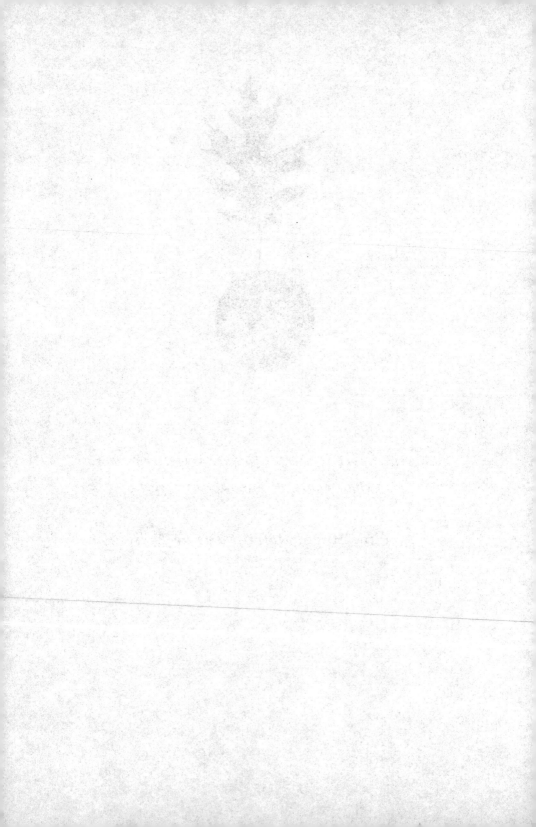

*Le jour où c'est arrivé, Suzanne portait une robe bleu clair
et ses cheveux étaient attachés en chignon, je pouvais voir
sa nuque. Nous avions monté le pique-nique à la cabane
dans l'arbre, chantant des chansons, nous tenant par la main.
Sa paume était toujours fraîche. Il y avait eu un orage
dans la nuit. Le lendemain matin la chaleur était de retour,
mais la terre avait conservé sa moiteur.*

*Ce même été, mon grand-père était mort, à soixante-dix-
neuf ans; pour moi, c'était vieux. On ne m'avait pas montré
son corps. On me jugeait trop petit. Personne ne m'avait
raconté ce qui s'était passé. Personne ne m'avait expliqué.
On pensait que je ne comprendrais pas. Mais j'avais vu
le cercueil qu'on sortait de sa chambre pour descendre
l'escalier. Il devait être lourd, quatre hommes le soutenaient,
grognant et transpirant. J'avais vu ma grand-mère en larmes
dans sa robe noire. Mon père avait l'air desséché et épuisé.
Le contour de ses yeux était ridé. Des étrangers étaient venus*

dans la maison et parlaient à voix basse. L'un d'eux m'avait
donné du nougat qui me collait aux dents. Tout le monde
me tapotait la tête en disant que j'étais un brave gamin.

Mon grand-père était un être bruyant et joyeux. On m'avait
dit que le village entier était allé à ses obsèques. Après
sa mort, la maison était calme et silencieuse. Ça ne me plaisait
pas. Son pas retentissant me manquait, comme ses grands
éclats de rire.

Il ne me prêtait pas une très grande attention, mais cela
ne me gênait pas. Je ne crois pas que les enfants l'intéressaient.
Il aimait s'asseoir sur la terrasse, à l'ombre, à boire de
la clairette de Die avec ses amis. Il avait une grosse bedaine
et une moustache frisée qui piquait quand il m'embrassait
sur les joues.

Je ne comprenais pas la mort. Je ne savais pas ce que c'était.
Je savais juste que je n'entendais plus le rire de mon grand-père.

Je ne pouvais pas me douter que je la verrais d'aussi près.
Que la mort allait s'approcher si près de moi.

Toutes ces années plus tard, je cherche encore des signes.
En aucune manière je n'étais préparé à l'abomination
qui allait se produire. C'était une de ces belles journées d'été.
Il n'y avait pas eu de signes. Pas le moindre.

« Monsieur Malegarde... Excusez-moi... Monsieur Malegarde ? »

Linden ouvre des paupières lourdes. Agathe, la réceptionniste, lui tapote l'épaule, délicatement. Elle lui demande si tout va bien. Hagard, il la dévisage. Puis, gêné, il comprend ; il s'est endormi sur le canapé et c'est à présent le matin. Il se lève, murmure des excuses. Plus de huit heures. Il a dû s'écrouler de fatigue.

Un SMS de Mistral l'informe qu'il peut venir utiliser la salle de bains s'il veut, elles sont toutes les deux réveillées. Dès que son frère arrive, Tilia lui demande ce qu'il pense des messages de Jeffrey Van Der Haagen. Il répond qu'il n'en pense rien, rien du tout. L'homme a appelé des dizaines de fois, insiste sa sœur, à mi-voix, pour que Mistral, sous la douche, n'entende pas. Linden savait-il si leur mère avait prévu de retrouver Jeff à Paris ? Là encore, Linden fait non de la tête. Pourquoi sa sœur se soucie-t-elle de ça, quelle importance ? Est-elle passée voir comment allait Lauren ce matin ? Oui, elle y est allée, et leur mère n'a pas l'air bien, elle tousse toujours et est toujours fiévreuse. Ils devraient faire revenir le médecin. Tilia acquiesce ; elle va l'appeler.

Après le petit déjeuner, Linden parcourt ses mails. Rachel Yellan veut savoir s'il accepterait de travailler. Elle a conscience de la situation avec son père, mais la Seine fait les gros titres dans le monde entier. Serait-il d'accord pour prendre des photos ? Rien ne l'y oblige, bien sûr, ajoute-t-elle, mais il peut peut-être essayer ? Les photos du fleuve dans la presse sont incroyables. Qu'est-ce qu'il en pense ? Donc, cette fois, ça y est, comprend Linden. La crue est là. En plein pendant son cauchemar, la Seine a débordé, à Alfortville et à Charenton, dans la banlieue est. Tous les affluents en amont, engorgés par la pluie, roulent maintenant leurs flots impitoyables vers la capitale. Le lit du fleuve ne peut plus accueillir une goutte supplémentaire, lit-il sur Internet. Une trentaine de stations de métro ont été fermées et de nouvelles évacuations sont en cours dans les 7e et 15e arrondissements. On exhorte les habitants à partir, mais certains s'y refusent. Les gens ont peur des pillards ; ils tiennent à rester chez eux pour protéger leurs biens, même s'ils n'ont plus d'eau courante, plus d'électricité, plus de chauffage.

Sur Instagram, les photos de la crue prolifèrent. De Bercy à Javel, chaque image montre un fleuve anormalement large et sale, avec des péniches amarrées dansant presque à la hauteur de la chaussée, des berges disparaissant sous des eaux brunâtres, des arbres et des réverbères jaillissant non sans cocasserie telles des fleurs aquatiques. Les clichés les plus impressionnants sont repris par les chaînes d'infos, et les hashtags #crueparis et #zouave arrivent en premier sur Twitter. Malgré le froid et la pluie, les touristes se délectent du phénomène. Linden ne compte plus les selfies avec le fleuve en arrière-plan. Il doit aller voir ça par lui-même. Il a le temps, les visites aux soins intensifs ne commencent qu'à trois heures. Il fourre dans sa poche plusieurs rouleaux de film, et tandis qu'il franchit la porte, son Leica à la main, une voix l'interpelle.

« Attends-moi ! »

C'est Mistral, dans son sillage. Elle aussi veut voir le fleuve ; elle veut le voir avec lui. Cette compagnie inattendue lui réchauffe le cœur. Il est tellement habitué à la pluie qu'il ne la sent presque plus. Par contre, le froid est toujours aussi désagréable, transperçant sa veste et son écharpe. Linden et sa nièce remontent d'un pas vif le boulevard du Montparnasse, puis tournent à droite dans la rue de Rennes. La circulation est dense ; les automobilistes klaxonnent impatiemment. L'atmosphère est humide et chargée de vapeur. Ils atteignent la Seine par l'étroite rue Bonaparte. Des multitudes de piétons marchent dans la même direction. Des barrages dressés par la police empêchent les voitures d'emprunter la rue Jacob et la rue de l'Université. Linden se demande pourquoi, mais, en regardant au loin, il aperçoit des nappes d'eau, inquiétantes mares s'étirant sur la chaussée. Le pont des Arts est fermé, si bien que la foule continue sa route vers les ponts suivants, le pont du Carrousel et le pont Royal. Jamais Linden n'a vu une telle cohue le long des quais. Des baleines de parapluie les menacent de toutes parts. Les ponts fourmillent de monde : des rangées de badauds à n'en plus finir qui contemplent bouche bée le niveau de la Seine. Mistral et lui doivent faire la queue pour arriver à la balustrade et entrevoir le fleuve. La puanteur âcre de l'eau leur parvient par bouffées.

La dernière fois que Sacha avait séjourné à Paris avec lui, en septembre 2016, tous deux avaient flâné sur les quais de la rive droite, du Louvre à l'île Saint-Louis. Linden était là pour un shooting, et Sacha l'avait rejoint de Berlin, où il avait eu rendez-vous avec des investisseurs pour sa start-up. Sacha avait réservé des billets pour *Tosca* à l'Opéra-Bastille. Dans un geste écologique mais contesté, la maire de Paris avait fermé les voies sur berge à la circulation du Louvre jusqu'au pont Sully. C'était une superbe matinée d'automne. Il avait beau se considérer comme parisien, autrement dit blasé par les merveilles de la ville, la splendeur de la capitale avait ébloui Linden. Il avait toujours adoré marcher. Il avait sillonné tous les quartiers de Paris, et ce secteur était autrefois une des artères les plus embouteillées et les plus bruyantes de la ville, congestionné tant par le trafic que par la pollution. Il était extraordinaire de pouvoir fouler pour de bon les quais de Seine où d'incessantes files de véhicules gâchaient autrefois la beauté du site. Avec le silence insolite qui régnait, on avait peine à croire qu'on se trouvait au cœur de la capitale. Sacha était aux anges. Il n'était pas souvent venu à Paris.

Linden avait indiqué l'île de la Cité, à leur droite. C'est là que Paris était né, avait-il expliqué à Sacha, envoûté ; la tribu celtique appelée les Parisii habitait précisément ici, au bord du fleuve. Bien sûr, il fallait que Sacha imagine à quoi les berges devaient ressembler en 52 avant Jésus-Christ. Il lui fallait effacer le square du Vert-Galant avec son triangle de verdure à l'extrémité ouest, les murs haussmanniens imposants du Palais de justice, la délicate flèche noire de la Sainte-Chapelle qui dépassait des toits. Juste à côté, il y avait la Conciergerie, édifice médiéval à l'aspect lugubre, où Marie-Antoinette avait été emprisonnée jusqu'au jour de son exécution. La Seine coulait en toute tranquillité, indolente. Linden avait remarqué combien étaient transparentes ses paisibles eaux bleuvert, clapotant avec paresse contre les quais. On voyait le lit du fleuve et Linden avait même pu distinguer les cailloux ronds et gris qui le tapissaient. La rivière lui avait paru si sage et docile ce jour-là… Une vision de carte postale, des canards et des cygnes flottant sur l'onde immobile.

Le fleuve n'a rien de docile aujourd'hui. La Seine s'est transformée en un monstre boueux à l'appétit insatiable. Il a englouti chaque berge, avalé toutes les piles des ponts. Chaises en plastique, poubelles de tri et autres troncs d'arbres défilent, caracolants, heurtant les fondations avec de grands bruits caverneux. Le pont Royal est comme tronqué, enjambant de justesse le courant rugissant : seules les pointes triangulaires entre ses arches demeurent visibles au-dessus des tourbillons. Ces tableaux inédits subjuguent Linden autant qu'ils l'épouvantent. Le fleuve tumultueux rampe comme un reptile malfaisant sous des cieux plombés qui déversent leurs trombes d'eau sans interruption. La foule grouille autour d'eux, poussant des acclamations chaque fois qu'un meuble ou une planche vient percuter le pont. Linden prend photo sur photo, bien campé sur ses jambes malgré la bousculade. Alternant éclats de rire et huées, les spectateurs brandissent leurs téléphones portables. Nul ne semble inquiet. Pour eux, c'est une blague, une sorte de divertissement. Pourtant, l'immonde torrent qui fait rage en contrebas n'a rien de comique. Pas plus que le sinistre gargouillement de ses flots déchaînés, lancés dans leur course mécanique irrésistible vers l'ouest et vers la Manche.

Regagnant tant bien que mal le trottoir, Mistral et Linden prennent la direction de la Concorde et de l'Alma. La chaussée est parsemée d'équipes de télé venues filmer le fleuve : des fourgonnettes aux toits surmontés de paraboles sont garées les unes à côté des autres. Des hordes de photographes braquent leurs appareils vers les flots. Linden doit jouer des coudes pour trouver un endroit où lui aussi puisse travailler. Ils mettent plus longtemps que d'ordinaire pour atteindre le pont de l'Alma et son fameux Zouave qui, posté avec dignité dans les eaux agitées, semble indifférent au cirque autour de lui. Chacun veut un souvenir du Zouave immergé jusqu'à la taille. Des policiers inefficaces essaient de convaincre les badauds de s'éloigner des quais, mais les attroupements sont trop denses. Des Parisiens se mêlent aux touristes, souriant, faisant des signes, poussant des cris, contemplant, impressionnés, ce spectacle qui sort de l'ordinaire. Linden repère un vieil homme coiffé d'un chapeau qui tire sur sa pipe, appuyé contre un arbre. Ses yeux pleurants enregistrent tout avec calme. Linden lui demande poliment s'il l'autorise à le photographier et le vieil homme accepte. Planté là à observer tranquillement la foule en émoi, le personnage a une sacrée dégaine.

« Je ne vois pas ce qui les amuse, dit-il, revêche, à Linden. Ils rigoleront moins ce soir quand la Seine s'immiscera dans leurs lits. » Linden lui demande s'il croit réellement que la chose va arriver. Le vieil homme s'esclaffe. Enfin, bien sûr qu'il le croit ! Le fleuve va monter plus haut encore qu'en 1910. Paris va se transformer en un cloaque géant. Mistral écoute avec attention, la mine grave. Que sont-ils censés faire, dans ce cas, demande-t-elle. Partir ? Nouveau gloussement. Le vieil homme est édenté, mais, aucun doute, il sait sourire. Oui, ils devraient partir ! Qu'est-ce qu'ils attendent ? Ils devraient partir immédiatement. Retourner d'où ils viennent. Partir tout de suite avant la fin du monde. Linden tire doucement sur la manche de Mistral, et ils murmurent un au revoir. Mistral garde le silence un moment. Lorsqu'ils atteignent l'École militaire, elle demande à son oncle si le vieux bonhomme était cinglé ou s'il disait la vérité. Linden ne veut pas l'effrayer, mais après tout, sa nièce est assez grande. Elle a vu les infos à la télé ? Alors elle sait. Leur priorité, maintenant, c'est Paul, ils doivent se concentrer sur Paul, ils s'occuperont du reste après. Mistral approuve. Elle a l'air tellement jeune soudain, les traits blêmes sous sa capuche.

En retournant à l'hôtel, Linden s'arrête dans un bureau de poste pour expédier ses rouleaux de film à son agent à New York. Comme dans le temps. Il lui a expliqué dans un mail qu'il ne pouvait pas faire mieux, n'ayant pas de matériel numérique avec lui. Sans trop s'engager, la guichetière à qui il remet son pli murmure qu'elle espère que le colis ne mettra pas trop de temps à arriver à destination, car les services postaux commencent à ressentir les effets de la crue. Un peu plus loin, Linden achète les journaux du jour : en une, chaque fois, le Zouave entouré par les flots. Avant d'arriver à l'hôtel, il consulte Vigiecrues sur son téléphone. Le fleuve monte de deux centimètres par heure. Il a atteint les six mètres cinquante au pont d'Austerlitz, dépassant les niveaux de juin 2016 et de novembre dernier. Encore loin des huit mètres soixante-deux de la crue de 1910, se raisonne-t-il, mais inquiétant malgré tout.

L'expression sur le visage de Tilia les alarme lorsqu'ils frappent à la porte de Lauren. Elle sort de la chambre, referme la porte derrière elle.

« Le médecin est venu, chuchote-t-elle. Je vous le donne en mille. Maman a une *pneumonie*. »

« Une pneumonie ? répète Mistral. On ne trouve ça que dans les romans de Dickens, non ? »

Ce n'est pas trop grave, mais c'est contagieux ; Dieu merci, Lauren n'a pas besoin d'être hospitalisée, il lui faut du repos, des antibiotiques, et on ne doit pas la transporter. Dès qu'elle aura commencé son traitement, a assuré le médecin, elle ne tardera pas à aller mieux. Tilia a vu la directrice de l'hôtel, qui s'est montrée des plus serviables, et des plus compréhensives. Une infirmière viendra tous les jours s'occuper de leur mère. Plus tard, en partant avec Mistral pour l'hôpital Pompidou, Linden se demande ce qui va bien pouvoir encore leur tomber dessus. Il se garde de confier ses craintes à sa nièce, mais son silence éveille la compassion de la jeune fille, qui lui prend la main. Impossible de trouver un taxi. De nombreuses lignes de métro et de bus sont fermées en raison du déluge, alors ils décident de se rendre à pied à l'hôpital. Sous le parapluie bleu vif de l'hôtel, ils descendent la rue de Vaugirard jusqu'au boulevard Victor. Dans la poche de Linden se trouve l'exemplaire du roman de Giono *L'homme qui plantait des arbres*.

Mistral ne souffle mot ; Linden non plus, mais tous deux savourent leur complicité. La chaleur de la main de Mistral est réconfortante. Ils se sont toujours parlé en français. C'était venu naturellement, alors qu'elle était toute petite. Quand apparaît la grande bâtisse en verre de l'hôpital, Mistral lui demande s'il marche parfois main dans la main comme ça avec Sacha. Il répond qu'ils se l'autorisent dans certaines rues de San Francisco, mais c'est à peu près tout. Ils ont pris l'habitude de ne pas se toucher, quand ils sont dehors ou dans des lieux publics. C'est une retenue qu'il a acquise très jeune, à Paris, avec ses premiers petits amis. Mistral trouve ça très triste, qu'ils ne puissent pas vivre leur amour au grand jour. Elle dit qu'elle n'arrête pas de repenser à la réaction qu'a eue sa grand-mère quand il lui a fait son aveu. Mistral est outrée. Elle n'aurait jamais cru que Lauren pouvait se conduire de cette façon-là. Elle-même, du plus loin qu'elle se souvienne, avait toujours su que son oncle était homo. Tilia l'avait expliqué à sa fille, sans détour. Tilia était la première de la famille à avoir compris que Linden était gay, sans doute bien avant que lui-même ne le devine, et longtemps avant qu'il ne parle à Candice. Elle avait été d'un soutien fabuleux. Elle était au courant des brimades que lui faisaient endurer ses camarades d'école, et avait convaincu ses parents de le laisser aller à Paris. Oui, sa sœur avait été d'une aide inestimable.

Mistral veut savoir si les choses se sont arrangées, avec Lauren. Ça n'a pas été évident, concède Linden. Pendant plusieurs années, Lauren n'évoquait jamais l'homosexualité de son fils, comme s'il ne la lui avait jamais révélée. Elle l'avait superbement effacée de son esprit. Il se demandait parfois ce qu'elle racontait à leurs amis quand ils prenaient de ses nouvelles. Il était facile de dire que Tilia était mariée et avait un enfant. Tilia entrait dans le moule. Mais comment Lauren comblait-elle les vides? Lui inventait-elle des petites amies pour se rassurer sur le compte de son fils? Mistral tressaille; il sent le frémissement dans sa main. Quand il est tombé amoureux de Sacha, c'est devenu plus simple, explique-t-il. Grâce à la personnalité solaire de Sacha. Lauren avait été sous le charme, comme tout le monde, quand elle avait fait sa connaissance. Mistral lui presse la main avec un petit rire. Pour ça oui, tout le monde était sous le charme de Sacha. Comment un seul être humain pouvait-il concentrer tant de charisme? Alors que Mistral chante ainsi les louanges de son compagnon, Linden éprouve un pincement au cœur. Si seulement Sacha pouvait être ici, à ses côtés, en cet instant. Regardant devant lui, Linden redresse les épaules pour affronter ce qui les attend. Autour de l'hôpital, il remarque des barrages avec des policiers, qui bloquent le passage vers la rue Saint-Charles et la rue Balard.

Il règne une drôle d'ambiance dans l'hôpital aujourd'hui. Linden s'en rend compte aussitôt. Le bâtiment paraît étrangement désert. Quelques infirmières circulent d'un pas pressé. Les lumières, diffuses, luisent faiblement dans les longs couloirs. Une désagréable odeur de pourri infeste l'air. De nombreuses affiches sont placardées sur les murs du grand hall d'entrée. Linden et Mistral se rapprochent pour les lire. En raison de la crue, l'établissement sera évacué dès la première heure demain matin mardi. Les malades seront transférés vers l'hôpital Necker ou l'hôpital Cochin. Les proches doivent se rendre au comptoir d'information pour plus de renseignements. L'oncle et la nièce s'y précipitent, mais il est fermé. Il n'y a personne dans les parages. Linden ne comprend pas qu'on ne l'ait pas prévenu. Comment vont-ils transférer les malades? En ambulance? Et ceux qu'on ne peut pas déplacer, comme son père? Mistral essaie de le calmer; ils en sauront davantage une fois qu'ils auront mis la main sur un médecin.

L'unité de soins intensifs est comme abandonnée, à peine éclairée. Pas d'infirmières, ni de chirurgiens. Le Dr Brunel est introuvable lui aussi. Linden est hors de lui. Bon Dieu, mais qu'est-ce qui se passe ? Comment le personnel a-t-il pu déguerpir comme ça ? Coupés du monde, sans défense, quelques patients continuent à dormir. Paul est désormais seul dans sa chambre. Le malade précédent, Pascal Beaumont, et sa femme se sont évaporés. Derrière le rideau, Paul est étendu, les yeux fermés. Les moniteurs au-dessus de lui bipent régulièrement. Linden laisse Mistral avec son grand-père et part en quête d'un interlocuteur. Il remonte tout le couloir sombre et silencieux avant d'entendre enfin un murmure de voix. Un bureau du personnel, quant à lui très lumineux. À travers la cloison vitrée, il aperçoit le Dr Brunel penché sur un ordinateur. À côté de lui se trouve le sosie de Jodie Foster. Ils ont l'air tous les deux accablés de fatigue. Linden marque un temps d'arrêt avant de frapper à la porte. Ils semblent éplucher des listes en cochant des noms, pendant que deux infirmières assises non loin de là prennent des notes. Il est saisi d'un élan de pitié ; ce doit être un cauchemar d'évacuer un hôpital aussi vaste. Lorsqu'ils l'entendent, ils lèvent des visages surpris. Il est clair qu'ils essaient de se rappeler qui il est. Ils doivent voir tellement de familles ici, tous les jours, tellement de tragédies, tellement de morts. Pourquoi se souviendraient-ils de lui en particulier ?

« Le photographe. Le fils de Paul Malegarde », glisse le Dr Brunel à sa collègue en se mettant debout, imité par le

Dr Yvon, qui hoche la tête et ajoute : « La chambre 24. » Donc, oui, ils se souviennent. Tout de même, Linden est épaté. Ils se tiennent devant lui, et il perçoit la tension qui émane d'eux. Il oublie sa colère. Pourquoi leur mener la vie dure ? Ils doivent déjà suffisamment en baver. Le Dr Brunel s'excuse de ce raté dans la communication. Ils n'ont pas réussi à contacter tout le monde. Oui, l'hôpital doit être évacué. La Seine a déjà inondé les sous-sols. Les salles d'opération sont condamnées, et l'eau ne cesse de gagner du terrain. De nombreux patients ont été transférés aujourd'hui, mais la manœuvre est plus délicate pour les malades étroitement surveillés et difficiles à déplacer, comme son père. Ce sera fait demain matin, très tôt. Linden pourra-t-il être là à sept heures ? Linden répond : « Bien sûr », puis demande si le transfert sera effectué en ambulance. Le Dr Brunel croise les bras et lance un regard au Dr Yvon. Ils l'espèrent. Ils l'espèrent de tout leur cœur. Linden les dévisage. Pourquoi ont-ils un air si fuyant ? Il dit qu'il ne comprend pas. Le Dr Brunel soupire. Ses yeux couleur café croisent enfin ceux de Linden. Il demande à Linden de se rapprocher un instant de la fenêtre ruisselante de pluie, et pointe son doigt vers le bas. D'ici, Linden constate que la rue Leblanc et la place Albert-Cohen sont ensevelies sous les eaux. La Seine lèche maintenant les fondations mêmes de l'édifice. Le port de Javel a disparu sous un lac faussement paisible. Des ouvriers s'affairent à installer pompes et barrières anti-inondation contre l'enceinte de l'hôpital. Linden se souvient que le fleuve monte de deux centimètres par heure.

Est-il sans danger pour son père de rester ici cette nuit ? Ne peut-on le transférer dès cet après-midi ? Les deux médecins le rassurent. Son père n'a rien à craindre. Le transfert se fera, très probablement par bateau, demain matin. Par bateau ? Linden est éberlué. Pourquoi par bateau ? Il est arrivé à pied de Montparnasse ; il n'a pas eu besoin de bateau pour venir ici. L'hôpital Cochin est dans le 14e, il n'y a pas d'inondations là-bas, alors pourquoi des bateaux ? Le médecin hésite. Des bateaux seront nécessaires demain parce que l'eau grimpe extrêmement vite. Le quartier de Javel est un des plus durement touchés par les inondations. Beaucoup d'habitants ont déjà été évacués par les militaires. Linden repense aux barrières érigées autour de l'hôpital. La plupart des rues alentour sont certainement déjà submergées. Quel genre de bateau ce sera ? demande-t-il. Qui sera à la barre ? Est-ce sans trop de risques pour son père ? Et puis pourquoi son père ne peut-il être transféré aujourd'hui, avant que des bateaux ne soient nécessaires ? Il voit bien que les médecins font de leur mieux pour le tranquilliser, mais sans succès. Le Dr Brunel explique que le transfert ne peut avoir lieu maintenant à cause de problèmes d'assurance. Linden trouve la chose incroyable. Des problèmes d'assurance ! Ils plaisantent, sans doute ? Silence. Ils ont l'air si mal à l'aise, il a presque pitié d'eux. Il peut lire l'anxiété dans leurs yeux. Il se demande s'ils ont jamais été confrontés à une crise comparable au cours de leur carrière. Il est certain que non. Réprimant sa frustration, il dit qu'il a une question importante. Pourquoi diable cet hôpital a-t-il été construit ici ? Enfin quoi, les architectes qui l'avaient conçu il y a vingt ans devaient bien savoir qu'il s'agissait d'une zone inondable ? Comment se sont-ils débrouillés pour obtenir les permis ? Comment la direction de l'urbanisme les a-t-elle laissés faire ? Les médecins haussent tous deux les épaules. Ils se sont interrogés de la même manière. Cela paraît absurde, ils sont d'accord. Linden change de sujet pour aborder la santé de son père. Peuvent-ils lui en dire plus ? L'état de Paul est stationnaire ; aucun élément nouveau à lui communiquer. Une fois que son père sera installé à l'hôpital Cochin, les chirurgiens là-bas décideront s'il faut opérer ou non. Il sera entre les mains expertes du professeur Gilles Magerant. Le dossier de Paul doit lui être transmis aujourd'hui.

Linden les remercie. Il prend congé, puis remonte le couloir mal éclairé vers la chambre de son père. Il ne s'est pas senti aussi abattu, aussi triste et aussi effrayé depuis longtemps.

Dans la chambre 24, Mistral, assise près du lit, discute avec son grand-père comme si de rien n'était. Paul a toujours les yeux fermés. Elle lui tient la main, et sa voix est joyeuse et douce. Elle lui dépeint le fleuve, et le vieil homme du pont de l'Alma qui leur a affirmé que la crue allait s'aggraver. Elle lui dit de ne pas s'inquiéter ; ils sont là pour s'occuper de lui, tout ira bien. Lorsque Linden entre dans la pièce, elle lui souffle que Papy ne réagit pas, mais que, bizarrement, elle est convaincue qu'il l'entend. C'est fou ce que cette gamine est gentille et courageuse. Linden glisse un bras autour des épaules de sa nièce et lui embrasse le sommet du crâne. Puis, prenant dans sa poche le livre de Giono, il se met à lire, d'une voix claire, debout près du lit. Mistral écoute. Elle est passionnée par l'histoire d'Elzéard Bouffier, le berger qui a planté des milliers d'arbres. Paul est impassible. Sa poitrine se soulève avec régularité. Quand Linden arrive à la fin du récit, une demi-heure plus tard, Mistral quitte son siège. Elle va le laisser seul avec son père, maintenant. Rien que tous les deux. Elle retrouvera son oncle tout à l'heure, rue Delambre. Elle s'esquive, leur envoie un baiser de la main. Linden se sent démuni. Aucune idée ne lui vient. Aucun mot. Il reste assis là, mains à plat sur les cuisses. La pluie tambourine contre la vitre. Il pense au fleuve, en contrebas, qui envahit peu à peu l'hôpital abandonné. Le bâtiment est comme un immense navire en train de couler. Il doit bien exister un moyen de faire sortir son père avant demain ? Le lit a des roulettes ; il pourrait le pousser jusqu'aux ascenseurs. Oui, mais après ? Comment emmener son père à Cochin ? Il ne trouverait jamais de taxi. Et une ambulance ? N'importe quoi ! Il déraille. Enfin bon Dieu, son père a une perfusion dans le bras et un masque à oxygène sur la figure ! Linden rapproche sa chaise du lit de son père. Paul sent la lotion antiseptique. Une infirmière lui a fait sa toilette ce matin. Linden touche la main de son père. La peau est chaude, sèche. Les mains de son père… ces mains qui savent tout ce qu'il est possible de savoir sur les arbres. Il retourne celle qu'il tient et en examine la paume. Elle est pâle et tannée, étrangement propre. D'ordinaire couverte de poussière ou de terre, elle semble d'une blancheur étincelante.

« Papa… Est-ce que tu m'entends ? C'est moi. C'est Linden. Je suis là. »

Pas de réaction. Linden s'éclaircit la gorge, tenant toujours la main de son père dans le creux de la sienne. Ça paraît bête, de parler à quelqu'un qui peut-être n'entend rien, mais il s'entête, résolument. Il raconte à Paul qu'il a vu le médecin. L'hôpital est sens dessus dessous à cause de l'évacuation imminente, mais Paul n'a pas à s'en faire ; Linden va tout superviser. Il regrette que son père ne puisse pas assister à la crue du fleuve, spectacle effrayant et splendide à la fois ; Paul serait fasciné. Il s'efforce de décrire les nouveaux angles saugrenus que forment les ponts, la teinte des flots impétueux, la foule rassemblée le long des quais. Il évoque la pluie qui n'a pas cessé depuis leur arrivée ; la sensation de déambuler dans une cité aquatique crépusculaire qui n'a plus grand-chose à voir avec le Paris habituel ; la façon dont la ville a perdu son éclat, sa netteté, ses contours qui se diluent dans un flou évanescent fascinant à contempler et à photographier.

Linden se tait, lâche la main de son père. Une idée lui vient. Il cherche son téléphone dans sa poche, passe en revue sa musique, trouve David Bowie. Il n'est pas aussi fan que son père, mais il a une dizaine de chansons en stock. La première qui se présente est « Sorrow ». Il augmente le volume, place le portable sur l'oreiller de son père. La voix si reconnaissable résonne, se répercutant contre les murs verts et nus.

Linden revoit son père écouter Bowie dans sa camionnette. Il avait beau être tout petit à l'époque, il comprenait que Bowie avait une place importante dans la vie de Paul. Son père ne chantait jamais en même temps, mais son doigt battait la mesure sur le volant, et Linden l'imagine, cet index robuste oscillant avec la musique. Le morceau suivant est « Lazarus », un des derniers de Bowie, figurant sur *Blackstar*, l'album obsédant sorti quelques semaines avant sa mort. Avec une intensité poignante, Bowie déclare qu'il est au ciel, que ses cicatrices sont invisibles, qu'il n'a plus rien à perdre. Linden était chez lui, ce dimanche soir 10 janvier 2016, quand la nouvelle de la mort de Bowie était tombée. Sacha et lui avaient fini de dîner et étaient en train de débarrasser la table. Sacha plaisantait à propos d'un des chats qui voulait laper l'ultime lichette de sa délicieuse mousse au chocolat. (Sacha était strict avec les chats : il ne leur donnait jamais de friandises. Linden était plus coulant.) C'était Sacha qui avait reçu une alerte sur son téléphone, et murmuré, catastrophé, que Bowie venait de mourir. Linden lui avait fait répéter deux fois avant d'allumer la télé. Il était sept heures du matin à Vénozan, trop tôt pour appeler son père. Paul écoutait rarement les infos et ne lisait pas souvent le journal, contrairement à Lauren, qui se levait plus tard que son mari. Son père serait ébranlé par la disparition de Bowie. Bowie et lui n'avaient qu'une année de différence ; le chanteur était né le 8 janvier 1947 et Paul le 20 janvier 1948. Sacha lui avait demandé pourquoi Paul aimait tellement Bowie, et Linden avait eu du mal à expliquer. Au premier abord, de fait, il semblait y avoir peu de points communs entre un artiste britannique adulé qui se réinventait en permanence et un paysagiste de la Drôme aussi discret que solitaire qui se battait pour la sauvegarde des arbres. Tout remontait à l'album *Ziggy Stardust*, en 1972, avait dit Linden. Paul avait vingt-quatre ans et s'appliquait à redonner au domaine son lustre d'antan. Il était en route pour Nyons où il allait chercher de jeunes arbres quand une mélodie à la radio lui avait fait dresser les poils sur les bras. Il avait été envoûté par le puissant raclement de guitare et par cette voix singulière, à la fois haut perchée et profonde, tantôt veloutée, tantôt rauque ; un son inédit. Paul avait l'oreille musicale, aimait beaucoup Pink Floyd, les Rolling Stones, les Beatles, mais ce chanteur était à part. Sa musique, au style si agréablement bizarre et ensorcelant, l'avait ému au plus profond de lui. Il ne comprenait pas un mot d'anglais et n'avait pas non plus saisi le nom de l'interprète, il avait juste été sensible à la chanson, « Starman ». Après avoir acheté ses oliviers, il était allé tout droit chez le disquaire de Sévral. On lui avait remis un album au titre étonnamment long : *The Rise and Fall of Ziggy Stardust and the Spiders from Mars*. L'artiste s'appelait David Bowie. Paul ne savait pas comment se prononçait ce nom et n'avait même pas essayé. La pochette montrait un jeune homme blond en combinaison bleue près du corps, posant de nuit devant des immeubles sous une enseigne au néon. Il portait une guitare en bandoulière et des *platform boots*, un pied nonchalamment

appuyé contre une poubelle. Voilà comment était née la passion de Paul. Son père n'avait jamais vu Bowie en concert, et
il n'y tenait pas ; il se contentait d'écouter les disques. Paul
achetait chaque nouvel album, chaque année, sensible à son
originalité artistique, à son audace musicale. Le visage blême
et émacié de son idole – avec ses yeux qu'une pupille constamment dilatée rendait asymétriques, ses dents mal rangées et
son sourire juvénile – avait fini par lui être familier. Et quelle
était la chanson préférée de Paul ? Linden avait répondu qu'il
n'en savait rien. Et aujourd'hui, à l'hôpital, il n'en sait toujours rien. Il a maintenant passé deux chansons, « The Jean
Genie », avec son riff syncopé entraînant, et « Ashes to
Ashes », sa préférée à lui, avec ses cordes synthétiques et sa
basse tranchante. Les traits déformés de son père n'ont pas
frémi une seule fois. Linden se sent découragé. Cela vaut-il
la peine de continuer ? Une dernière, alors. « Heroes ». Il
replace le téléphone plus près de son oreille, prend la main
de son père dans la sienne. Bowie chante ce morceau avec
une telle conviction ; les paroles ont quelque chose de sensuel
et de désespéré à la fois, alliage déchirant qui suscite la mélancolie de Linden. Cette chanson lui rappelle son père plus
fortement que jamais : il le revoit bras croisés à côté de la
maison, planté là sans mot dire à scruter la vallée et à regarder
les nuages s'amonceler avant une petite ondée tardive. Les
doigts emprisonnés dans les siens semblent remuer. À moins
que ce ne soit son imagination ? Il les observe, tout en écoutant la guitare plaintive jouer sa mélopée. Au moment précis

où la voix de Bowie lance avec une rage tendre qu'ils peuvent être des héros, ne serait-ce qu'une journée, la main de son père serre soudain la sienne comme dans un étau, lui arrachant un cri de surprise. Les yeux de Paul sont ouverts, grands ouverts, immenses et ronds. Ils le dévisagent, étincelant dans le masque figé de sa face toute tordue. Linden, bafouillant d'émotion, demande à Paul s'il l'entend, s'il peut répondre, s'il peut indiquer par un petit signe qu'il comprend ce qu'on dit. Linden sent qu'on lui presse la main, et les yeux gigantesques clignent avec régularité, comme s'ils transmettaient des signaux en morse. Linden se lève brusquement, fonce vers le couloir; il doit trouver une infirmière, un médecin, il doit leur annoncer que son père réagit. C'est forcément une bonne nouvelle. Il y a une infirmière à deux chambres de là. Il n'en revient pas de sa chance : il s'attendait plus ou moins à errer en vain dans l'hôpital désert. Elle l'accueille avec un gentil sourire. Elle arrive tout de suite. Linden regagne au pas de course la chambre de son père, soulagé de voir que les yeux bleus sont toujours ouverts, et débordants de vie. Il avait oublié qu'ils étaient si bleus. La couleur des ciels d'été à Vénozan, un azur pur et intense qu'il n'a retrouvé nulle part ailleurs. Bleus, et scintillants, comme si tous les sentiments de Paul s'épanchaient jusqu'à lui à travers ses iris. Tout va s'arranger, il est là pour s'occuper de lui. Paul a eu une attaque. Se souvient-il de quelque chose? Eh bien, cela s'est produit au restaurant, mais par chance Paul a été conduit très vite à l'hôpital. L'infirmière entre d'un air affairé, poussant un chariot devant elle. Linden peut-il sortir, le temps qu'elle fasse les soins? Linden quitte la chambre, euphorique. Tout cela, c'est grâce à Bowie, il en est persuadé. Il se rappelle son échange avec Paul le jour de la mort de Bowie. Son père était effondré; il pouvait à peine parler au téléphone. Plus tard, Lauren avait raconté à Linden que Paul n'était pas sorti de la maison et avait passé la matinée à écouter sa collection de vinyles. Personne n'avait osé l'interrompre. Il n'avait pas pipé mot et était retourné travailler après le déjeuner, les traits crispés, les yeux mouillés. Linden envoie des SMS à sa sœur et sa nièce pour leur décrire la scène. Il ne peut pas s'empêcher de se sentir regonflé. Lorsqu'il rentre dans la chambre, il est anéanti: les yeux de Paul sont fermés. L'infirmière touche le bras de Linden, pour le réconforter, murmure deux, trois paroles encourageantes. Puis elle s'éclipse. Pendant un moment, Linden reste assis en silence, à observer le visage de son père. L'instant magique a été rompu. La tristesse le submerge, abolissant l'allégresse précédente.

Linden allume la télévision, accrochée au mur en face du lit. La Seine est sur toutes les chaînes, même les chaînes étrangères. Les spécialistes réitèrent leurs funestes prévisions: la situation pourrait durer jusqu'à un mois, avec un pic de sept jours qui n'a pas encore été atteint. Le fleuve dépasse désormais les sept mètres à Austerlitz, soit un niveau supérieur à celui de juin 2016. L'eau monte lentement, ressortant par les systèmes de ventilation, les grilles d'évacuation et les bouches d'égout, se répandant partout, profitant de chaque

fissure, chaque bouche d'extraction, chaque nid-de-poule.
Impossible de l'arrêter. La préfecture évacue les habitants
avec l'aide de l'armée et de la Croix-Rouge. Les malades sont
transférés vers d'autres hôpitaux, et les vieillards extraits des
maisons de retraite. Des Parisiens sont hébergés dans les gymnases et les écoles des quartiers en hauteur qui n'ont jamais
été inondés, comme Montparnasse et Montmartre. Les tours
de Beaugrenelle sont vidées et condamnées, bataille longue
et pénible, certains occupants refusant de quitter leur appartement. Le gouvernement promet de sécuriser les tours afin
de prévenir les pillages, mais les habitants ne sont pas tranquilles. Toutes les zones inondées sont privées d'électricité, et
les connexions Internet s'y révèlent de plus en plus aléatoires.
Paris n'est pas seul à souffrir ; la plupart des villes de banlieue
construites le long du fleuve ont été envahies par les eaux.
Les maires expriment leur mécontentement, car les efforts
des autorités semblent essentiellement tournés vers la capitale, au mépris des appels au secours des communes moins
favorisées. Rejoindre Paris et en sortir s'avère problématique,
les voies d'accès à la capitale sont submergées. La moitié des
lignes de métro ne fonctionnent plus. Les trains ne peuvent
plus rallier les gares de Lyon et d'Austerlitz. Linden en croit
à peine ses oreilles. La situation peut-elle empirer ? Il semble
que oui. Pour l'instant, le fleuve s'est infiltré dans les quartiers de Javel, de Bercy et des Invalides. Mais ce n'est que le
début, martèle la femme à lunettes qu'il a déjà vue dans une
autre émission. Cette fois, personne ne la contredit. Ce n'est

que le début et les choses ne vont pas s'arranger. Le visage livide du président apparaît sur l'écran. Il est filmé dans son bureau de l'Élysée et Linden ne lui a jamais vu une mine si harassée. Des cernes sombres entourent ses yeux bleus. Il a l'air plus jeune encore, presque perdu. L'espace d'un instant, il ne dit rien. Puis sa voix retentit avec sa vigueur habituelle. Oui, chers compatriotes, l'heure est grave. Paris et sa banlieue doivent s'unir pour s'entraider dans les temps difficiles qui s'annoncent. Oui, la Seine continue à monter, et les prévisions indiquent que son niveau risque de dépasser celui de 1910. Le gouvernement accorde à l'imminente catastrophe sa priorité absolue. Sur l'ordre du président, le ministère de la Défense a déclenché le plan Neptune : cent mille militaires vont être déployés sur le terrain. Cette force spéciale, travaillant en étroite conjonction avec la police, les pompiers et la gendarmerie, effectuera les opérations de sauvetage, assurera le ravitaillement et procédera aux évacuations. Les Français devront obéir à toutes les instructions qu'ils recevront des autorités. Ces directives seront communiquées par la radio et par la presse. Les touristes sont priés de quitter la ville, et ceux projetant d'y venir sont conviés à reporter leur voyage. Le préfet de Paris s'adresse maintenant à la nation. Les piétons doivent faire preuve d'une extrême prudence aux abords du fleuve, car le courant est très puissant. Des coupures d'électricité, de gaz et d'eau sont à craindre demain dans la moitié de la capitale. Un numéro d'urgence a été créé. La population est enjointe à l'utiliser. Linden éteint la télé, le cœur lourd.

Il se penche pour embrasser le front de son père. Lorsqu'il se lave les mains dans la petite salle de bains adjacente, il remarque que l'eau est d'une sale couleur carotte et qu'elle dégage une odeur âcre. Dehors, il est accueilli par la pluie et par le bruit de violents coups de marteau. Des passerelles métalliques, comme celles utilisées à Venise durant l'*acqua alta*, sont en train d'être aboutées autour de l'hôpital en un cordon branlant. Derrière le bâtiment, le niveau du fleuve a encore grimpé alors que, dans une forêt de machines, des ouvriers s'escriment à pomper l'eau qui attaque l'édifice.

Linden tourne le dos à la Seine et marche vers Montparnasse. Avec pour unique pensée, pour unique vision, les yeux de son père.

TILIA LE BOMBARDE de questions. Peut-il raconter à nouveau toute l'histoire? À quel moment et de quelle façon Paul a-t-il réagi, exactement? Que disent les médecins? Que va-t-il se passer maintenant? Patiemment, Linden lui rappelle qu'on est en train d'évacuer l'hôpital, que le personnel est sur les dents; il doit y retourner demain à sept heures pour le transfert. Il ignore ce que pensent les médecins. Tilia arpente sa chambre en boitant, irritée. Linden ne devrait-il pas tâcher de se renseigner? Enfin merde, qu'est-ce qu'il fabrique? Mistral s'efforce de calmer sa mère, mais celle-ci la repousse. À l'expression sur le visage de Tilia, Linden pressent que le conflit est proche. Eh bien, alors, pourquoi ne va-t-elle pas elle-même sur place parler à l'équipe médicale? Il sait pertinemment que cette suggestion va mettre sa sœur en rage, et il se prépare aux représailles. Chose étrange, la riposte ne vient pas. Au contraire, Tilia s'écroule sur le bord de son lit. Et le traitement de Paul? Qu'est-ce qu'on lui donne? Linden est-il au moins au courant de ça? Elle a un ton caustique, mais Linden ne relève pas. Les médicaments sont le sujet à éviter avec sa sœur depuis son accident. Elle nourrit un profond scepticisme à l'égard des prescriptions médicales. Il avait déjà été assez compliqué de lui faire approuver le traitement de Lauren pour sa pneumonie. Pour elle, pilules et comprimés sont nocifs par définition, et elle s'arrange toujours pour les éviter. Tilia croit dur comme fer à la médecine naturelle comme réponse à tous les problèmes de santé. Linden se lance, hardiment. Ne voit-elle pas que cela ne va pas suffire à guérir leurs parents ? Le temps presse. Paul a eu une attaque et Lauren se bat contre une pneumonie. Tilia pense-t-elle réellement que quelques compléments alimentaires et autres gouttes de miel feront l'affaire ? Elle n'est pas sérieuse ! Si elle est incapable de mettre les pieds à l'hôpital pour des raisons qui lui appartiennent, elle doit le laisser prendre les choses en main. Sa voix retentit, plus virulente qu'escompté. Les traits de Tilia se convulsent ; Linden redoute la contre-attaque. À son grand étonnement, Tilia ne l'agonit pas de reproches fielleux. Semblant plutôt se recroqueviller, elle courbe la tête et sanglote, les joues écrasées entre ses paumes de mains. Sa sœur, cette fille si impétueuse, si véhémente, si butée, si franche, et parfois si indélicate, pleure comme une Madeleine. Linden, abasourdi, ne peut que la regarder. Quand l'a-t-il vue en larmes pour la dernière fois ? Il n'arrive pas à se rappeler. C'était lui le pleurnicheur, quand ils étaient enfants. C'était elle qui le consolait quand il tombait de vélo ou faisait un cauchemar. Tilia ne pleurait jamais. C'était elle la coriace. Il regarde Mistral enlacer sa mère de ses bras minces. Il ne sait pas quoi dire, alors il se tait, tiraillé entre le remords et la colère. Tilia lève les yeux vers lui ; son visage rouge et bouffi est barbouillé de larmes.

« Tu ne comprendras jamais. Personne ne pourra jamais comprendre. »

Linden échange un regard prudent avec Mistral. Il se demande ce que sa sœur entend par là. Qu'est-ce donc qu'ils ne peuvent pas comprendre ? Pourquoi pleure-t-elle ? Cela a-t-il un lien avec leurs parents ? S'agit-il d'autre chose ? Elle est pour lui un tel mystère, son ostrogothe de sœur. Elle camoufle tout derrière son langage ordurier et ses jeux de mots obscènes. Avec elle, les gens hurlent de rire, elle est le boute-en-train des soirées, mais elle peut parfois se montrer cruelle, pour le simple plaisir d'amuser la galerie. Mistral a-t-elle la moindre idée de ce qui se passe ? Il interroge sa nièce sans parler, en dressant les sourcils. La jeune fille secoue la tête en signe d'ignorance. Linden s'assoit par terre, aux pieds de sa sœur, perchée sur le lit. Il pose une main sur le genou de Tilia.

« Pourquoi ne pas t'expliquer, dans ce cas ? Tu n'as qu'à nous raconter. »

Tilia lâche en gémissant qu'elle ne peut pas ; c'est trop difficile, sans compter qu'elle ne saurait par où commencer. Mistral aide sa mère à s'allonger sur le lit, lui plaçant la tête sur ses genoux. Sa voix est apaisante, adulte. Linden ne peut s'empêcher d'être impressionné. La respiration de Tilia se fait moins hachée, tandis que Mistral essuie avec douceur ses dernières larmes. Le silence emplit la pièce. Linden attend, assis en tailleur. Son esprit s'envole vers la chambre 24, vers le soulagement qu'il a éprouvé quand Paul a ouvert les yeux. L'espoir a supplanté la peur. Se berce-t-il d'illusions? Ferait-il mieux de se préparer à une mauvaise nouvelle, à apprendre que son père ne se remettra jamais? Il a besoin de garder espoir, pour tenir. Sinon, il ne sera pas capable d'affronter le jour qui vient, les traits déformés de son père, ses tubes dans le nez et dans le bras. Il a besoin de cultiver sa force, d'alimenter son courage. Pendant combien de temps y arrivera-t-il? Combien de temps pourra-t-il faire semblant d'être fort? Et puis, il y a sa mère. Pour l'instant, elle est affaiblie par sa maladie, mais que se passera-t-il lorsqu'elle sera rétablie? Comment réagira-t-elle en voyant son mari diminué? Est-ce qu'elle s'effondrera? Est-ce qu'elle sera courageuse? Il n'en sait rien. Tilia le ramène soudain à l'instant présent. Elle parle d'une voix atone, sans entrain. Elle fixe le plafond, les doigts entrecroisés sur sa poitrine; la main de Mistral lui caresse les cheveux. Linden, attentif, se penche en avant. Tilia n'a jamais raconté à personne ce qu'elle s'apprête à leur dire. Elle craint de ne pas trouver les mots justes; ils vont devoir être patients. Elle s'interrompt, respire profondément, puis reprend. Elles étaient cinq meilleures amies. Cinq jeunes filles à l'aube de leur vie. Vingt-cinq ans. Tant de promesses, en chacune d'elles. Laurence, Valentine, Sylvie, Sonia et elle. Valentine devait se marier cet été-là. Elle était gracile, avec des cheveux blonds et bouclés, des yeux bleus. C'était pour fêter son mariage prochain qu'elles lui avaient organisé un enterrement de vie de jeune fille. Son fiancé s'appelait Pierre, un beau garçon de Saint-Jean-de-Luz. Il travaillait dans une agence immobilière et Valentine était assistante médicale. Sylvie était la délurée de la bande, la plus imprévisible. Vendeuse dans un grand magasin à Biarritz. Pas vraiment jolie, mais elle plaisait aux hommes. Elle leur plaisait beaucoup. Le récit de ses liaisons fascinait ses amies. Brune, pondérée, Sonia avait le teint pâle. L'intellectuelle. Elle n'allait jamais à la plage, ne prenait jamais le soleil. Elle lisait un livre par jour. Elle était sur le point de s'installer à Paris : elle venait de décrocher un poste dans un magazine célèbre. Elle aussi avait un petit ami, Diego, originaire de Saint-Sébastien. Et puis, il y avait Laurence, une Bordelaise issue d'une famille de prestigieux viticulteurs. Laurence était grande et belle, et pleine d'humanité. Elle savait écouter. Elle savait vous épauler quand vous n'aviez pas le moral. Tilia avait rencontré le quatuor pendant son premier été à Biarritz, lorsqu'elle y avait débarqué en 1998 pour vivre avec Éric. Elle était la seule à avoir une fille de quatre ans et demi, et un mari, mais elle ne se sentait pas différente pour autant. Elles étaient ses amies, et elles savaient tout d'elle. Elles connais-saient sa passion pour la peinture, pour la création artistique. Elles savaient qu'à dix-neuf ans, elle avait décidé d'entamer une nouvelle vie au Pays basque, loin de la région où elle avait grandi ; elles savaient qu'elle était tombée enceinte et avait eu sa fille à vingt ans ; elles étaient au courant de son mariage avec Éric, elles savaient qu'au début les choses avaient paru faciles, mais, au début, les choses paraissent toujours faciles, non ? Éric consacrait tout son temps au restaurant, et ce non sans succès, car l'établissement gagnait chaque année en notoriété. Mais le mariage, lui, ne marchait pas, et ses amies le savaient. Elles réconfortaient la malheureuse, elles l'aidaient. Ce n'était pas entièrement la faute d'Éric. C'était aussi la sienne. Elle était si jeune à l'époque. Il y avait tant de choses qu'elle ne comprenait pas. Tilia s'interrompt un long moment. Lorsqu'elle reprend son discours, sa voix a plus de puissance. Que son frère et sa fille ne s'y trompent pas, elle ne va pas leur parler de son premier mariage. Ce dont elle veut parler, c'est de ses amies. De cette nuit-là. De cette nuit abominable. C'est la première fois, en près de quinze ans, qu'elle consent à en parler. Et si elle y parvient, si elle réussit à tout raconter sans craquer, alors peut-être qu'ils pourront comprendre. Elle n'arrive pas à se rappeler qui avait choisi le restaurant à Arcangues. Il avait d'abord été question d'un bar à tapas à Fontarabie, un bistrot où elles étaient déjà allées, toutes les cinq, et qu'elles aimaient bien. Mais c'était une occasion spéciale, un événement festif, et il fallait marquer le coup. Le débit de Tilia devient saccadé. Elles s'étaient même déguisées : diadèmes en strass et crinolines. Elle est incapable de regarder les photos, celles qui ont été publiées dans les journaux, après l'accident. Les filles étaient superbes, parées de leurs riches atours, avec leurs coiffures élaborées et leur maquillage scintillant. Ses très chères amies. De vraies princesses. De véritables reines. Il y avait eu beaucoup de vin. De l'excellent vin ; Laurence y avait veillé. Elles avaient bu sans modération car elles disposaient d'un chauffeur, un professionnel qu'elles avaient recruté pour les ramener en ville en monospace. Personne ne se souciait de l'alcool ingurgité, pas même Sylvie qui était vite pompette. Elles n'avaient rien à craindre. Elles se sentaient en sécurité. Elles faisaient une fête de tous les diables. Le restaurant les avait laissées s'attarder et passait leurs chanteurs préférés : Usher, Black Eyed Peas, Alicia Keys. Il faisait une chaleur mémorable ; Tilia se souvient très bien de ce détail. Le 1er août 2004. C'était vraiment ridicule de danser en crinoline ! Cette effrontée de Sylvie avait fini par se débarrasser de la sienne, tournoyant sur du Beyoncé en talons aiguilles et dessous en dentelle, au ravissement des serveurs et des autres clients. Comme elles avaient ri ! Elles riaient à en perdre haleine, se prenaient dans les bras, juraient en levant un autre verre qu'elles ne perdraient jamais le contact, qu'elles n'oublieraient jamais leur amitié, qu'elles continueraient à se réunir quand elles seraient de vieilles mamies aux cheveux gris. Mais c'était tellement loin. Une autre galaxie ! Elles avaient leur vie entière devant elles.

Tilia s'arrête. Ses mains tremblantes couvrent son visage comme un masque. Linden et Mistral ne bougent pas. Les seuls bruits sont le ruissellement de la pluie contre le carreau et des voix dehors dans le couloir. Soudain le téléphone sonne à côté du lit, les faisant sursauter. Mistral répond. Elle hoche la tête, murmure quelques mots, puis raccroche. Linden lui demande qui c'était. Elle chuchote que ce n'est pas important. Quand Tilia recommence à parler, sa voix semble essoufflée. C'est arrivé juste avant que le monospace tourne à gauche sur le dernier tronçon de la route en direction de Biarritz. La radio était réglée à fond, et elles chantaient. Elles chantaient à pleins poumons, une chanson qu'elle ne pouvait plus écouter, désormais, sans craindre de s'effondrer. « Dancing Queen », d'Abba. Le genre de soupe qu'écoutaient leurs mères, mais ce soir-là, à ce moment-là, le morceau était parfait, il était fait pour elles ; c'étaient elles les « reines dansantes » de la chanson, animées d'une ardente rage de vivre. Elle revoit leur petit groupe, à l'arrière du monospace, leurs jupons retroussés au-dessus de leurs genoux, vitres ouvertes, la douceur nocturne s'engouffrant dans l'habitacle. Il était tard, mais quelle importance ? Elles dormiraient demain. Elle l'entendait encore, il était toujours là. Le bruit. L'horrible, l'insupportable vacarme de l'accident : le brusque froissement de tôle, l'assourdissant fracas de verre. Le cœur qui se serre, l'estomac qui fait des montagnes russes tandis que la voiture est projetée dans les airs, coupée en morceaux, aussi facilement qu'un fruit moelleux tranché par une lame. Rien que quelques secondes, c'est tout ce qu'il avait fallu, puis le silence. Même Abba s'était tu. Tilia n'avait pas tout de suite perdu connaissance. Avait-elle la tête en bas ? Était-ce le ciel qu'elle regardait ? La Grande Ourse ? Elle ne comprenait rien à la topographie alentour. Ses oreilles bourdonnaient confusément de plaintes étouffées.

Sa peau lui paraissait gluante, crasseuse. Elle ne voyait rien d'autre que des cheveux, des volutes sans fin de cheveux noirs, de cheveux blonds, de cheveux bouclés, partout, des mèches de cheveux qui voilaient son champ de vision. Puis elle avait pris conscience de l'odeur. Une odeur infecte. Son propre vomi, dégoulinant sur son menton et sur son décolleté, laissant dans sa bouche un arrière-goût amer, et puis une autre odeur, bien plus effrayante ; une odeur métallique, une odeur de viande, qui semblait chercher à pénétrer en elle. D'abord elle ne l'avait pas identifiée, bien qu'elle ait quelque chose d'étrangement familier. Et soudain elle avait compris. C'était l'odeur du sang frais. Elle avait tourné la tête, gémissant de douleur, et là elle avait vu le visage de Valentine, juste à côté du sien, calé contre son épaule, comme si elle dormait. C'est fou comme le teint de son amie semblait gris, comme ses joues paraissaient creuses. Les mâchoires contractées par la souffrance, Tilia avait remué le bras et levé lentement une main apeurée pour caresser la peau de Valentine, dans un geste de réconfort. Elles allaient s'en sortir, pas vrai ? Elles allaient s'en sortir. C'était sûr. Toutes les cinq.

La voix de Tilia est presque un cri à présent, un hurlement étranglé. Linden a de plus en plus de mal à écouter. Il voudrait sortir de la pièce, mais il ne peut pas faire ça. Il ne peut pas abandonner sa sœur. Tilia dit qu'elle a appuyé sa main sur la joue de Valentine, et que, tout à coup, Valentine a semblé lui basculer sur les genoux, dans une cascade de boucles emmêlées. L'atroce vérité avait frappé Tilia avec la violence d'un coup de poing. Ce qui gisait sur ses cuisses était la tête de Valentine. Seulement sa tête. Détachée de son corps. Combien de temps Tilia était-elle restée là, à crier au secours, dans cette masse de cheveux ensanglantés ? Un temps interminable. Elle sentait une chose noire remonter peu à peu le long de son corps, une force sombre et monstrueuse, progressant insidieusement sur ses jambes, sa taille, sa poitrine. Glaciale et sournoise, elle s'enroulait tel un serpent autour de sa gorge, la bâillonnant si étroitement qu'elle pouvait à peine respirer. Elle avait essayé de lutter, mais la force pesait de tout son poids sur ses paupières, l'obligeant à s'enfoncer dans un lac obscur, l'entraînant sous l'eau irrésistiblement. Elle avait cédé ; elle avait laissé les eaux se refermer sur sa tête. Elle avait cru que c'était la mort. Quand Tilia avait repris connaissance, elle était à l'hôpital, à Bayonne, où elle allait passer les six mois suivants. Les médecins ne lui avaient pas dit tout de suite. Ils ne lui avaient pas dit que ses quatre amies étaient mortes sur le coup, ainsi que leur chauffeur, et le conducteur alcoolisé qui leur était rentré dedans. Ils ne lui avaient pas dit que les quatre filles avaient été enterrées quelques jours après l'accident. Elle n'avait aucune notion du temps, elle ne se rendait pas compte qu'elle était là depuis des mois. Elle ne reconnaissait pas son mari, sa petite fille, ses parents, son frère. Elle ne savait pas que les médecins avaient dû reconstruire la majeure partie de sa jambe et de sa hanche gauches, elle n'avait pas conscience, pas encore, qu'elle ne marcherait plus jamais normalement. Ils lui donnaient de puissants analgésiques, des trucs qui l'assommaient. Elle dormait en permanence. Elle était maintenue dans un clair-obscur brumeux qui l'emprisonnait. Quand son esprit avait recommencé à fonctionner, des mois plus tard, on lui avait expliqué. Elle avait encaissé, et le choc l'avait rendue folle. Pourquoi elle? Pourquoi ses amies, et pas elle? Pourquoi ses quatre amies étaient-elles mortes? Pourquoi en avait-elle réchappé, et elle seule? La fureur l'avait saisie. Elle n'avait jamais éprouvé une telle colère, elle n'avait jamais tant hurlé. Comme elle recrachait les calmants et cherchait à mordre les aides-soignants, ils l'avaient immobilisée afin de lui administrer les sédatifs par voie intraveineuse. Quand elle avait quitté l'hôpital pour suivre une physiothérapie dans une clinique de Bidart, elle était toujours furieuse. Coincée dans un fauteuil roulant, elle ne pouvait aller nulle part. Son unique joie était la petite Mistral, qui, à presque cinq ans, semblait comprendre mieux que quiconque ce qu'endurait sa mère. Tilia étire tendrement le bras pour caresser la joue de sa fille. On la surnommait Mistral la Magicienne, à l'époque, vous vous souvenez? C'était grâce à Mistral que, tout doucement, elle avait pu réparer son corps, mais aussi son esprit. Un an plus tard, quand elle était arrivée à se déplacer avec des béquilles, et à reprendre le volant, elle était allée voir les familles des filles, leurs petits amis. Ils avaient tous été gentils avec elle, mais elle ne s'en était sentie que plus mal. Comment supportaient-ils de la regarder? Elle était celle qui avait survécu, celle qui était encore là. Elle s'était rendue sur les quatre tombes, seule, les bras chargés de fleurs. Elle s'était rendue sur les lieux de l'accident. Il y avait une grande tache noire sur la route qui lui avait donné le frisson. Elle avait ensuite fait une chose vraiment stupide. Elle avait cherché le fait divers sur Internet. Autre choc. La décapitation de Valentine était mentionnée dans chaque article avec une délectation morbide. Elle avait vu les images effroyables du monospace, qui n'était plus qu'un amas de ferraille, dans lequel le break rouge était obscènement encastré. Elle avait découvert le nom du chauffard, appris qu'il rentrait de boîte de nuit. Trente-six ans, divorcé, deux enfants. Leur chauffeur, lui, avait cinquante-deux ans. Marié, trois enfants et cinq petits-enfants. Ce qui lui avait fait le plus mal, c'étaient les photos de chaque fille, enfant, puis adolescente : une Sylvie toute joyeuse sur la plage de la Côte des Basques avec sa planche de surf ; la photo de classe de Sonia en sympathique intello binoclarde ; Laurence s'affairant dans les vignes ; Valentine et Pierre à la veille de leur mariage, enlacés sur la plage du Miramar. Sans oublier les derniers clichés de ce soir-là. Où la presse les avait-elle obtenus ? Les familles, sans doute. Les familles avaient donné les photos à la presse. Elle les avait scrutées de toutes ses forces, à en avoir les yeux irrités, à en avoir la tête en compote. Chacune de ces photos portait l'empreinte atroce de la fatalité : une sorte d'inéluctable compte à rebours qu'aucune d'elles n'avait un seul instant soupçonné, qu'aucune d'elles n'avait un seul instant pressenti. Elle n'avait que mépris pour les titres racoleurs du genre : « Beautés tragiques », « La Mort des reines du bal », « Carnage sur la route d'Arcangues », « Quatre jeunes femmes tuées par un chauffard ivre ». Et puis ceux la concernant : « Tilia, la survivante », « Une jeune mère rescapée d'un terrible accident ». Deux ans après le drame, elle se rendait compte que oui, elle était une survivante, mais qu'elle demeurait profondément marquée, aussi bien physiquement que mentalement. Elle ne l'avait jamais avoué à personne ; elle préférait garder cette blessure secrète, enfouie au fond d'elle-même. Elle avait repris les rênes de son existence. En 2008, elle avait divorcé d'Éric et s'était installée à Londres avec Mistral, huit ans, pour repartir de zéro. Elle enseignait le dessin dans une école franco-britannique. Tout le monde pensait qu'elle était remise, mais ce n'était pas le cas. Elle faisait encore des cauchemars horribles où elle voyait la tête de Valentine lui tomber sur les genoux. Elle refusait de prendre les médicaments que lui avaient prescrits les médecins. Quand elle avait épousé Colin, en 2010, elle avait cru qu'elle pourrait en terminer enfin avec tout ça. Elle avait cru qu'elle pourrait se reposer sur quelqu'un de fort, un homme plus âgé qui la protégerait. Elle s'était trompée, et lourdement. Ils n'ignoraient pas ce qu'elle subissait avec Colin. Résultat, à bientôt quarante ans, elle était à ramasser à la petite cuillère : artiste ratée, mal mariée à un ivrogne, une boule de nerfs infoutue d'aller voir son père à l'hôpital.

Tilia éclate de rire, un rire sardonique plein de dureté qui s'élève dans la chambre et les fait tressaillir. Elle se balance sur le lit, tête rejetée en arrière, et Linden n'arrive plus à savoir si elle rit ou si elle pleure. Il est atterré par les révélations de Tilia. Il est incapable d'en entendre davantage. Le rire lui transperce les tympans. Il s'approche de sa sœur et de sa nièce, les serre avec affection dans ses bras, murmure que oui, bien sûr, il comprend, qu'il est désolé pour Tilia, que c'est une histoire abominable, et il s'en va. L'idée de retrouver sa minuscule mansarde, avec le crépitement de la pluie pour seule compagnie, ne le réjouit pas. Il se tient un moment adossé au mur du couloir, tandis que les pensées se bousculent dans sa tête. Les images évoquées par sa sœur le bouleversent. Il n'arrive pas à se les sortir du crâne. Lorsqu'il passe voir sa mère, un peu plus tard, il trouve à son chevet une infirmière des plus aimables qui l'informe que Mme Malegarde va mieux, mais qu'elle a encore besoin de repos. En bas à la réception, Linden est étonné de voir qu'il est déjà tard, presque cinq heures, et que le jour décline à toute allure pour céder la place à une pénombre grisâtre.

Dans le hall, un élégant personnage coiffé d'un feutre mou au bord humide de pluie vient à sa rencontre, main tendue.

« Très cher. Je vous attends ici depuis une éternité! Je leur ai demandé d'appeler la chambre de Tilia, mais impossible de la joindre. »

Cet impeccable accent *british*. Colin Favell, son beau-frère.

Colin suggère le Rosebud, à quelques mètres de l'hôtel dans la rue Delambre. Un décor de film des années 1930, avec serveurs en veste blanche, jazz rétro et lumières tamisées. Les clients du bar sirotent des daïquiris et discutent à voix basse. Colin s'installe au comptoir en zinc, puis place son chapeau avec précaution sur le tabouret à côté de lui. Rasé de près, il porte un complet bleu marine parfaitement coupé avec une chemise blanche et une cravate bordeaux, et des chaussures cirées. Il se plaint, grincheux, que Tilia n'ait pas pris ses appels. Extrêmement contrariant. La dernière fois qu'ils se sont parlé, hier, un échange très bref, elle lui a ordonné sèchement de ne pas venir à Paris. Carrément grossier, non ? Après tout, Paul est son beau-père, nom de Dieu. Pourquoi ne viendrait-il pas à Paris ? Pourquoi ne serait-il pas ici, avec le reste de la famille ? Linden se souvient, mal à l'aise, de la vieille rancune de Colin contre ses parents, qui, il y a huit ans, avaient accueilli sans grand enthousiasme ce deuxième mariage de leur fille. Surtout Lauren, qui semblait avoir eu l'intuition des difficultés à venir. Leurs rapports avaient été contraints dès le départ, et le problème d'alcool de Colin n'avait fait qu'accroître la tension. Au début, Linden n'avait pas été alarmé outre mesure par le penchant de Colin pour la boisson. Son beau-frère paraissait du genre paisible, sifflant ses verres discrètement mais à une cadence effrénée lors des réunions de famille : on ne décelait son ébriété que lorsqu'il devenait ce bouffon ramolli à la diction laborieuse qui devait, une fois de plus, être ramené chez lui, titubant, par une Tilia furieuse. À l'époque, Linden et ses parents avaient choisi de regarder ailleurs, d'éviter la question avec Tilia. Le sujet était tabou, et ce encore plus depuis que, au récent dîner des soixante ans de Lauren dans un restaurant londonien du West End, Colin avait rappliqué merveilleusement habillé et complètement ivre. À table, Colin s'était montré d'une volubilité outrancière, ne parlant que de lui, de son intimité conjugale, du nombre de rapports sexuels que Tilia et lui avaient eus dans le mois, précisant dans quelle position, divulguant ce que Tilia aimait, et ce qu'elle n'aimait pas. Pendant vingt minutes, Tilia était restée de marbre, Paul, Lauren et Mistral, au supplice, avaient échangé des regards sidérés, mais soudain Linden s'était levé avec un sourire forcé et, d'un ton cordial, avait lancé à Colin : ce serait peut-être une bonne idée que Colin et lui sortent prendre l'air une minute ou deux, non ? Il faisait vraiment très chaud, non, dans ce restaurant ? La trogne de Colin était couleur brique, presque orange. Contre toute attente, il avait suivi Linden dehors, accroché à son épaule comme s'ils étaient meilleurs amis. Une fois sur le trottoir, Linden avait hélé un taxi en donnant l'adresse de Clarendon Road. Il avait hissé Colin dedans et grimpé avec lui, déniché dans sa poche la clé de la maison, demandé au taxi de patienter devant, traîné son beau-frère à l'étage jusqu'à son lit où il s'était mis aussitôt à ronfler, puis était retourné au restaurant. L'opération avait pris une demi-heure en tout. Linden se demande si Colin se souvient de l'épisode.

« Alors, vieille branche, qu'est-ce que ce sera? »

Colin fait signe aux barmen. Linden hausse les épaules avec bonhomie et déclare que ce sera un Coca. Colin hausse les épaules à son tour et commande un French 75. Ils les font bien ici; ils dosent toujours le gin et le champagne à la perfection. Linden est sûr qu'il n'en veut pas? Linden secoue la tête. Il croyait que Colin ne buvait plus, fait-il remarquer haut et fort. Il n'a jamais discuté ouvertement du problème avec lui, pas même après l'anniversaire de Lauren. Il s'est toujours retenu, par courtoisie, par gêne, ou peut-être par manque de courage. Colin promène ses yeux bleu pâle sur Linden, le toisant lentement. Un grand sourire dévoile ses dents de loup. Ha ha, sa chère petite bobonne lui aurait-elle fait des confidences? Elle doit être en rogne contre lui, c'est pour ça qu'elle n'a pas pris ses appels, elle est remontée comme une pendule, il se trompe? La pauvre idiote. Linden ne répond pas, mais lui rend son regard sans ciller. Colin avale son cocktail d'un trait, fait claquer ses lèvres, puis en commande un autre d'un geste vif. L'œil goguenard, il donne à Linden une tape sur l'épaule. Linden devrait se détendre. Colin peut arrêter quand il veut, Linden le sait bien, non ? Il peut arrêter « comme ça », ajoute-t-il, faisant claquer ses doigts sous le nez de son beau-frère. Tilia lui en fait voir de toutes les couleurs, c'est vraiment une sacrée emmerdeuse. Il n'est pas un poivrot, juste un type normal qui aime bien picoler de temps en temps. Ça le distrait de ses soucis, ça l'aide à décompresser, ça lui permet de supporter la bande de crétins avec qui il bosse, tous ces branleurs qu'il ne peut pas voir en peinture. Les gens comme les parents de Linden, par exemple, qui au fond le détestent. Quand il boit, il se moque d'avoir à courber l'échine, il ne ressent plus rien, il fait le boulot, un point c'est tout. Linden a-t-il la moindre idée de ce que signifie travailler dans le monde de l'art ? Les détournements de fonds, les connivences, les pressions ? D'accord, c'est peut-être exaltant d'évaluer les biens poussiéreux d'un vieux lord décati pour découvrir qu'ils valent des milliers de livres, mais ça n'arrive pas souvent. Son métier consiste en général à examiner des bricoles qui ne valent pas tripette puis à annoncer courtoisement leur peu de prix à leurs propriétaires ; des propriétaires qui passent en un éclair de l'affabilité à l'agressivité avant de le flanquer à la porte. Pas étonnant qu'il finisse bourré dans le pub le plus proche. Pas tous les soirs, pourtant. Tout le monde boit. Tout le monde s'avale un petit verre par-ci par-là. Ce n'est pas un drame. Il ne fait de mal à personne, pas vrai ? Il ne tabasse pas sa femme.

D'ailleurs il ne se saoule pas si souvent. Il assure très bien, la preuve. Il est toujours soigné, élégant. Il fait attention à son haleine. Une petite pastille de menthe et le tour est joué. Tilia noircit le tableau. Comme Paul et Lauren, qui le tiennent à l'évidence pour un vaurien. C'est sûr, sa première femme était moins casse-bonbon. Mais enfin, il n'est pas là pour déballer ses problèmes de couple, hein ? Il est là pour Paul. Peu importe ce que Paul pense réellement de lui. Dès que Colin, dimanche, a reçu le SMS de Tilia lui faisant part de la situation, il a voulu venir. Il a dû l'appeler cinq fois avant qu'elle daigne décrocher son foutu téléphone. Il a sauté illico dans l'Eurostar. Sans avertir Tilia. Elle lui avait ordonné de rester à Londres, après tout. Quel culot de lui interdire de venir ! Il a débarqué gare du Nord, attendu un taxi sous cette foutue pluie, puis foncé tout droit à l'hôtel. Où il a poireauté des plombes, à s'emmerder à cent sous de l'heure en attendant que sa femme descende. Or elle n'est pas descendue, pas vrai ? Elle aurait raconté à la réception qu'elle se reposait. Se reposer, mon œil ! Elle fait la gueule, oui. Ça a été une vraie corrida pour avoir des billets ; il a dû prouver qu'il n'était pas un touriste, qu'il n'allait pas à l'hôtel, mais venait voir sa famille. Heureusement, il a de bons amis qui l'hébergent pour la nuit. Ils habitent le quartier des Ternes, qui n'est pas sinistré. Alors, comment va Paul ? Qu'est-ce qui se passe ? Linden peut-il lui expliquer ?

L'air de jazz, légèrement trop fort, résonne autour d'eux. Linden transmet à Colin les informations qu'il détient concernant son père. Il ne parle pas du transfert d'hôpital le

lendemain matin. Sans doute parce qu'il n'a aucune envie
d'avoir son beau-frère dans les pattes. Colin écoute, hoche la
tête, fait une grimace à l'annonce de la pneumonie de Lauren,
puis commande une bouteille de chablis, dont il descend
verre après verre comme s'il sifflait de l'eau minérale. Ses
mains sont moins fermes et son élocution, bien qu'encore
mesurée, est parfois ralentie. Plus il boit, plus il est bavard. Pas
moyen de l'arrêter. Linden, impuissant, subit ce monologue.
Comme d'habitude, Colin disserte sur sa situation conjugale.
Linden a l'impression d'être coincé dans la chambre à coucher du couple. Il arrive presque à voir le papier peint Cole
and Son vert et or, le tapis d'un blanc immaculé, le dessus-
de-lit à fleurs. Aucun détail ne lui est épargné. Aux dires de
Colin, Tilia a la libido d'une marmotte en hibernation : elle
se roule en boule dès la nuit tombée, puis ronfle comme un
sonneur. Elle ne veut pas faire le moindre effort ; elle se refuse
à comprendre que son mari a des besoins. Or, des besoins, il
en a, comme n'importe quel mec. Il a beau approcher de la
soixantaine, le Viagra peut rester dans sa boîte. Il bande à tous
les coups. Pas besoin de foutu Viagra. Colin lève l'avant-bras,
poing serré, pour illustrer sa vigueur. Deux jeunes femmes
entrent dans le bar, leurs impers luisants de pluie. Colin,
vautré sur le comptoir, les observe avec un sourire lubrique.
Ah, exactement son genre de Parisienne. La brune, plutôt pas
mal, hein ? Un petit lot tout ce qu'il y a de sexy. Abattant sa
main sur l'épaule de Linden, qui sursaute, il s'esclaffe, hilare.
Bon Dieu, il avait presque oublié ! Linden s'en moque, bien

sûr! Les filles, c'est pas son truc. Elles le laissent froid, pas vrai? Linden regarde son beau-frère, que le fou rire plie en deux. Les joues cramoisies, Colin essuie de fausses larmes aux coins de ses yeux. Que les choses soient bien claires, il n'a rien contre Linden, ni contre les tapettes en général, mais il est incapable de comprendre comment un homme peut ne pas être attiré par une femme. Sérieusement, ça le dépasse. Comment se fait-il qu'une paire de nichons ne lui fasse aucun effet? C'est aberrant. Parce que désirer les femmes, c'est justement ce qui fait qu'un homme se sent viril, non? Colin parle suffisamment fort pour que, dans le bar, tout le monde entende. Combien de temps Linden va-t-il pouvoir feindre l'indifférence? Combien de temps va-t-il pouvoir garder sur les lèvres ce sourire figé? Colin continue sur sa lancée. Ça doit être tellement bizarre d'être pédé. Il aurait détesté l'être. Dieu merci, aucun de ses fils ne l'est! Il aurait préféré avoir un fils en fauteuil roulant plutôt qu'un fils homo. Allons, il plaisante! C'était une *blague*! Nom d'un chien, franchement, au lieu de tirer cette tête, Linden ferait mieux de cultiver son sens de l'humour.

« Tu vas la fermer, ta gueule? »

Colin, ébahi, dévisage Linden de ses yeux bordés de rouge, puis il rit aux éclats, manquant tomber de son tabouret. Ah, quand même, il en a un peu dans le buffet, quel soulagement! Linden Malegarde perd enfin son sang-froid, ce joli minet si bien élevé qui ne paraît jamais essoufflé, qui est toujours tiré à quatre épingles, qui voyage dans le monde entier à photographier les stars de cinéma et les politiciens. Ma parole, on dirait qu'il a des ressources cachées! Formidable, Linden n'est donc pas qu'une chochotte hypocrite. Et si on portait un toast à cette découverte? Linden, excédé, jette quelques billets sur le comptoir avant de se diriger vers la porte. Il est soulagé de quitter ce bar, de fuir Colin et cette conversation. La pluie ne le dérange pas: il offre ses joues en feu à ses piqûres glacées.

Linden remonte la rue Delambre en direction du boulevard. Il traverse et gagne le trottoir d'en face. Un peu plus loin, il s'arrête au Select. Cela fait des années qu'il n'a pas été dans cette brasserie. Il déniche une table, commande un verre de bordeaux avec un club-sandwich. Après quoi il envoie un SMS à sa sœur, pour l'avertir que son mari est à Paris, au Rosebud, juste à côté. Il n'a pas le courage de lui préciser dans quel état il est. Tilia répond. Oui, elle sait. La réception l'a informée que Colin l'avait réclamée. Elle ne veut pas le voir, pas tout de suite. Demain matin. Mistral et elle vont dîner avec Lauren dans sa chambre. Est-ce qu'il veut se joindre à elles? Non, il va manger un morceau dans le coin, répondre à quelques mails et se détendre. Il doit se lever de bonne heure pour le transfert de leur père, elle n'a pas oublié? Il ne rentrera pas tard.

Linden regarde autour de lui la salle principale pleine d'animation, avec ses moulures et ses stucs jaunâtres, ses tables carrées aux plateaux de bois portant la patine des ans. Les clients réguliers sont assis au bar, face à l'assortiment scintillant de bouteilles qui s'étagent devant le miroir. C'était là qu'il avait coutume de retrouver Candice, quand il habitait rue Broca. Il la revoit entrer en coup de vent, dans sa gabardine noire, ses traits s'éclairant dès qu'elle l'apercevait. Un kir pour elle, un verre de saint-émilion pour lui. Il a très peu de photos de Candy. Elle avait horreur d'être photographiée. Après sa mort, il avait épluché ses archives, y prélevant chaque image où elle apparaissait. Il les avait rassemblées, même si c'était un supplice de revoir ses traits si gracieux. Sa préférée était celle d'elle dans la cuisine, avec le soleil du matin qui entrait à flots par la fenêtre, embrasant ses cheveux et accentuant la vapeur de sa tasse de thé. Elle portait un kimono rouge ; sa main tenait un livre ouvert. Il s'était approché discrètement tandis qu'elle lisait, et avait pris la photo au moment où elle levait un regard étonné en entendant grincer le plancher. Sa mort le tourmente encore aujourd'hui, et ce fardeau de douleur et de culpabilité ne s'allégera jamais. En venant ici ce soir, il lui redonne vie, et ressuscite aussi les temps heureux de leur cohabitation. Sa tante était peut-être, avec Sacha, la personne qui le connaissait le mieux. Ça l'attriste toujours de penser que Sacha et Candice ne se sont pas connus.

Son téléphone vibre : il a reçu un message. C'est Oriel, qui demande de ses nouvelles. Il s'aperçoit qu'il n'a jamais répondu au SMS qu'elle lui a envoyé hier matin. Il l'appelle et elle décroche aussitôt. Oui, il est toujours à Paris. Son père a fait une attaque samedi soir, en plein dîner d'anniversaire, il est hospitalisé à Pompidou, qui doit être totalement

évacué demain matin à cause des inondations. Les médecins ne se prononcent pas encore. Oriel a l'air abasourdie.
Compatissante et émue, elle espère que son père va s'en sortir
– cette histoire d'évacuation est vraiment la poisse. Elle l'a
appelé parce qu'elle a une proposition à lui faire. Demain
après-midi, avec son ami Matthieu, celui de la mairie, elle
part faire un tour en bateau dans le 15ᵉ, inspecter le quartier
submergé de Javel. Elle a réussi à obtenir un laissez-passer
et un badge pour Linden : il aura une place sur le bateau
et pourra prendre des photos. Le rendez-vous est fixé place
Cambronne, à deux heures. Est-ce qu'il en est ? Oui, il est
curieux de voir ça. Selon l'état de son père, il viendra volontiers. Il la remercie. A-t-il conscience que certaines rues sont
déjà noyées sous les eaux ? Il a vu ça à la télé, mais il imagine
que l'effet est sans doute tout autre en vrai. Je te le confirme,
dit-elle. C'est sans comparaison. Ça va te faire un choc.

La conversation se poursuit quelques minutes. Linden
déguste son vin. Du coin de l'œil, il observe un jeune homme
assis sur la banquette opposée, à l'autre bout de la salle. Il a
dans les vingt-cinq, trente ans, le teint pâle, des cheveux courts
noirs et d'énormes lunettes en écaille. Les yeux sombres du
jeune homme n'ont pas quitté le visage de Linden. Linden
sent l'insistance de son regard comme une onde de chaleur
qui lui caresse la peau. Lorsqu'il raccroche, les yeux noirs sont
toujours rivés sur lui, et un faible sourire flotte à présent sur
la bouche bien dessinée. Linden détourne le regard pour le
poser sur son téléphone. C'est un jeu excitant. Il s'y est déjà

adonné, mais plus depuis que Sacha est entré dans sa vie. Les aventures d'un soir, douloureux vestiges de son adolescence, il n'en veut pas. Si tentant que ce soit, il ne regardera pas vers le fond de la salle. Au bout d'un moment, le jeune homme se lève, enfile son manteau, sans le moindre coup d'œil vers Linden. Alors qu'il passe à côté de lui avec une insouciance étudiée, il dépose sur sa table un morceau de papier, puis franchit en trombe la porte-tambour en évitant de se retourner. Linden découvre dessus un numéro de portable et un nom. Esquissant un sourire, il froisse le bout de papier. Il envoie un SMS à Sacha.

Je viens de me faire draguer par un mec très mignon.

La réponse de Sacha est instantanée.

ET??

Et rien. Tu me manques. Je t'aime. Je voudrais être dans tes bras. Je ne supporte pas de traverser tout ça sans toi. Je ne supporte pas ce Paris inondé et pluvieux, cette situation familiale, et que tu ne sois pas là.

Sacha l'appelle, dans la seconde, et le simple fait d'entendre sa voix emplit Linden de soulagement et de joie.

CINQ

Sous le pont Mirabeau coule la Seine
Et nos amours
Faut-il qu'il m'en souvienne
La joie venait toujours après la peine

Guillaume Apollinaire, « Le pont Mirabeau »

Il y a beaucoup de détails de cette journée que j'ai oubliés. Mais il y en a d'autres que je revois clairement, très clairement. Nous avions fini notre pique-nique et elle avait essuyé les miettes sur mes lèvres avec une serviette. Elle avait dit que j'avais de jolis yeux. Que les femmes tomberaient amoureuses de moi quand je serais grand parce que mes yeux étaient d'un bleu incroyable. Ce compliment m'avait fait rougir, mais il m'avait aussi comblé de bonheur. Je ressentais pour elle tout l'amour dont un enfant de quatre ans était capable, et grandir était bien la dernière chose que je voulais.

Ces après-midi dorés enchantaient mon été. J'oubliais la mort de mon grand-père. Ma mère pouvait attendre un autre bébé, cela ne me tracassait plus. La seule chose qui comptait, c'était Suzanne. Mes après-midi avec Suzanne.

Nous jouions souvent à cache-cache. Nous n'allions jamais plus loin que les derniers arbres. Ils figuraient notre frontière.

Mais les arbres étaient plantés très rapprochés et avaient un feuillage si épais que l'espace sous leurs frondaisons était comme un labyrinthe vert dans lequel on pouvait facilement se perdre. Derrière quel arbre Suzanne se cachait-elle ? Je ne devinais jamais. C'était mon jeu préféré. Je me coulais de tronc en tronc, pendant qu'elle m'appelait. Je jubilais quand elle n'arrivait pas à me trouver et commençait à s'inquiéter. Je retenais mon souffle et j'attendais, des frissons de ravissement parcourant mon épine dorsale tandis qu'elle criait mon nom.

J'attendais la dernière minute, que sa voix se fasse désespérée, que son anxiété devienne bien réelle, pour bondir comme un diable de sa boîte, en hurlant à pleins poumons. Elle poussait un cri de soulagement, et se précipitait vers moi.

Le mieux, c'était quand elle me serrait dans ses bras de toutes ses forces, en me grondant à moitié, et que je sentais sa peau contre la mienne et la caresse de ses cheveux.

Le jour où c'est arrivé, c'était moi qui me cachais.

J'avais choisi le plus gros arbre, le très vieux au milieu, celui au tronc énorme. Je me rappelle avoir fermé les yeux et l'avoir entendue compter jusqu'à vingt.

Et puis plus rien.

LE MARDI MATIN, Linden prend son petit déjeuner de bonne heure dans un des cafés de la place Edgar-Quinet avant d'aller à l'hôpital. Il fait encore noir dehors, et la pluie tombe à seaux, sans répit. Il regarde les infos sur un grand écran au-dessus du comptoir. La moitié de la ville est maintenant sous les eaux. Des milliers de Parisiens n'ont plus d'électricité, plus de chauffage, plus de téléphone. Les familles avec de jeunes enfants, tout comme les personnes âgées, sont hébergées dans des églises, des théâtres, des salles de concert, car il n'y a plus de place dans les gymnases ni dans les écoles. La Croix-Rouge réclame de l'aide et des dons ; l'armée envoie davantage de troupes. Le gouvernement est sous le feu des critiques, mais aucun parti ne semble avoir de meilleures solutions, malgré les reproches et les attaques tous azimuts. Le froid âpre ne fait rien pour arranger les choses. L'essence est rationnée ; l'accumulation des ordures dans les rues submergées constitue un problème de plus en plus préoccupant. Les usines de traitement ont été elles aussi inondées. Les voitures en stationnement menacées par la crue sont enlevées toutes les heures et emmenées dans les fourrières des zones encore épargnées en dehors de la ville. La circulation est interrompue dans presque tous les arrondissements ; les universités et les écoles sont fermées. La faculté de Jussieu, près du fleuve, a été ravagée. L'héliport d'Issy-les-Moulineaux, juste de l'autre côté du périphérique, repose sous un mètre d'eau. Sur le quai François-Mauriac, la Bibliothèque nationale mène un combat perdu d'avance contre la Seine. Le fleuve continue à monter, insatiable. Si cela ne s'arrête pas, les Parisiens doivent s'attendre au pire. Plus d'un million d'entre eux seront directement concernés. Des milliers de caves, de sous-sols, de locaux d'entreprises et de logements seront endommagés. Linden et la plupart des clients aux yeux vitreux écoutent avec un calme morose. Sur l'écran, un historien, la petite cinquantaine, explique qu'en 1910 les modes de vie étaient tout autres. La population ne dépendait pas autant des communications et des transports. Les chevaux et les fiacres étaient capables d'affronter les crues, contrairement aux voitures, dont les moteurs craignent l'humidité. À l'époque, beaucoup de Parisiens utilisaient encore des lampes à pétrole ou à alcool, et se chauffaient au feu de bois. L'impact de la grande crue s'en était trouvé diminué. Aujourd'hui, dans un monde régi par l'électricité, la situation est différente. Il y a un siècle, les gens s'entraidaient davantage, explique l'historien ; ils veillaient sur leurs voisins, s'assuraient que chacun était au sec et en sécurité. La solidarité régnait, mais ce n'est malheureusement plus le cas dans notre monde moderne si égoïste.

Quand Linden arrive place Balard, il est stupéfait par la quantité d'eau dans les rues, par rapport à la veille. Un immense lagon noir encercle le bâtiment. Les réverbères ne fonctionnent plus. Des projecteurs fixés sur des camions de l'armée éclairent de leurs âpres faisceaux aveuglants les ondulations de l'eau qui monte. La façade vitrée de l'hôpital paraît fantomatique, illuminée de l'intérieur par la faible lueur bleuâtre des éclairages de secours. Des dizaines de militaires couvrent le secteur, ajoutant à la tension ambiante. À l'évidence, le plan Neptune est totalement déployé. Le seul accès se fait par les passerelles métalliques surélevées. Linden prend son tour dans la queue, sous la pluie. La procédure s'avère interminable. Certaines personnes, rejetées par la patrouille, se voient contraintes de rebrousser chemin sur la structure instable. Il y a à peine assez de place pour que deux individus se tiennent de front sur ces rubans d'acier. Une femme manque glisser dans l'eau et est rattrapée de justesse par un soldat en combinaison étanche. Linden est censé présenter la feuille prouvant le transfert de son père. Il déclare qu'on ne la lui a jamais remise. L'officier répond qu'il ne va pas pouvoir entrer dans l'hôpital. Pas de papier, pas d'entrée. Généralement, dans ce genre de situation, Linden garde son calme. Il ne hausse jamais le ton. Ce n'est pas lui qui a mauvais caractère dans la famille. Mais ce matin, face à l'attitude déplaisante et grossière de l'homme, sa colère explose malgré lui. Il ne maîtrise plus ses émotions; elles jaillissent comme des flammes voraces. Linden se met à brailler sans aucune retenue: mais, bon sang, pour qui il se prend, celui-là? Son père a eu une attaque, il risque de mourir, il doit être transféré dans un autre hôpital, et sous prétexte que personne ne lui a transmis ce maudit document, on ne le laisse pas entrer? Est-ce qu'il a bien entendu? Est-ce vraiment ce qu'on est en train de lui expliquer? Linden utilise rarement sa taille comme moyen de pression; il est souvent gêné d'être si grand, de dominer tout le monde de sa haute stature. Ce matin, sa charpente imposante et sa voix en furie font leur effet: le garde recule et le laisse passer. Après cet éclat, Linden éprouve un étrange déchirement dans sa poitrine, comme si une force surgie du tréfonds de lui-même s'était frayé un chemin jusqu'à sa bouche.

Le spectacle qui l'accueille quand il pénètre dans le vaste hall d'entrée de l'hôpital le prend au dépourvu. Le sol est recouvert d'une fange qui ondule; des détritus – bouteilles en plastique, journaux, sacs de supermarché – dansent sur sa surface huileuse. Alignés dans un angle, des tréteaux en bois et des planches forment une grande estrade de fortune sur laquelle Linden se trouve une petite place. Pataugeant dans la mélasse qui leur arrive à mi-corps, des soldats munis de lampes frontales manœuvrent des canots pneumatiques. Le vacarme du clapot contre les murs est interrompu par des voix criant des noms. L'odeur de pourri est plus forte qu'hier; s'y adjoint la puanteur suffocante des égouts qui débordent. Alors qu'un nombre croissant de visiteurs s'entassent sur la plate-forme branlante, Linden sent grandir l'anxiété. L'attente est éprouvante. L'aube commence à poindre avec de timides reflets gris. Deux hommes s'invectivent et échangent des coups de coude tandis qu'une femme les supplie de rester calmes. On lui réplique de la fermer. Une autre est en larmes et personne ne la console. Un soldat va prévenir le garde à l'entrée : il ne doit plus laisser passer quiconque, ou la structure tout entière risque de céder. Plus loin, au bas d'un escalier encore préservé, des équipes médicales s'emploient à transférer des malades de leurs brancards dans des canots, procédure longue et complexe. L'exercice semble plus facile pour ceux qui sont dans des fauteuils roulants. Une jeune femme à côté de Linden hoquette à tout bout de champ en cachant son visage dans ses mains. Il aimerait qu'elle arrête ; ses réactions le fatiguent nerveusement. Lui aussi s'inquiète de voir à quel point les opérations sont périlleuses ; un faux mouvement et le patient pourrait basculer dans l'eau putride.

Malgré le brouhaha, Linden, par miracle, saisit le nom « Paul Malegarde » et lève le bras. Un médecin lui fait signe, et il reconnaît le Dr Brunel. Comment vont-ils faire pour descendre Paul par cet escalier et l'installer dans le bateau ? Et avec cette pluie ? Linden aperçoit le brancard que quatre hommes transportent péniblement dans l'escalier. Puis il remarque que son père, yeux fermés, goutte-à-goutte et masque à oxygène en place, est bien calé à l'intérieur d'un ingénieux caisson en pyrex qui ressemble à un sarcophage en verre. L'ensemble doit peser une tonne. Nerveux, il regarde les porteurs incliner la caisse avec précaution, un centimètre après l'autre, puis le placer dans le canot, aidés de trois militaires qui se débattent dans l'eau. L'exploit prend une vingtaine de minutes. À la fin, Linden pousse un soupir de soulagement. On lui ordonne de monter dans une grande barque, qui va suivre son père. Derrière lui, sur la plate-forme, certains rouspètent. Et eux ? Pourquoi ne s'occupe-t-on pas de leurs malades à eux ? Pourquoi lui, et pas eux ? Ils attendent depuis des lustres, et puis ce type arrive et il n'y en a que pour lui. Ce n'est pas juste ! Linden empoigne la main gantée qu'on lui tend et monte à bord de la barque.

« Ignorez-les, marmonne le Dr Brunel, qui se trouve dans la barque lui aussi. Le transfert de votre père est notre priorité ce matin. On s'occupera de tout le monde. Ils s'inquiètent pour rien. Vous êtes prêt pour la pluie ? Et pour la presse ? » ajoute-t-il, sarcastique.

Un militaire manie les rames et à peine l'embarcation sort-elle du bâtiment que la pluie s'abat sur eux. Une multitude de caméras et d'appareils photo filment l'événement depuis des trottoirs métalliques surélevés. La police s'applique à contenir les journalistes. Certains, repérant dans la barque un médecin en blouse blanche, poussent des cris pour attirer son attention. Le Dr Brunel explique que beaucoup dénoncent une évacuation trop tardive de l'hôpital. La pluie aplatit ses cheveux fins. Seulement, nul ne se doutait que la Seine monterait aussi vite. Linden savait-il qu'elle s'élevait désormais de trois centimètres par heure? L'Assistance publique est sévèrement critiquée. Linden aperçoit le canot de son père devant eux: des militaires le remorquent vers la terre ferme au-delà du boulevard Victor. Postés aux balcons et aux fenêtres, des curieux observent l'étrange procession. L'envie le démange de prendre des photos. Il n'a pas son appareil avec lui.

Juste avant qu'ils n'atteignent la place de la Porte-de-Versailles, l'eau se fait moins abondante. Ils peuvent descendre sur le trottoir. Des ambulances attendent, alignées, avec des groupes de médecins et d'infirmières sous des parapluies. Linden suit le Dr Brunel, qui se faufile lestement à travers la foule. Six pompiers soulèvent le sarcophage vitré de Paul pour l'introduire dans un fourgon médical. Les yeux de Paul sont toujours fermés; sa peau paraît pâle sous la lumière du matin. Le Dr Brunel salue les infirmières et les médecins présents, prononce quelques phrases et les autres hochent la tête. Oui, ils font tous partie de l'équipe du professeur Magerant. Ils sont prêts pour le transfert à l'hôpital Cochin. Le Dr Brunel se tourne vers Linden, fait les présentations. Linden montera dans l'ambulance avec son père. Puis le médecin tend la main en souriant; c'était un honneur de s'occuper de Paul Malegarde, et il souhaite à Linden le meilleur pour son père. Paul sera en bonnes mains, de cela Linden peut être sûr. Alors que la fourgonnette s'éloigne avec le père et le fils à son bord, le Dr Brunel disparaît, son bras levé en un geste d'adieu. L'ambulance remonte la rue Raymond-Losserand pour rejoindre l'avenue Denfert-Rochereau par la rue Froidevaux. Des gens font la queue à l'extérieur des cafés ; Linden comprend qu'ils cherchent à recharger leurs téléphones portables. Il n'a pas encore vu de ses propres yeux combien est durement touchée la moitié de Paris. À part ces images à la télé où de malheureuses familles font visiter leurs appartements transformés en chantiers boueux. Pour l'instant, Linden est préservé.

L'entrée de l'hôpital est située rue Saint-Jacques, quartier que Linden connaît bien, de l'époque où il vivait rue Broca. Cochin est un établissement plus ancien, mais il est rassurant de savoir qu'il ne sera pas inondé. L'hôpital est divisé en plusieurs bâtiments. On les conduit dans une aile au cinquième étage, où Linden est censé patienter. Attendre, encore. Une activité qu'il a beaucoup pratiquée ces temps-ci. D'ailleurs, son métier consiste à attendre le bon moment. C'est ça, la photographie ; le hasard heureux d'un instant, l'art d'en capturer la magie dans son viseur. Il a appris la patience, mais ce type d'attente est différent. L'angoisse le ronge ; il ne sait pas comment l'enrayer. Il arpente sans cesse le couloir : ses chaussures couinent sur le linoléum. C'est un autre hôpital, mais il y flotte la même odeur déplaisante. Il espère que son père aura une chambre individuelle. Autour de lui, des gens attendent ; certains se sont assoupis dans leurs fauteuils. Ils semblent tous imprégnés de la même tristesse angoissée. Il donne sans doute la même impression ; comment en serait-il autrement, avec les épreuves qu'il traverse ? Son anxiété le rend nerveux ; il ne tient pas en place. Des regards le suivent avec hostilité alors qu'il fait les cent pas en pianotant sur son téléphone. Il envoie le même SMS à sa sœur, sa mère et sa nièce. *Nous sommes à Cochin. Tout va bien. J'attends de voir un médecin.*

Les mails se sont accumulés depuis la veille; nouveaux contrats, nouveaux voyages. Il n'a encore répondu à aucun. Il se demande comment Marlowe, Deb et Stéphane se débrouillent. Aujourd'hui mardi était une lourde journée pour son équipe et lui. Ils étaient censés faire le portrait de cette jeune sénatrice d'avenir, près de Boston, pour *Time Magazine*. Elle avait toujours refusé d'être photographiée en famille, chez elle, mais en apprenant que le photographe était Linden Malegarde, elle avait accepté. Il avait préparé la séance à l'avance avec son équipe; Marlowe s'était rendu chez la sénatrice afin d'explorer la maison. Ils projetaient de prendre les photos dans la grande cuisine joyeuse, avec ses jeunes enfants et son mari. La séance avait-elle finalement été annulée? Il n'avait pas pensé à demander à son agent. Rachel avait certainement engagé un autre photographe au dernier moment. Linden se demande comment a réagi la sénatrice; il aurait dû lui écrire, lui expliquer ce qu'il en était avec son père. Depuis samedi soir et l'accident de Paul, il a écarté de son esprit les pans de sa vie qui lui paraissent moins importants : il aura tout le temps d'y penser plus tard. Les seules voix intérieures qu'il écoute sont sa peur, sa douleur, son amour pour son père.

La connexion Internet est léthargique et capricieuse, tel un rayon de soleil timide. Petit à petit, Paris est paralysé.

Linden a appris cette éventualité aux infos ce matin. Cela ne survient pas d'un coup, à l'inverse des dévastations soudaines et spectaculaires dans le sud de la France, ou de l'ouragan Sandy à New York, qui, en octobre 2012, avait provoqué une brusque montée des eaux. Linden s'en souvenait bien, même si, vivant dans l'Upper West Side, il n'avait pas été directement touché. Ce qui se passe aujourd'hui est un phénomène insidieux et assez peu sensationnel, qui ne met aucune vie en péril de manière immédiate. L'ennemi est l'eau stagnante, qui détruit tout ce qu'elle envahit. Si la pierre résiste, le métal se corrode, le plâtre se désintègre, tandis que le papier et le bois pourrissent. Linden sait maintenant, comme la plupart des Parisiens, que l'eau ne va pas se retirer du jour au lendemain. Quand ce sera enfin le cas, après la pointe de crue qui n'est pas encore atteinte, elle le fera sans la moindre hâte. Les conséquences seront durables et douloureuses. Il faudra des semaines, voire des mois pour revenir à la normale. Dans sa tête, Linden revoit ce spécialiste affirmant que Paris allait être mis à genoux.

Debout à une fenêtre, Linden contemple une austère cour intérieure trempée de pluie. Il reçoit un message de Mistral, qui lui annonce qu'elle est en route. Il lui donne le nom du bâtiment, et l'étage. Pour une raison mystérieuse, la connexion Internet est meilleure près de la vitre. Pourquoi a-t-il cherché son père sur Google ? Il se met à consulter toutes les images et tous les liens que génère le nom de Paul Malegarde. Il y a des mentions qu'il a déjà vues, comme les conférences, les colloques et autres congrès auxquels son père a assisté, mais aussi de nouveaux éléments. À son grand amusement, il lit qu'à Berkeley, en Californie, il y a quelques années, des protestataires se sont entièrement déshabillés afin de sauver des eucalyptus menacés d'être abattus dans le but de limiter les risques d'incendie. Paul ne participait pas à cette croisade, mais le groupe prétendait agir pour son compte, sous son influence. Les arbres avaient été sauvés. Les photos de ces militants nus et bedonnants qui enlacent des troncs d'arbre font sourire Linden. Il clique sur une vidéo récente, d'une durée de dix minutes, intitulée « Paul Malegarde à Vénozan », et branche ses écouteurs. Quelqu'un a suivi Paul sur le domaine et tourné ce film amateur avec un smart-phone. Les plans sautillent et la mauvaise connexion fige parfois la scène, mais il est extraordinaire d'entendre la voix de son père. Dans le creux de sa main défilent les images, si riches de souvenirs, de la maison familiale. Tout est là : la luminosité automnale, le gazouillis des oiseaux, la masse de l'énorme bâtisse, et puis la voix de son père, basse, à nulle autre pareille. « Que me disent les arbres ? Tout. Depuis tou-jours. Depuis ma petite enfance. Je les ai entendus chuchoter avant même d'entendre les voix de mes parents. Je n'ai rien fait pour, c'était comme ça, c'est tout. » Paul sourit, de ce sourire rare et franc que Linden aime tant. « Ils m'ont trouvé. Ils m'ont parlé. Ils continuent à le faire. Ils me racontent ce qui se trouve sous leurs racines, dans l'épaisseur de leurs feuilles. C'est pourquoi les arbres nous sont indispensables pour comprendre le monde. Les arbres sont des encyclopédies vivantes. Ils nous donnent toutes les clés nécessaires. » Paul est ensuite filmé dans l'arboretum. Son visage est bronzé, rayonnant. « Ma principale inquiétude aujourd'hui, ce sont les insecticides. Comme personne ne l'ignore, leur usage est catastrophique pour les abeilles. Ce qui se sait moins, c'est qu'il l'est aussi pour les arbres. La gestion forestière, les produits chimiques, les pesticides, les engins lourds ont ravagé les forêts. Si on n'agit pas tout de suite, il n'y aura plus moyen de revenir en arrière. Mais plus personne ne s'intéresse aux arbres, comme si leur présence allait de soi. Les gens ne les respectent plus. Ils les traitent comme des objets qui produisent automatiquement de l'oxygène et du bois. Ils oublient que les scientifiques ont fait des découvertes incroyables. Les arbres ont une mémoire. Ils peuvent anticiper. Ils peuvent assimiler les informations. Ils peuvent envoyer des avertissements aux autres arbres. Nous savons depuis un certain temps qu'une forêt est un réseau complexe qui partage ses données, un milieu où les arbres veillent les uns sur les autres. Nous savons aujourd'hui que les arbres communiquent entre eux, aussi bien par leurs racines que par leur feuillage. Les arbres peuvent nous aider, ils peuvent modifier notre climat, nos écosystèmes, mais aussi nous montrer comment affronter l'avenir. Nous devons apprendre d'eux. Nous devons les protéger parce qu'ils nous protègent. Dans ce monde nouveau si rapide où tout a lieu instantanément, nous n'avons plus l'habitude d'attendre. Nous avons oublié l'art de la patience.

Chez l'arbre, tout est lent, la façon dont il pousse, dont il se développe. Personne ne peut réellement comprendre cette lenteur et l'âge vénérable que les arbres sont capables d'atteindre. Certains arbres ont des milliers d'années. En fait, les arbres constituent l'antithèse absolue de cette folle époque de vitesse qui est la nôtre. »

Linden revient au début de la vidéo. Il ne se lasse pas de la voix de son père ; il a envie de réentendre l'intégralité de l'enregistrement. Soudain, on lui tape sur l'épaule, et il se retourne. Un homme d'une soixantaine d'années se tient là ; il a des yeux bleus intelligents, un nez proéminent et des cheveux châtains touffus. Il se présente : professeur Gilles Magerant. Linden est admis dans un vaste bureau vivement éclairé qui donne sur la même cour ombreuse. Le professeur Magerant va droit au but. Le transfert s'est bien passé, mais son père est encore sous étroite surveillance. Le processus sera long, et le professeur a conscience de l'épreuve que cela représente pour la famille. Comme Linden le sait sans doute, l'accident ischémique dont a souffert son père était thrombotique, causé par un caillot sanguin dans une artère du cerveau. Le caillot a bloqué la circulation sanguine, et l'urgence a consisté avant tout à rétablir celle-ci le plus vite possible. Ce qu'on appelle la revascularisation. Néanmoins, le caillot ne s'est pas totalement dissous, et il faudra peut-être recourir à une opération chirurgicale pour le retirer. Linden hoche la tête ; il a lu toutes ces explications sur Internet. Il sait que le danger principal pour une victime d'AVC est de faire une deuxième attaque, plus violente et plus dangereuse encore, dans la semaine qui suit l'accident initial. Le professeur Magerant lui explique que, justement, son père est soigné pour empêcher un deuxième AVC de survenir : le traitement inclut des anticoagulants et des antiplaquettaires. Linden demande si le cerveau de son père a subi des dommages, et si oui, sont-ils définitifs ? À quoi sa famille doit-elle s'attendre ? Que peut lui dire le professeur ? Son père a été très bien pris en charge à Pompidou, lui répond-on. Un traitement précoce allié à des mesures préventives est essentiel, et son père a bénéficié des deux. Il est encore trop tôt pour déterminer les séquelles à long terme, savoir s'il pourra reparler correctement, retrouver sa mobilité de chaque côté du corps, avoir une vision normale. La voix du professeur est apaisante, mais tout en l'écoutant, Linden se demande combien de fois l'homme a prononcé de telles paroles pour rassurer des proches inquiets. Il regarde les mains du médecin ; carrées et habiles, des mains capables de déboucher des artères, de sauver des vies. Tandis que le professeur continue son discours, Linden pense aux patients de cet hôpital, ceux dans la même situation que son père. Combien seront-ils à s'en tirer ? Et pour son père ? Est-il en droit d'espérer que tout s'arrange ? Une tristesse l'enveloppe alors qu'il quitte le bureau en remerciant le professeur et se dirige vers la chambre 17 où, paraît-il, se trouve son père.

Dès qu'il ouvre la porte, Linden est accueilli par le regard éclatant de son père, braqué droit sur lui. Dans un cri entre rire et sanglot, le fils saisit le poignet de son père.

« Papa ! Papa ! » C'est tout ce qu'il parvient à dire. Il essuie ses larmes en répétant ce « papa » comme un môme de deux ans. Il sait que son père l'entend ; il le sent dans la main qui serre la sienne, il le lit dans les yeux qui le dévisagent. Dieu merci, ils sont seuls ; il n'y a pas d'autre lit, pas d'autre patient. Linden se penche en avant pour caresser le front de son père, conscient de n'avoir jamais eu ce type de gestes à son égard. Ils sont nouveaux pour lui, mais ils lui viennent naturellement, ils ne lui causent aucune gêne, et lorsqu'il commence à parler à son père, il constate que ce n'est plus un effort ; les mots sortent tout seuls. Paul est dans un nouvel hôpital, avec une nouvelle équipe. Le transfert s'est bien passé, mais c'était une sacrée aventure de quitter l'hôpital inondé, avec son infecte odeur d'égout. Il décrit le caisson de verre, les bateaux, les curieux qui les observaient depuis les balcons et les passerelles. Paul se souvient-il de quelque chose ? La tête de Paul remue, de manière quasi imperceptible. Était-ce un signe affirmatif ? Son père lui étreint les doigts. Il a donc vu une partie de la manœuvre ? Ils vont devoir apprendre à communiquer, Paul et lui. Peut-être peuvent-ils commencer par ça : une pression pour dire oui, deux pour dire non. Est-ce que ça lui va ? Paul lui presse la main, une fois. Merveilleux ! Linden décrit la crue à son père, les images sidérantes vues à la télé, ces ministres transportés dans de petites embarcations à rames pour traverser le lac entourant l'Assemblée nationale et pénétrer dans le bâtiment. Cet après-midi, Linden aussi montera sur un bateau, avec une amie des Gobelins. Ils s'aventureront dans la partie la plus sinistrée de la ville, vers Javel, le quartier où Candy habitait. Il est à la fois impatient et effrayé : il ne sait pas trop ce qu'il va voir, ni ce qu'il va ressentir. Paris est désormais un territoire inconnu, et le deviendra plus encore à la tombée de la nuit, quand les réverbères demeureront éteints dans presque la moitié de la capitale. On raconte que certains Parisiens se terrent dans leurs appartements, refusant de s'en aller, tenant à rester sur place jusqu'à ce que les eaux se retirent : ils ne veulent pas reconnaître qu'ils sont prisonniers de la crue, soumis à des conditions extrêmes qui ne vont qu'en se dégradant. Les pompiers sont en alerte maximale à cause des risques d'incendie liés aux ruptures de conduites de gaz et à l'utilisation croissante des bougies. Linden raconte à Paul l'inquiétude générale concernant les produits frais et l'épicerie dont les prix s'envolent, il lui rapporte à quel point il est compliqué pour certains secteurs de la ville de continuer à fonctionner comme à l'ordinaire. Le coût financier de cette catastrophe va être colossal. À la télé, un spécialiste a déclaré que les dégâts pourraient dépasser les 20 milliards d'euros. Et Linden a appris autre chose, à savoir que la crue de 1910 avait affecté moins de monde, pour la bonne raison que Paris était nettement moins étendu en ce temps-là, et comptait seulement deux millions d'habitants. Aujourd'hui, dix millions de personnes vivent dans l'agglomération parisienne. Paris n'est pas seul à trinquer, fait-il observer, les banlieues elles aussi sont meurtries, comme Issy-les-Moulineaux et Vanves, au sud-ouest de Paris, envahies par des vagues incessantes d'une boue écumeuse. Il n'y a pas encore de morts à déplorer, heureusement, mais des milliers de gens sont affectés, et ce n'est pas fini avec la Seine qui s'obstine à grimper. On reproche aux promoteurs de s'être entêtés à construire des lotissements le long du fleuve après 1970, alors qu'ils savaient pertinemment que ces zones étaient inondables. Montrées à la télé, des brochures vantant la « tranquillité des rives paisibles de la Seine » ont provoqué un tollé parmi les milliers d'habitants dont les logements ont été submergés. Linden décrit à Paul un homme furieux interviewé au journal télévisé, contraint d'abandonner son domicile, bâti il y a seulement quelques années et pourtant dévasté par les eaux. Si quelqu'un l'avait informé de la situation, jamais il n'aurait mis toutes ses économies dans l'achat de cette maison. L'homme était scandalisé par la fourberie et la cupidité aussi bien des maires que des entreprises : ces gens-là n'avaient aucun respect pour les administrés et ne pensaient qu'aux ressources financières susceptibles de servir leurs ambitions personnelles ou politiques. Et tout ça à cause de la pluie, commente Linden, indiquant le carreau crasseux que les gouttelettes emperlent avec une régularité métronomique. La pluie n'a pas cessé depuis leur arrivée, et à ce qu'on raconte, elle n'est pas près de s'arrêter. Il se souvient de la façon dont son père attendait la pluie, à Vénozan. Paul pouvait dire exactement à quel moment elle serait là, d'après le vent qui changeait et la température qui baissait. Linden revoit son père lui expliquer à quel point la pluie était essentielle, non seulement pour les arbres, mais pour toutes les autres plantes, pour la nature. Il se demande ce que dirait son père de la Seine en furie lorsqu'on frappe à la porte et Mistral apparaît, son imper mouillé sur le bras. Son visage s'éclaire quand elle voit que son grand-père a les yeux grands ouverts. Quelle surprise merveilleuse! Et elle en a une autre excellente pour eux; Lauren se rétablit, le médecin est content de ses progrès. Elle devrait aller beaucoup mieux d'ici la fin de la semaine. Mistral tend à Linden une petite enveloppe. Elle vient de la part de Mme Fanrouk, la directrice de l'hôtel. Comme les touristes désertent, elle a des chambres libres. Une autre, plus confortable, est à sa disposition.

Linden empoche l'enveloppe et observe Paul et Mistral ensemble. Le spectacle est émouvant. Il s'est à peu près habitué à la bouche tordue de son père, mais ce qui lui manque le plus, c'est le son de sa voix. Non sans paradoxe, d'ailleurs. À la maison, la voix de sa mère régnait en maître, retentissant dans l'escalier, ou au bout du jardin. C'était Lauren qu'il entendait quand il rentrait de l'école, discutant au téléphone avec sa sœur, ses parents ou une amie. C'était toujours sa mère et Tilia qui babillaient, qui plaisantaient, qui entonnaient des chansons d'amour à l'eau de rose.

Soudain, Linden s'en rend compte: la voix de son père lui manque depuis toujours.

D ANS LE 15ᵉ, la place Cambronne marque la frontière
entre la terre ferme et les zones submergées. La ligne
de métro aérien, la 6, ne fonctionne plus. Des hélicoptères
décrivent des cercles. Lorsqu'il arrive à pied de Montparnasse,
Linden voit que des barrages policiers interdisent aux piétons
et aux voitures de tourner rue Cambronne, rue Frémicourt
et rue de la Croix-Nivert. Les seules personnes autorisées à
franchir les barrières sont celles qui peuvent prouver avec
leurs cartes d'identité qu'elles habitent dans le secteur inondé.
Il n'est que deux heures de l'après-midi, mais le ciel gorgé
d'humidité est gris foncé comme à la nuit tombante. Linden
cherche Oriel des yeux. Elle se tient près des policiers avec un
homme d'une petite trentaine d'années. Ils portent tous deux
un brassard rouge à la manche droite. Linden est présenté à
Matthieu, qui travaille à la mairie de Paris. Il fait partie de
l'équipe censée gérer la crise de la Seine.

« Normalement, on ne laisse personne pénétrer dans
cette zone, dit-il à Linden en lui tendant un brassard rouge et

un badge. Je n'y connais rien en photo, mais il faut que vous voyiez ça. C'est incroyable. » Ils remontent la rue Frémicourt, encore épargnée, et pratiquement déserte. Matthieu explique que le bateau les attend avenue Émile-Zola, à dix minutes de marche. Avec l'aide de l'armée, l'équipe de la mairie effectue des patrouilles toutes les heures dans les zones sinistrées, pour s'assurer qu'aucune personne âgée ou malade n'est en difficulté. Matthieu parle d'une traite, avec force gestes des mains. Éreintante, la besogne est pourtant loin d'être terminée. Il n'a jamais été aussi fatigué de sa vie, mais son épuisement n'est rien comparé à ce que traversent ces malheureux riverains. Il a un visage pointu de lutin, avec des yeux vert pâle, des cheveux blond-roux ébouriffés. Oriel demande à Linden comment s'est passé le transfert de son père, et il lui raconte l'aventure. Matthieu hausse les sourcils : ce devait être un fameux spectacle. Il sait qu'il y a eu beaucoup d'émoi autour de ce déménagement, et il est content d'apprendre qu'il s'est déroulé sans heurts pour le père de Linden. Puis il chuchote, bien qu'il n'y ait pas une âme alentour pour entendre, que c'est un véritable foutoir depuis que le fleuve est sorti de son lit. Ils ne peuvent pas imaginer les concours de hurlements entre la maire, le préfet et le président. Il ne devrait pas leur raconter ça, mais ça fait du bien de vider son sac. À croire que personne ne mesurait à quel point la situation pouvait devenir calamiteuse, que personne ne voulait regarder les choses en face. Même sur son lieu de travail, à l'Hôtel de Ville, nombre de ses collègues étaient convaincus que la Seine avait été domestiquée et que grâce à la technologie moderne, ils pourraient agir à temps. Jusqu'à la dernière minute, ils ont refusé de voir la terrible réalité. Et maintenant, dit-il, chuchotant toujours, beaucoup se sentent coupables, tandis que d'autres estiment que l'administration ne prend pas les bonnes décisions, comme avec le fiasco de l'hôpital Pompidou. Pour couronner le tout, leurs propres bureaux, situés au rez-de-chaussée de l'Hôtel de Ville, vont être évacués dans la journée en raison de la montée des eaux. Personne n'avait prévu cette retraite, et pour échapper à la corvée, il préfère être ici, à pied d'œuvre, sous la pluie, à essayer de se rendre utile.

Ils atteignent le carrefour rue de Lourmel-avenue Émile-Zola où de longues langues liquides viennent lécher le pavé. Des bateaux attendent sous la bruine. Des trottoirs en bois s'élèvent au-dessus de l'eau, s'étirant de chaque côté de la rue de Lourmel. Dans le canot à rames, Linden salue Monique et Franck, qui appartiennent aussi à la cellule de crise de la mairie. Il sort son Leica de la discrète sacoche en toile abritant l'étui capitonné où il range son appareil. L'espace d'un instant, il regrette son Canon et sa collection d'objectifs ; sans eux, il se sent désarmé, vulnérable, mais après tout, la situation est inattendue, et le Leica ne l'a jamais trahi. Cette mission n'est pas comparable à ses tâches habituelles ; il s'agit d'autre chose. Il va devoir se remettre dans la peau du jeune photographe anonyme qu'il était ; celui qui cherchait à transmettre l'émotion, qui ne s'inquiétait pas du manque de lumière ou de trouver l'angle le plus pertinent. Ce qu'il découvre à mesure que l'embarcation avance ne ressemble en rien aux images de la crue de 1910 montrant des Parisiens vêtus de redingotes, hauts-de-forme, longues jupes et capelines. Ces photos noir et blanc suggéraient une certaine esthétique de la catastrophe, mais il n'y a aucune beauté dans ce qu'il voit aujourd'hui. Les eaux turbides sont semées de détritus, et les piétons effarés qui cheminent sur les passerelles avec des valises, des sacs ou même des meubles n'ont rien d'élégant. La Seine arrive à mi-hauteur de chaque porte d'immeuble, et les militaires qui y pataugent en combinaison de plongée sont immergés jusqu'à la taille. Le choc est d'autant plus violent pour Linden que ce Paris était celui de son adolescence, et qu'il le connaissait par cœur. Tous les commerces sont fermés, leurs rideaux de fer baissés dans le marécage. Des échelles sont appuyées contre les façades et Linden voit que des bouteilles d'eau sont livrées par les fenêtres, tandis que des visages moroses apparaissent aux étages supérieurs. Combien sont-ils à être bloqués chez eux ? Des volontaires de la Croix-Rouge arpentent les estrades de fortune avec témérité, tendant des paniers de vivres, interpellant les gens coincés dans leurs appartements. Des éboueurs dans leur combinaison verte empilent des tas de déchets dans de longs canoës. Voilà un autre détail bien trivial dont les photos d'époque ne rendent pas compte : l'insupportable odeur de putréfaction. Luisant et visqueux à cause de toutes les immondices échappées des canalisations crevées, le liquide jaunâtre exhale des miasmes pestilentiels. Linden se protège de la puanteur en nouant son écharpe autour de sa bouche et de son nez. Il prend chaque photo très tranquillement : une jeune fille grimpant à une échelle avec un sac à dos chargé de provisions, pendant que ses parents, à la fenêtre, scrutent sa progression en étendant les bras ; une vieille dame plantée sur une des passerelles à l'abri d'un parapluie précaire, un minuscule chien terrifié calé sous son bras replet. Le sympathique café dont il se souvient bien au coin de la rue de Lourmel et de la rue de Javel n'a pas rendu les armes ; devant l'établissement, au moyen de planches et de tonneaux, les patrons ont aménagé un vaste ponton où ils ont installé des tables et des chaises sous des parasols. Linden photographie un couple emmitouflé qui déguste un verre de vin : les deux clients agitent la main au passage de la barque.

Ce qui frappe Linden, c'est le silence : plus de moteurs de voiture, de grondements de bus, de coups de klaxon ; rien que le chuintement de la pluie et de l'eau qui se mêle au murmure des voix. De temps en temps, la barque s'arrête pour que l'équipe de sauvetage puisse s'entretenir avec d'autres collègues, ou bien des habitants en quête d'assistance ou de renseignements. Un canot bourré de journalistes et de photographes les dépasse avec un doux clapotis. Il croise le regard d'une jeune femme à bord, dont la mâchoire se décroche lorsqu'elle le reconnaît. Elle a un appareil autour du cou et s'empresse de le prendre en photo, avant de lui adresser un grand sourire, pouce levé. Monique essaie de réconforter une femme qui les interpelle depuis le deuxième étage de son immeuble. La femme ne dort plus depuis dimanche, depuis que l'eau est arrivée. Son mari souffre de rhumatismes aigus, mais il se refuse à quitter l'appartement, même si la situation a empiré avec les rats. Oui, les rats ont envahi l'immeuble, remontant au galop des caves inondées. C'est l'enfer, grommelle-t-elle, l'enfer absolu. Monique et Franck essaient de la convaincre d'aller avec son mari dans un refuge provisoire sans aucun rat où ils seront au chaud et au sec, mais la femme ne veut pas en entendre parler. Elle ne veut pas qu'on lui vole ses affaires ; tous deux préfèrent s'accommoder de l'inconfort plutôt que de partir. Alors qu'ils s'éloignent, après avoir remis à la femme de l'eau, du pain, des piles et divers articles, Franck explique que c'est précisément à cela qu'ils sont confrontés : des gens qui refusent de bouger, qui refusent de comprendre que la crue n'est pas terminée, loin s'en faut. Ils n'ont plus de télé, plus d'Internet, seulement la radio, mais même les fréquentes mises en garde que toutes les stations diffusent demeurent sans effet. La seule chose que puisse faire l'équipe municipale pour ces récalcitrants, c'est de leur apporter quotidiennement des provisions.

Quand le bateau quitte la rue de Javel pour tourner à droite dans la rue Saint-Charles, Linden se retrouve face au grand immeuble de brique rouge où il a habité pendant trois ans, au coin de la rue de l'Église. Il n'est pas revenu ici depuis la mort de Candice. Il est déstabilisé de voir tous les commerces fermés, barricadés contre les éléments : le supermarché, le teinturier, l'opticien, le restaurant japonais. Certaines boutiques, comme celles du fleuriste et du traiteur grec, ont été dévastées par la crue, ou pillées. Linden se rappelle combien cette rue grouillait de monde les jours de marché, combien il était acrobatique de fouler ses trottoirs avec l'affluence des clients. Aujourd'hui, il n'y a plus de trottoirs, plus de foule : rien que la désolation, le silence et l'eau qui ondoie. Les images du passé et celles du présent lui semblent incompatibles. Son ancien quartier, à peine identifiable, est en même temps douloureusement familier. Linden lève la tête vers le balcon du sixième étage ; son cœur bat à tout rompre. Ses yeux veulent se détourner, mais il se force à le regarder, en tressaillant. C'est là que sa tante a fait sa chute mortelle, à midi, le 6 juin 2012. Il avait appris par Tilia qu'une vendeuse de la boutique de vêtements pour femmes de l'autre côté de la rue avait vu Candice se tenir là-haut pendant un long moment avant d'enjamber la balustrade et de plonger, tête la première, bras déployés. Comme un ange, avait dit la femme. Un ange superbe et tragique. Elle avait également confié qu'elle n'oublierait jamais le bruit qu'avait fait le corps de Candy en s'écrasant sur le pavé, devant la boulangerie, où Linden avait coutume d'acheter des pains au chocolat et des croissants pour leur petit déjeuner. L'ambulance était arrivée rapidement, mais il était trop tard. Candice était morte sur le coup. La barque s'attarde à l'endroit où elle a dû tomber. Monique et Franck parlent au propriétaire de la boulangerie, dont Linden ne se souvient pas, mais le commerce a peut-être été racheté. L'homme veut savoir quand l'argent des assurances va arriver. Ils ont fait preuve de patience, tous tant qu'ils sont, mais s'il continue à pleuvoir, et si le fleuve continue à monter, que va-t-il advenir d'eux, dans ce malheureux quartier?

« Tout va bien, Linden ? » s'enquiert soudain Oriel en lui posant une main sur l'épaule.

La pluie qui ruisselle sur les joues de Linden se mêle à ses larmes. À un autre moment, à une autre époque, il aurait chassé la main d'Oriel d'un haussement d'épaule; il lui aurait répondu qu'il allait bien, parfaitement bien; il aurait continué à prendre des photos. Aujourd'hui, il a les nerfs à vif; il ne peut plus refouler ses émotions, plus maintenant. Lorsqu'il lève les yeux vers le balcon, il a l'impression d'y voir Candice. Il s'efforce de trouver les mots justes. *C'est ici que ma tante s'est défenestrée.* La phrase est horrible, il ne peut se résoudre à la prononcer; il ne peut que pleurer en silence, le Leica serré contre sa poitrine. Il n'aurait pu imaginer qu'il serait si dur de revenir ici; seulement voilà, il n'a jamais parlé de la mort de Candy, à personne, pas même à Sacha. Le choc de cette disparition ne s'est pas atténué, après toutes ces années. Il parvient à marmonner une vague explication; c'est ici qu'il a vécu, avec sa tante américaine. La petite main froide d'Oriel vient empoigner la sienne et Linden sent que son amie comprend, qu'elle a deviné la cause de son chagrin. La barque glisse vers la place Charles-Michel et Beaugrenelle, entièrement submergés. L'immense centre commercial paraît sombre et désolé, gardé par une patrouille flottante. Les gratte-ciel abandonnés du Front de Seine s'élèvent au milieu de lourds nuages gris.

A voix basse, Oriel lâche que son petit ami est mort lors des attentats de novembre 2015, rue Alibert, dans le 10e. Il dînait avec des amis, dans un des cafés ciblés par les terroristes, où quatorze personnes ont été tuées. Elle sortait avec lui depuis seulement six mois, mais ils étaient amoureux, et heureux. Le soir des attentats qui avaient plongé la France dans une horreur indicible, Oriel était avec sa mère. Celle-ci souffrait d'une hernie discale, et ne pouvait pas bouger. Oriel avait prévu de dîner avec elle et d'aller retrouver son petit ami après. Alors qu'elle était sur le point de partir le rejoindre à dix heures et demie, l'émission de télé de sa mère avait été interrompue par l'annonce des terribles événements en cours à travers la ville. Dans la confusion et la panique des attentats, Oriel s'était trouvée dans l'impossibilité de rallier l'autre partie de la capitale. La ville était bouclée; d'incessantes sirènes déchiraient la nuit et les habitants avaient ordre de rester chez eux. Le portable de son petit ami sonnait dans le vide. Elle avait refait le numéro jusqu'à l'aube. Le début d'une longue attente angoissée. Deux jours plus tard, les parents de son petit ami, qu'elle n'avait rencontrés qu'à deux occasions, l'avaient appelée pour lui faire savoir qu'ils avaient identifié le corps de leur fils. Bizarrement, écouter son amie et observer la désolation de son ancien quartier soulage légèrement la douleur de Linden. Il arrive à prendre du recul, et à dire à Oriel qu'il est navré de ce qu'elle lui apprend, que ça a dû être affreux. Elle explique qu'elle n'a jamais été rue Alibert, et qu'elle n'ira jamais. Elle n'a pas déposé de fleurs ni de bougies là-bas comme l'ont fait des milliers de Parisiens. En revanche, lors du premier anniversaire de la tragédie, elle a apporté des roses au Bataclan, où plus de quatre-vingts personnes avaient été assassinées la même nuit sanglante du 13 novembre. C'était sa manière de rendre hommage à toutes les victimes, et à son amoureux.

Plus tard, après avoir regagné à pied sous la pluie la place Cambronne, Linden et Oriel s'arrêtent dans un café avenue de la Motte-Picquet. Ils sont soulagés de se trouver dans un endroit chaud et sec, loin de la détresse du quartier de Javel. Ils commandent un chocolat chaud et un thé, puis Oriel dit, simplement : « Raconte-moi. Pour ta tante Candice. »

Candice le comprenait d'instinct, depuis qu'il était tout petit. Il se sentait plus proche d'elle que de sa mère ; ça avait toujours été comme ça. Résultat, très tôt, Linden avait perçu chez Lauren une rancune à l'égard de sa sœur. Cette aigreur n'avait jamais été verbalisée, mais elle était tapie là, et s'était aggravée quand il s'était ouvert de son homosexualité à Candy plutôt qu'à sa mère. Le jour où Candy s'était suicidée, il était à Tokyo. Il avait fait tout son possible pour arriver à temps pour la crémation, mais il n'avait pas réussi. Il se le reprochait encore aujourd'hui. Dans la lettre qu'elle avait laissée sur la table de la cuisine, Candy n'expliquait rien et donnait seulement des instructions : elle souhaitait être incinérée, et ne voulait pas de messe. Rien quant aux raisons de son geste. Mais Linden savait. Il savait pourquoi elle s'était suicidée. C'était cet homme, ce J.G. qui l'avait fait attendre des années, qui promettait, mais ne donnait jamais, et qui avait finalement épousé une jeune femme. Candy avait continué à le voir après son mariage. Elle avait avoué à Linden que c'était plus fort qu'elle, elle aimait J.G., elle avait besoin de lui. Elle le retrouvait dans des hôtels, à l'heure du déjeuner, c'était sordide. Linden avait éprouvé de la haine pour cet inconnu, dont il n'avait même jamais vu le visage. Il se souvenait que J.G. appelait tard le soir, pendant des heures. Candy était à ses pieds. Qu'avait-il donc de si spécial? se demandait Linden. Que voyait-elle en lui? Candice était quelqu'un de bien ; elle méritait mieux que ce minable de J.G. Linden décrit à Oriel la drôle de rivalité entre Candice et Lauren. Il était bien conscient qu'elles étaient proches, qu'elles s'aimaient, mais la compétition existait, et l'emportait sur le reste. S'il avait l'impression que c'était davantage la faute de sa mère, il n'arrivait pas à définir pourquoi ; peut-être cela remontait-il à leur enfance, à une tradition instillée par leurs parents, du temps où elles étaient petites filles à Brookline. Lauren ne possédait pas la placidité ni le tact de Candy ; sa mère était plus brutale que sa sœur, moins pondérée. Candy avait l'étiquette de l'intellectuelle, ce qui énervait Lauren. Physiquement, elles étaient toutes les deux ravissantes, mais le charme de Candy passait pour plus subtil, plus élégant, alors que Lauren, disait-on, respirait la sensualité. Sa tante lui manque. Elle n'a cessé de lui manquer, depuis ce jour de juin. Et tout à l'heure, au moment où ils sont passés au coin de la rue de l'Église, la douleur s'est réveillée, plus vive que jamais. Quand il a vu le balcon d'où elle s'était jetée, il a été pris d'un haut-le-cœur. Qu'est-ce qui l'avait poussée au suicide? Toutes sortes de détails revenaient le hanter. Il l'imaginait en train de s'habiller ce matin-là, de choisir ses vêtements. Il avait appris qu'elle portait une robe rose pâle. Pourquoi celle-là, en particulier? Cette robe avait-elle une histoire? La mettait-elle pour J.G.? Savait-elle, en l'enfilant, qu'elle allait mourir dedans? Mercredi 6 juin 2012. Que signifiait cette date? Avait-elle un sens pour J.G., pour elle? Il s'était interrogé sur cette date des milliers de fois. Comme sa mère, comme ses grands-parents, il avait remarqué que c'était le Jour J, mais quel rapport? Fitzgerald et Martha Winter, ses parents, n'avaient aucun lien avec la Deuxième Guerre mondiale. D'après Lauren, la date était sans doute un hasard, et, pour ce qu'ils en savaient, Candy s'était simplement levée, avait rejoint la fenêtre, et voilà. En été, le soir, ils s'installaient au balcon, Candy et lui, assis sur deux chaises pliantes, ils buvaient du chardonnay en regardant le ciel s'empourprer. Candy mettait leur linge à sécher dehors dès que le soleil se montrait, indifférente aux cris d'orfraie du propriétaire. Et qu'était-il advenu de Mademoiselle, sa dernière chatte? Linden partageait la passion de sa tante pour les chats; il avait aimé Muffin, qui avait vécu jusqu'à l'âge avancé de quinze ans. Candy n'avait jamais connu les deux chats de son neveu, Moka et Leporello; elle était morte avant qu'il ne les adopte avec Sacha. En juin 2012, Mademoiselle n'avait que six mois; elle était polissonne, une petite chipie blanc et noir aux yeux verts. Quand il appelait sa tante sur Skype, il était enchanté de voir Mademoiselle gambader dans la pièce, et Candy s'esclaffer devant ses cabrioles. Candice avait dû sortir sur le balcon sans Mademoiselle. L'avait-elle enfermée dans une pièce? Candy était attentionnée et protectrice de ses chats; elle leur parlait comme à des êtres humains. Qu'avait-elle dit à Mademoiselle ce jour fatal? Il n'avait jamais su qui avait adopté la petite chatte. Quand en 2000, à dix-neuf ans, Linden avait quitté l'appartement de sa tante pour une minuscule chambre de bonne sous les toits rue Saint-Antoine, Candy lui avait manqué. Ce logis microscopique avait été le premier témoin de sa routine désormais solitaire. Il en avait bavé durant le premier hiver: mal chauffée, la chambre était glaciale, et s'était révélée suffocante en été. Tous les quinze jours, il retournait dîner rue de l'Église. Candy invitait toujours des convives intéressants quand il venait. Elle était excellente cuisinière, et ses petits plats lui manquaient dans son nouveau chez-lui. Elle avait beaucoup d'amis, mais il savait qu'au fond, elle se sentait seule. Elle rêvait d'une famille, avec un mari, des enfants, une maison; tout ce qu'avait sa sœur, et pas elle. C'était sa solitude qui l'avait tuée, Linden en était certain; c'étaient ces nuits, passées en solitaire, quand elle aurait pu les partager avec quelqu'un qu'elle aimait, et qui l'aimait en retour. Ses grands-parents ne s'étaient pas remis de sa mort; ils avaient pris un coup de vieux et n'avaient jamais retrouvé leur vitalité. Fitzgerald s'était éteint en 2013, et Martha l'avait suivi un an plus tard. Quand Linden était arrivé à Paris, en juin 2012, Lauren et Tilia l'avaient accueilli ravagées de chagrin, exténuées par les jours qui venaient de s'écouler. Elles avaient passé en revue toutes les affaires de Candy, et il y avait des photos, des livres et des lettres, qu'elles lui avaient remis. Elles avaient trié ses meubles pour les vendre, ou les envoyer à Vénozan ; elles avaient parlé au personnel et aux étudiants de l'université et de l'école où Candy enseignait ; elles avaient tout fait. De retour à New York, Linden avait mis un certain temps, peut-être un mois ou deux, à trouver le courage d'ouvrir la grande enveloppe. L'écriture de Candice ressemblait à celle de sa mère, irrégulière, inclinée vers la gauche, mais il savait les distinguer. Dans une des lettres, datée de septembre 2005, elle évoquait un week-end dans la vallée de la Loire avec J.G., et elle avait écrit son prénom, Jean-Grégoire, au lieu de ses initiales. Linden s'était alors souvenu du patronyme de l'homme, de Fleursac-Ratigny, si ridiculement long et compliqué, et il avait été facile de le trouver sur Internet. En quelques clics, il avait réuni les informations qu'il lui fallait : J.G. habitait la banlieue de Paris, il était le père de quatre enfants, dont les âges s'échelonnaient entre dix et seize ans. Mince, propre sur lui, les cheveux bruns, J.G. devait être très beau il y a vingt ans, quand Candice avait fait sa connaissance. Comment et où s'étaient-ils rencontrés ? Linden n'arrivait pas à se rappeler ; une fête, lui semblait-il. J.G. travaillait dans l'imprimerie familiale et était aujourd'hui à la retraite. Il avait été tout aussi facile d'obtenir ses coordonnées. Presque trop facile, se souvient-il.

Le café où Oriel et lui sont installés est désormais bondé, rempli de clients qui rechargent leurs téléphones, et entrent pour s'abriter du froid et de la pluie. C'est un établissement plutôt joyeux, décoré dans des teintes d'ocre; les serveurs courent dans tous les sens, tenant en équilibre sur leur épaule des plateaux lourdement chargés. L'obscurité est tombée. Oriel commande du sauvignon pour eux deux. Pourrait-elle avoir la suite de l'histoire? Elle tient vraiment à découvrir ce qui s'est passé après. A-t-il fini par appeler cet homme abominable? Linden sourit, et glousse.

« Il faut que tu arrêtes de sourire comme ça, gémit Oriel. Tu es bien trop sexy. »

Linden est tenté de lui dire combien il a plaisir à sa compagnie, combien il a apprécié de partager ce moment avec elle. Il s'épanche depuis vingt minutes et il se sent soulagé d'un grand poids, malgré l'accablement de cette journée et le chagrin d'avoir évoqué le suicide de Candy. Il sort le Leica de sa sacoche et le braque sur elle. Il fait souvent cela quand des mots seraient nécessaires et qu'ils ne lui viennent pas; l'appareil devant son visage lui sert de bouclier. Oriel lève les mains, mi-agacée mi-flattée, puis finit par se laisser aller, et par le regarder. Il prend quelques clichés, capturant l'éclat ardent de ses yeux gris. Lorsqu'il range l'appareil, elle lui attrape la main et, avec son majeur, elle lui caresse l'intérieur de la paume tout en le fixant droit dans les yeux. Il n'y a aucune ambiguïté ni dans son regard ni dans son geste. Il ne retire pas sa main et la laisse jouer avec. Elle lui

demande s'il est amoureux de quelqu'un. Il répond que oui ;
il est amoureux de Sacha. Elle hausse les sourcils, répète le
prénom, doucement. Sacha est-il un homme ? Il confirme
que oui, Sacha est un homme, qu'il a rencontré il y a cinq
ans, et avec qui il vit à San Francisco. Il se tait, s'attendant
à d'autres questions et se préparant à y répondre. Mais non,
pas d'autres questions. Oriel boit son vin à petites gorgées,
et sa main a quitté la sienne. Elle garde le silence pendant un
moment, un silence qui n'est empreint d'aucune gêne. Puis
elle dit : « Raconte-moi Jean-Grégoire Machin-Truc. »

Linden avait appelé J.G., chez lui, deux mois après le
suicide de Candice, et l'homme avait décroché en personne.
Il était midi à New York, et c'était la fin de journée en France.
Linden avait tout de suite annoncé qu'il était le neveu de
Candice Winter. J.G. avait été interloqué, mais il n'avait
montré aucune hostilité ; il avait simplement demandé, avec
circonspection, ce que Linden voulait. Ce que Linden voulait ? Eh bien, il désirait savoir si M. de Fleursac-Ratigny –
quel nom à coucher dehors, et Oriel pouffe de rire – était
au courant du décès de Candice Winter. Silence au bout du
fil ; une toux puis un grommellement, suivis d'un raclement
de gorge. Oui, il était au courant. Vraiment très triste. La
petite voix de J.G., pointue et discordante, n'avait pas plu à
Linden. Il s'était demandé si Mme de Fleursac-Ratigny était
là, si elle écoutait, si elle soupçonnait un tant soit peu que son
mari, ces vingt dernières années, avait eu une liaison avec une
charmante Américaine. Du même ton contraint, J.G. avait

demandé s'il pouvait rappeler Linden. Linden lui avait donné
son numéro de portable, certain de ne plus jamais entendre
parler de l'homme, mais à son grand étonnement, J.G. avait
bel et bien rappelé, trois heures plus tard. Sa voix semblait
découragée. Il avait été bouleversé par la mort de Candice.
Comment il avait appris la nouvelle ? Autre raclement de
gorge. Eh bien, Candice lui avait écrit pour lui annoncer
qu'elle allait se suicider. Il avait reçu la lettre le lendemain
de sa mort. Cela avait été pour lui un choc terrible, mais il
n'avait pas pu afficher son chagrin à cause de… à cause de sa
femme. Sa femme n'avait jamais su. Il se sentait extrêmement
mal. Il se sentait coupable. Il savait qu'il porterait cette souffrance et cette culpabilité jusqu'à la fin de ses jours. Ce serait
sa croix. Il y avait juste une chose. Linden pouvait penser
ce qu'il voulait de lui, cela n'avait pas d'importance, mais
Linden devait savoir ceci : il aimait Candice. Il l'aimait profondément ; il l'aimait plus qu'il n'avait jamais aimé aucune
femme. Sur quoi J.G. avait raccroché, sans ajouter un mot.

     Linden cesse de parler. Le vacarme du café vient combler
son silence. Les yeux d'Oriel sont emplis de tristesse.

L INDEN RESTE SOUS LA DOUCHE un long moment, savourant sa chaleur. Il ne peut s'empêcher de penser aux gens qu'il a vus cet après-midi, confinés dans leurs appartements glaciaux et humides. Ce séjour parisien l'a comme écorché vif, réveillant d'anciennes blessures, en creusant de nouvelles. L'épuisement et la mélancolie l'envahissent. Il essaie de se ressaisir alors qu'il s'habille, mais des images reviennent le perturber : son père à l'hôpital, le récit insoutenable de Tilia, le sixième étage d'où Candice s'est jetée. Est-ce parce qu'il est photographe que ces images lui apparaissent avec une telle clarté ? Comment les effacer ? Il se concentre sur la maison de San Francisco ; il pense à ses murs bleu pâle, au parfum d'ambre, souvenir des souks de Marrakech ; il pense à Leporello se prélassant au soleil, à Moka lui faisant la fête, à la manière d'un chien. Invoquer les chats l'apaise. Il se représente leur pelage laineux, leurs ronronnements sonores, leurs poursuites dans l'escalier abrupt. Il imagine Sacha dans la cuisine, en short et T-shirt, les reins ceints de ce tablier en loques acheté à Naples qu'il refuse de jeter, absorbé par la confection d'un mets appétissant, les cheveux attachés en queue-de-cheval, tandis qu'un opéra, *Lucie de Lammermoor* ou *Turandot*, résonne avec vigueur dans la pièce. C'était à l'origine la maison de Sacha. Il l'occupait depuis un certain temps au moment de leur rencontre, et Linden l'y avait rejoint. Linden connaissait San Francisco avant d'y élire domicile, mais aujourd'hui il se rend compte qu'il ne pourrait vivre nulle part ailleurs. Il avait tout de suite aimé la ville. Après Paris et New York, le petit campagnard qu'il était foncièrement avait enfin trouvé son port d'attache. Peut-être étaient-ce les vues sur l'océan, les couchers de soleil teintés de reflets roses, la proximité des étendues sauvages, la présence des jardins botaniques. Ici, contre toute attente, c'est la nature qui commande, comme au pays de son enfance. Le vent froid soufflant en rafales lui rappelle le mistral qui fait rage dans la vallée, à Vénozan. Le brouillard ne le dérange pas, pas plus que les averses soudaines et la fraîcheur humide de l'atmosphère. Le fracas métallique des tramways lui plaît. Il ne se lasse pas du spectacle du Golden Gate, et il se régale chaque fois du vertige que lui causent les rues escarpées de Russian Hill. Même les défauts de San Francisco, si souvent dénoncés – le manque de places de stationnement, l'odeur d'urine près de la baie, le phénomène de gentrification qui grignote l'âme de la ville –, ne le gênent pas. En fait, ce qu'il préfère entre tout à San Francisco, c'est de vivre avec Sacha. Il adore imaginer l'homme qu'il aime sous les traits d'un jeune garçon parcourant ces mêmes collines. Sacha a grandi dans le quartier, à deux pas, dans Liberty Street, où ses parents habitent toujours. Linden avait appris à connaître les voisins de Sacha : Mrs Lester, cette dame âgée aux manières coquettes qui tenait à ce qu'on l'appelle Zelda, et la famille Leine, originaire d'Uppsala, et qui, tous les ans au mois de juin, les invitait à leur « Midsommar », cette tradition suédoise consistant à fêter le solstice d'été avec force danses et autres batifolages. Déchiré entre hilarité et désir, Linden regardait Sacha faire ses gambades autour du grand mât en bois enrubanné de fleurs. Jusqu'alors, Linden n'avait jamais habité avec un homme, il n'en avait jamais eu envie ; il chérissait son indépendance. Tout avait changé quand Sacha avait demandé à Linden de venir vivre avec lui. L'étroite maison bleue de Noe Valley était devenue leur havre. C'était une bâtisse edwardienne à trois niveaux du début du xxᵉ siècle. Un peu biscornue, avec frontons et chiens-assis, elle offrait un plafond cathédrale dans la chambre du haut, des murs en stuc et des cheminées d'époque. Elle était orientée au sud et à l'ouest, si bien que ses bow-windows attrapaient toujours le soleil.

La grisaille parisienne est enfin balayée ; Linden a maintenant à l'esprit Dolores Park un dimanche, Sacha jouant au Frisbee avec une bande de gamins. Chaque fois que le ciel se dégageait, ce parc était la destination obligée ; là, il pouvait tenir la main de Sacha, et même l'embrasser, personne ne s'en offusquait. Les pelouses onduleuses du parc offraient un spectacle divertissant. Les uns bronzaient ou sommeillaient allongés sur des serviettes, les autres jouaient au foot ou au tennis. Des danseurs répétaient leurs mouvements tandis que des ados faisaient du hula-hoop. Linden ne se lassait jamais des pique-niques permanents, des musiques aussi variées qu'assourdissantes, des chiens qui folâtraient, ni des riches effluves de joints et de hot-dogs mêlés qui se faufilaient entre les palmiers. Il n'avait jamais éprouvé un tel besoin d'être chez lui, d'être avec Sacha. Si seulement il existait un bouton magique, le genre de bouton dont il rêvait quand il était enfant et qui, en un clin d'œil, vous expédiait où vous aviez envie d'être. Mais Linden sait bien qu'il ne peut pas s'échapper, il ne peut pas fuir l'endroit où il se trouve, se dérober au rôle qui est le sien ici. Il tient les rênes. C'est lui qui assure la cohésion de la famille, avec sa nièce, mais rien ni personne ne peut lui interdire d'imaginer qu'il est ailleurs, là-bas, dans la maison d'Elizabeth Street.

Le carillon de son téléphone interrompt sa rêverie. Un SMS de Sacha.

Je n'arrive pas à imaginer ce que tu dois endurer. Cette photo de toi sur Twitter est surréaliste! Comment va ton père? Baisers.

Dérouté, Linden regarde son fil Twitter, ce qu'il n'a pas fait depuis un moment. Le voilà dans le bateau de la mairie, entouré d'eau, écharpe remontée sur le nez, cheveux trempés, Leica à la main. On dirait une image de guerre ; elle traduit le désespoir et la tragédie. La jeune femme l'a prise du bateau des journalistes. Elle a été retweetée des centaines de fois : *Photographe franco-américain #LindenMalegarde face à la catastrophe #crue #Paris #Javel*

Il n'a pas eu le temps de répondre à Sacha qu'on frappe à sa porte. En ouvrant, il découvre sa mère, pâle mais bien droite, debout dans le couloir. Son visage est amaigri, plus creusé que d'habitude, mais elle lui sourit, un châle enroulé autour des épaules. Maintenant que sa cervelle refonctionne à peu près, elle veut qu'on lui dise tout sur Paul. Linden ne doit rien lui cacher. Ils vont dans la chambre, Lauren s'assoit sur une chaise, Linden sur le lit, et il se met à raconter, avec douceur. Il ne dit pas combien le visage de son père est cruel à regarder ; il évoque seulement l'incandescence triomphante dans ses yeux, leur mode de communication par pressions de la main. Il fait le récit du transfert de Pompidou à Cochin, et s'aperçoit que sa mère, clouée au lit depuis dimanche, ne sait rien de la crue, ou très peu de choses. Elle l'écoute, pétrifiée, qui décrit les rues inondées. Il se montre aussi rassurant que possible : il insiste sur la compétence du professeur Magerant, sur le fait que Paul est dans un état stable, mais précise qu'ils doivent attendre pour en savoir plus, et que ce délai est pénible. Lauren pose des questions, d'une voix presque normale, mais plus éteinte. Elle ne sourit plus et le regarde, l'air abattu. Ce voyage était son idée à elle, et vois un peu ce qui s'est passé. Elle secoue la tête tristement ; elle a le sentiment que c'est sa faute. Tout ce que Linden peut faire, c'est lui affirmer avec fermeté qu'il n'en est rien, en lui tapotant le bras. Sa mère n'est que l'ombre d'elle-même. Il voudrait que Mistral et Tilia soient là pour lui remonter le moral. Comment Lauren se sent-elle ? L'infirmière est-elle venue la voir ? Encore combien de jours sera-t-elle sous anti-biotiques ? Lauren n'est pas dupe de cette diversion et hoche la tête avec ironie. Oui, elle se sent beaucoup mieux. Elle paraît sur le point d'ajouter quelque chose, quand soudain elle hésite, comme si elle se ravisait. Elle place ses deux mains sur ses joues et soupire. Lorsqu'elle fait ce geste, Lauren lui rap-pelle Candy. Il ne veut pas lui raconter l'épisode d'aujourd'hui et les souvenirs douloureux qui ont refait surface. Un jour, il aimerait pouvoir parler d'elle, librement, sans que l'expression de sa mère s'assombrisse. Lauren se lève, lui passe une main dans les cheveux, comme quand il était petit. Ah, et au fait, il y a un problème. Colin est en bas. D'un geste rapide, elle mime l'ébriété. Tilia refuse de descendre lui parler.

Quand Linden arrive dans le hall, Colin se prélasse sur un canapé. Il a la mâchoire qui avance, comme un homme de Néandertal ; son costume est froissé et taché, ses cheveux dépeignés. Il aperçoit Linden et soulève une main tremblante. Bien qu'à plusieurs mètres, Linden discerne l'odeur d'alcool. La voix de Colin retentit dans la pièce. Linden sait-il que son idiote de sœur ne daigne même pas descendre ? Elle ne veut pas dîner avec son mari, c'est ridicule, non ? Elle boude dans sa chambre avec sa fille. Les deux crétines. Après tout, il s'en tape. Il en a sa claque, de ces emmerdeuses. La voix de Colin se fait plus forte encore. Il en a soupé du clan Malegarde, de toute façon. Soupé de leur mépris, de leur odieuse supériorité. Ils ne le trouvent pas assez bien pour eux, hein ? Enfin merde, c'est comme ça depuis le début, depuis qu'il a épousé Tilia. Ils lui ont toujours été hostiles, ils se sont toujours arrangés pour qu'il se sente minable. Gênée, la réceptionniste leur lance un coup d'œil. Quelques clients, un peu plus loin, assistent à la scène. Linden est à bout de patience. Une colère sourde couve au creux de son ventre. Il déclare, laconique, que Colin ferait mieux de partir. Tilia ne veut pas le voir dans cet état, et Lauren non plus. Il n'a qu'à retourner dessaouler chez ses amis. Il y a des taxis dehors, il en trouvera un. Qu'il s'en aille. La lèvre inférieure saillante, Colin le foudroie du regard. S'en aller ? Linden peut fermer sa gueule. Il n'a pas d'ordres à recevoir de lui. Pourquoi devrait-il partir ? Il fera ce qui lui chante, il attendra autant qu'il voudra que cette dondon stupide qui est sa femme se décide à descendre et il lui dira ses quatre vérités. Il lui dira exactement ce qu'il pense de l'insupportable famille Malegarde. Enfin merde, il a fait tout le chemin, depuis Londres, pour elle, pour son père, pour eux, et à quoi il a droit ? À ça ? Qu'ils aillent se faire foutre, tous autant qu'ils sont. Il n'a pas peur de Linden. Ha ! Pourquoi aurait-il peur d'une tarlouze ? Personne n'a peur des tarlouzes.

Muet de rage, Linden rejoint Colin en deux enjambées et l'attrape par le col de sa veste ; il le force à se mettre debout sans aucun ménagement. Colin jubile. Alors comme ça, Linden joue les gros durs ? Ils font dans le hard avec son mec ? Ça doit être gratiné. Enfin bon, lui, ça l'excite pas du tout. Est-ce que Linden peut ôter ses sales pattes de là ? Linden traîne son beau-frère jusqu'à la porte. Ce n'est pas un mince exploit, Colin étant presque aussi grand que lui, et sans doute plus lourd, mais sa fureur le galvanise.

« Bon sang, mais qu'est-ce que tu fabriques ? » tonne à son oreille la voix de Tilia.

C'est évident, non, ce qu'il fabrique ? Il flanque son mari dehors, voilà ce qu'il fabrique, il le renvoie dans le caniveau où est sa vraie place, sous la pluie, ça devrait lui éclaircir les idées, lui remettre les yeux en face des trous. Il sent sur son bras les doigts de Tilia qui essaient de le retenir alors qu'il tire Colin sur le trottoir. Dehors, il fait noir et humide, et les gouttes de pluie crépitent autour d'eux. Colin grogne et marmonne quelque chose d'inintelligible mais Linden lui hurle de la fermer. Tilia observe la scène, stupéfaite, elle n'a jamais vu son frère dans une telle colère. Les traits de Linden sont transformés, comme aiguisés, ses yeux noirs de fureur. Plaquant Colin contre le mur, il lui relève brutalement la tête pour que son beau-frère, malgré la pluie, distingue bien son visage. Il l'attrape par le menton et se met à parler lentement et distinctement, comme si Colin était un gamin un peu obtus. C'est très simple, voilà ce qui va se passer : Colin va retourner, tout de suite, chez ses amis dans le quartier des Ternes, il va rester là-bas et il ne va pas revenir. Si jamais il revient, et s'il est encore ivre, il s'en repentira. Vision miraculeuse, un taxi libre remonte au ralenti la rue Delambre. Linden siffle pour l'arrêter. Alors qu'il ouvre la portière et s'emploie à enfourner son beau-frère dans la voiture, Colin glisse sur le trottoir mouillé. Ses pieds mal coordonnés s'envolent et il atterrit sur son postérieur, comme dans un film de Chaplin. Cinq bonnes minutes sont nécessaires pour le hisser à nouveau sur ses pieds et le caler sur la banquette arrière avec l'aide de Tilia. Derrière eux, les voitures klaxonnent. Le chauffeur déclare, laconique, qu'il n'est pas question qu'il transporte ce type dans l'état où il est. Exaspérée, Tilia cherche de l'argent dans sa poche arrière et donne cinquante euros au chauffeur, bien plus que le prix de la course. L'homme accepte le billet et cesse de rouspéter. Comme Colin n'arrive pas à se rappeler l'adresse de ses amis, Tilia demande au chauffeur de déposer son mari à la station de métro Ternes, en espérant que celui-ci saura se débrouiller une fois là-bas. Ils regardent le taxi s'éloigner sous la pluie, puis se tournent l'un vers l'autre. Linden est encore haletant de fureur. C'était évident, Colin avait picolé toute la journée, explique Tilia. Elle n'avait pas voulu le voir. Il l'avait mal pris. Oui, elle avait été dure avec lui, mais que pouvait-elle faire d'autre ? Était-elle censée fermer les yeux à chacune de ses cuites ? Comment osait-il se pointer dans un état pareil ? Heureusement que leur mère ne l'avait pas vu. Et cette chute ! Un miracle qu'il ne se soit pas blessé. Elle l'imite, titubant en arrière. Linden la rattrape par la manche.

Et soudain ça les prend. Comme quand ils étaient petits. Le fou rire. Un fou rire incontrôlable, inextinguible, délicieux. Ils s'accrochent l'un à l'autre, la bouche grande ouverte, le corps plié en deux, le ventre qui leur fait mal, indifférents à la pluie, au froid. Pauvre Colin. Ce gadin ! Spectaculaire ! On aurait dû filmer la scène. Ils rient tellement fort que leur hilarité se transmet aux passants. L'allégresse générale dissipe l'humeur belliqueuse de Linden. Un bien-être merveilleux l'envahit. Cela fait des jours qu'il ne s'est pas senti aussi serein. Le frère et la sœur finissent enlacés, serrés l'un contre l'autre.

« Je t'aime, mec », chuchote Tilia, contre le torse de Linden.

« Je t'aime, meuf. »

C'est la première fois de leur vie qu'ils se disent ces mots-là.

SIX

Quand je suis parmi vous,
　　　　　　arbres de ces grands bois,
Dans tout ce qui m'entoure et me cache à la fois,
Dans votre solitude où je rentre en moi-même,
Je sens quelqu'un de grand qui m'écoute
　　　　　　　　　et qui m'aime !

Victor Hugo, « Aux arbres »

J'étais là, caché derrière le plus gros arbre. Je pensais
que Suzanne me trouverait tout de suite. Mais non.
Elle semblait prendre son temps.

Je commençais à m'impatienter. Je n'entendais plus sa voix.
Elle ne criait pas mon nom, comme elle le faisait d'habitude.
Lentement, j'ai regardé derrière le tronc, avec précaution,
de crainte qu'elle m'aperçoive.

Je n'ai pas compris ce que je voyais. Cela n'avait aucun sens
pour moi. Suzanne était allongée par terre. Je ne voyais rien
d'autre que ses cheveux, étalés sur l'herbe, et ses jambes
blanches, dénudées.

Il y avait quelque chose au-dessus d'elle. Une sorte de sac
gigantesque. Sombre, granuleux et sale, qui recouvrait le haut
de son corps. Mais le sac remuait et, alors que je regardais,
j'ai compris que le sac lui faisait mal. J'entendais

sa respiration étouffée, comme si on la brûlait ou on la battait. Le sac avait d'énormes mains rougeâtres et elles lui enserraient le cou.

Jamais je n'avais eu aussi peur. J'étais sûr qu'il s'agissait d'un monstre, le genre de monstre qui apparaît dans les cauchemars. Le genre de monstre que redoutent tous les enfants. Ce n'était pas un cauchemar, c'était la réalité. On était en plein jour, pas la nuit. Elle luttait, je le voyais bien. Elle luttait de toutes ses forces. Elle se tortillait et elle résistait, mais le monstre était beaucoup plus fort et beaucoup plus grand qu'elle.

Je voulais m'enfuir, mais j'étais incapable de bouger. La peur me paralysait. Le monstre s'agitait au-dessus d'elle, de plus en plus vite, avec une frénésie répugnante. Elle faisait des bruits comme si elle suffoquait, pendant que le monstre grognait, de façon horrible.

J'avais l'impression que j'allais m'évanouir de peur. J'ai fait pipi dans ma culotte. Je me suis mis à pleurer. J'avais envie de crier, de hurler. Je ne savais pas comment obtenir de l'aide, vers où ni vers qui courir. La maison était trop loin.

Et puis si je bougeais, le monstre me verrait. Il viendrait me chercher.

« POURQUOI ÊTES-VOUS DEVENU photographe ? »
était une question qui revenait souvent. Linden ne se
lassait jamais d'y répondre, tout comme son père ne se lassait jamais de raconter l'histoire du premier arbre qu'il avait
sauvé. Linden aimait évoquer son apprentissage avec le vieux
M. Fonsauvage, qui lui avait offert son premier appareil, le
Praktica, et décrire comment le Leica était entré dans sa vie.
Il y avait toutefois des aspects de son métier sur lesquels il
était incapable de mettre des mots. Comment expliquer,
sans qu'on se méprenne, que, pour lui, photographier c'était
apprendre ? Il ne voulait pas paraître pédant. Il n'avait pas de
leçons à donner. Il ne cherchait pas à faire passer de message,
et n'aimait pas quand ses sujets posaient de manière trop
sophistiquée. Cette conviction était intime et complexe, il
ne pouvait la formuler à haute voix. Un jour, à une journaliste française qui devait rédiger un portrait de lui pour un
magazine, il avait tenté d'expliquer que photographier, c'était
utiliser une langue universelle, mais, ainsi formulée, cette

définition semblait réductrice, et donc erronée. La journaliste avait souri. Comment lui faire comprendre que l'affaire
n'avait rien de simple ; que chaque photographe possédait
sa propre version de cette langue ? Il avait préféré dire que
même sans appareil dans les mains, il continuait à photographier mentalement tout ce qu'il voyait ; qu'il n'avait jamais
pu contempler une chose belle ou tragique sans vouloir l'immortaliser, à sa façon à lui, avec sa vision à lui.

Ce mercredi matin, à l'hôpital, c'est son père qu'il photographie, avec son téléphone et avec le Leica. Il n'y a pas
beaucoup de lumière dans la petite chambre. Paul est réveillé
et le regarde avec ses grands yeux. La canule pour l'oxygène est
toujours dans ses narines. À cause de sa bouche tordue, Linden
ne saurait dire s'il sourit, mais il lui plaît de penser que son père
ne souffre pas. Comme d'habitude, quand il tient un appareil,
il n'a pas besoin de parler. Il se concentre sur sa tâche, photographier les mains de son père, noueuses et étrangement pâles
sur la couverture jaune. Les médecins ne sont pas encore passés.
Ou peut-être sont-ils venus plus tôt ? Les infirmières s'occupent
de son père avec des gestes parfaitement exercés. Certaines sont
plus extraverties que d'autres. En hauteur au-dessus du lit, un
assemblage d'écrans montre des lignes rouges, vertes et jaunes,
accompagnées de chiffres qui clignotent en rythme. Linden
observe le corps de son père, ratatiné et émacié sous la chemise
d'hôpital bleue. Cela va être un choc pour sa mère, et pour
Tilia, il le sait. En seulement quatre jours, Paul a terriblement
vieilli. Il fait bien plus que ses soixante-dix ans.

Une femme entre dans la chambre, sans bruit. La cinquantaine, grassouillette, jupe en tweed et cardigan marron, cheveux courts gris. Elle salue Linden. Il ne sait pas qui elle est. Il la salue à son tour, déconcerté. Elle se présente : Dominique. Sa voix est douce et agréable. Elle s'est sûrement trompée de chambre, mais voilà qu'elle demande comment va son père ce matin. Serait-ce une amie à lui qu'il ne connaît pas ? Une amoureuse des arbres ? Comme si elle avait anticipé les questions de Linden, la femme explique qu'elle est bénévole à l'hôpital. Elle officie dans le service du professeur Magerant depuis longtemps. Elle vient d'ordinaire le mardi, mais avec la crue, et les nouveaux patients qui ont été transférés, elle est sur le pont le reste de la semaine. L'hôpital a besoin de toutes les bonnes volontés. D'abord, Linden est gêné qu'elle soit là. D'autant plus qu'elle prend un siège en face de lui, place son sac par terre, et semble bien décidée à s'imposer. Il éprouve un certain agacement. Comment lui demander de partir ? Ce ne serait pas très poli ; elle a l'air d'une brave femme. Elle sort son tricot de son sac et se met à l'ouvrage, ses aiguilles cliquetant sans relâche. Il contemple la longue bande de laine bleue. Une écharpe ? Une manche ? Il ne saurait dire. Linden a-t-il vu les infos ce matin ? C'est vraiment quelque chose, pas vrai ? Par chance, elle habite dans le 14ᵉ, pas loin de l'hôpital. À ce qu'il paraît, la Seine a atteint les huit mètres, et elle va continuer à monter. On approche du niveau historique de 1910 ! Linden a-t-il vu les images extraordinaires de la tour Eiffel ? Le fleuve a recouvert tout le Champ-de-Mars. La tour donne l'impression d'avoir été plantée au beau milieu d'un lac géant. C'est quand même fou, non, ce qui se passe? Elle a appris que la seule façon de se déplacer dans Paris, à part bien sûr en bateau, c'était à cheval. Elle l'a vu au journal télévisé : un reportage incroyable qui montrait des chevaux de la police avec de l'eau jusqu'au poitrail en train de patauger avenue Bosquet. Et bien sûr, on ne doit pas oublier les banlieues, où les gens souffrent tout autant, mais sont loin de bénéficier de la même attention qu'à Paris. Les banlieues ont toujours été des zones sensibles, et les inondations n'arrangent rien ; l'agitation augmente par là-bas. Dominique a appris que certains des quartiers inondés étaient mis au pillage ; des bandes venues des banlieues nord, apparemment, et les policiers et les militaires avaient du mal à protéger les immeubles désertés. Le président devait se rendre dans le secteur de Javel plus tard dans la journée, en bateau, Linden était-il au courant? Beaucoup de gens avaient reproché au président de ne pas s'être déplacé plus tôt. Elle espère qu'il ira également en banlieue ; la population là-bas se sent négligée. Elle a une cousine à Alfortville, dont la maison a les pieds dans l'eau. Linden prend plaisir à l'écouter. Dominique poursuit son discours, tranquillement, tandis que ses doigts travaillent avec agilité. Il est tenté de la photographier ; un surprenant halo de lumière nimbe sa tête argentée. Dominique a lu dans le journal – *Le Parisien* ou *Le Figaro*, elle ne se rappelle plus – que ces récentes pluies ininterrompues étaient la conséquence directe du réchauffement climatique. Il faisait un temps affreux dans toute la France, mais aussi dans d'autres pays d'Europe. C'était inquiétant, non? Est-ce que cela voulait dire qu'il y aurait encore plus de pluies à l'avenir, et encore plus d'inondations? Linden partage ses craintes et acquiesce de la tête. L'article alléguait aussi que la déforestation en amont de la capitale, qui n'a pas cessé ces dernières décennies, pourrait avoir contribué à la rapide montée des eaux. Éliminer les arbres n'est jamais une bonne idée, n'est-ce pas? Linden remarque que son père ne perd pas une miette de la conversation. Les yeux brillants de Paul naviguent de Dominique à son fils, comme ceux des spectateurs à un match de tennis.

« Votre père entend et comprend tout ce qu'on dit », déclare Dominique en voyant Linden lancer un regard vers son père. Elle a eu une sacrée conversation avec lui hier soir. Comme Linden se renfrogne, perplexe, elle reprend : bien sûr, M. Malegarde n'arrive pas à parler comme il faut, pas encore, mais aucun doute, il arrive à communiquer. C'est d'ailleurs ce qu'elle fait, chaque semaine ; elle communique avec les malades qui ont eu une attaque, et elle aide les proches en leur apprenant à faire de même. Linden se demande ce qu'elle sait de chaque famille qu'elle soutient. Ce doit être une tâche difficile, et ne pas être rémunérée est d'autant plus remarquable. Comment s'était-elle retrouvée à faire cela? Qu'est-ce qui l'y avait poussée? À quoi la vie de Dominique ressemblait-elle? Y avait-il quelqu'un qui l'attendait le soir, ou bien l'hôpital était-il la seule motivation de sa journée?

Les yeux de son père fixent le visage rond de la bénévole, pour se baisser parfois sur son tricot. Peut-être Paul est-il lui aussi réconforté par la présence de cette femme. Qu'avait-il bien pu réussir à lui dire, hier ? Linden est curieux. Dominique se lève discrètement, range sa pelote de laine. Ça a été un plaisir de discuter avec eux. Elle reviendra demain. Lorsqu'elle sort puis ferme la porte derrière elle, un vide se fait dans la pièce. Linden s'efforce de trouver son propre chemin dans ce silence soudain. Doit-il avoir recours au simple bavardage, comme Dominique ? Juste parler, laisser les mots jaillir ? Dans les yeux de son père, il lit une attente. Il se rapproche du lit, prend la main de Paul dans la sienne. *Votre père entend et comprend tout ce qu'on dit.* Il sent le pouls qui bat avec lenteur au poignet de son père, il le sent contre son pouce. Il est fasciné par la complexité du corps humain, par tout ce qui se trame sous la peau. Il pense au caillot qui bouche l'artère de son père, à la façon dont l'organisme de son père le combat. Il veut espérer, croire que son père va s'en sortir. Alors qu'il lui tient la main, en cet instant paisible, la mort éventuelle de Paul lui semble une hérésie. Pourtant, dans un coin de sa tête, subsiste une image puissante, qu'il ne peut effacer. Il voit la vie de son père qui se retire lentement, au même rythme insidieux que monte le niveau de la Seine, comme si les deux événements étaient entremêlés et établis d'avance. L'enchevêtrement de nerfs, de cellules et d'organes constituant le corps de son père rappelle l'entrelacs des rues parisiennes peu à peu envahies par les flots, qui voient le courant électrique coupé, la transmission

des données bloquée. Linden regarde à travers le carreau ruisselant, et il lui semble être devenu une sentinelle qui guette
l'inévitable submersion aquatique, qui surveille son père, la
pluie, la cité entière.

Linden commence par annoncer que Lauren va mieux.
Avec un peu de chance, elle pourra bientôt venir le voir. Elle
a l'air épuisée, mais le plus dur est passé. Le visage de son
père tressaille légèrement, il cligne des yeux, émet un drôle de
gémissement. Linden ne comprend pas ce que veut Paul. Il
se penche plus près de lui. Un murmure. Il discerne un *Toi*.
Linden se désigne du doigt. Paul abaisse le menton, grogne
à nouveau. Que veut dire son père? Ah! Il a pigé. Paul veut
dire lui. *Lui*, Linden. Comment se sent Linden? Paul grommelle et acquiesce encore une fois de la tête. Linden sourit,
heureux d'arriver à déchiffrer ce nouveau langage. Il va bien,
juste un peu fatigué. Il se met à parler de la Seine, convaincu
que le sujet va continuer de captiver son père, comme tout à
l'heure avec Dominique. Il décrit la façon dont la crue atteint
lentement le 8ᵉ arrondissement, comme en 1910, malgré les
digues et les systèmes de pompage mis en place par la muni-
cipalité. Un autre lagon était en train de se former devant
la gare Saint-Lazare et s'étendait vers la rue de l'Arcade, où
des barrages avaient été érigés. Les autorités avaient bouclé le
secteur: la gare était construite sur un terrain instable troué
comme un gruyère par les égouts, les passages souterrains,
les parkings et le métro, et la crue, en faisant renaître un très
ancien bras de la Seine qui coulait autrefois sur une trajectoire

allant de Ménilmontant à Chaillot, avait imprégné le voisinage. Le rez-de-chaussée du musée d'Orsay était entièrement inondé ; les œuvres d'art avaient été mises à l'abri, mais les dégâts sur le bâtiment étaient colossaux. La Maison de la radio, cet édifice circulaire construit à proximité du fleuve sur l'avenue du Président-Kennedy, avait dû être fermée et évacuée. De larges bouées gonflables avaient été installées tout autour de l'édifice, mais l'eau avait quand même réussi à s'y infiltrer. Les transmissions étaient désormais assurées dans des locaux provisoires situés sur la terre ferme, près de Montmartre. Le quartier de la Défense était coupé de la capitale et noyé sous les eaux du fleuve qui avait débordé autour du pont de Neuilly. Les spécialistes affirmaient à présent que la ville allait être paralysée pendant plus de quinze jours encore. Le pic de la crue serait paraît-il atteint demain, ou le jour d'après. S'apercevant qu'il risque d'inquiéter son père, Linden s'abstient de citer les chiffres qu'il a entendus à la télévision, selon lesquels plus de cinq millions de personnes allaient se retrouver privées d'eau courante et d'électricité. Il se garde également de préciser que les conséquences de cette crue seraient dix fois plus désastreuses qu'en 1910. Il choisit au contraire de confier à son père que son agent lui a envoyé un mail pour le prévenir que plusieurs de ses photos de la crue ont été publiées dans la presse internationale. Tandis qu'il monologue, Linden est persuadé que son père a conscience, peut-être plus que quiconque, de la suprématie de la nature. Paul écoute, attentivement ; Linden s'en rend compte à l'intensité de son regard. En réalité, il aimerait parler d'autre chose, aborder des sujets plus personnels. Ils ne l'ont jamais fait, son père et lui. Comment se lancer ? Peut-être devrait-il poser la question à Dominique ; elle saurait l'aider. Ses réflexions sont interrompues par l'arrivée de Mistral. Il est à la fois soulagé de la voir, et contrarié de n'avoir pas osé partager certaines préoccupations plus intimes avec son père. Mistral, euphorique, rayonne ; elle a une surprise pour eux. Est-ce qu'ils devinent ? Elle sautille, la figure toute rose. Son grand-père et son oncle la dévisagent, déroutés. Lentement, elle ouvre la porte, et Tilia se tient là, pâle et immobile. Elle aperçoit son père et fond aussitôt en larmes. Mistral l'attire dans la chambre, avec douceur, la guide vers le lit. Tilia, sanglotant toujours, attrape la main de son père et la couvre de baisers. Elle n'arrive pas à parler ; elle ne peut que presser ses lèvres sur la peau de Paul encore et encore. Ça n'a pas été simple de la convaincre, chuchote Mistral à l'oreille de Linden. C'était l'idée de Tilia au départ, elle voulait venir, mais quand elles se sont trouvées à l'entrée de l'hôpital, sa mère s'est dégonflée. Elle est devenue blême, a eu besoin de s'asseoir, puis elle a dit qu'elle devait retourner à l'hôtel. Elles étaient restées assises là, une éternité, Mistral lui avait parlé, et ça avait marché. Comme d'habitude, quand il regarde sa sœur, Linden oscille entre l'amusement et l'émotion. Cette fille est un tel paquet de nerfs ; elle est incontrôlable, imprévisible. Le visage de leur père semble moins déformé – à moins que Linden ne s'habitue ? –, et Paul émet des geignements qui sont à la fois touchants et un peu gênants. Linden a l'excuse parfaite pour s'emparer du Leica. Pour se cacher derrière l'appareil, se protéger.

Plus tard, lorsqu'il s'en va, laissant Tilia et Mistral avec Paul, il tombe sur Dominique devant l'ascenseur. Il hésite, seulement quelques secondes, puis il lui pose la question : comment doit-il s'y prendre pour parler à son père ? Il bredouille, se sentant ridicule. Il veut dire parler pour de bon, pas simplement discuter des inondations et du mauvais temps. Elle prend sa question au sérieux. Ils empruntent l'ascenseur ensemble et marchent jusqu'à la sortie rue Saint-Jacques. Elle explique que les familles sont parfois refroidies par les grimaces et les bruits étranges que fait leur proche après un AVC. Elle lui suggère de regarder par la fenêtre, et de lui parler dos tourné, au début. Peu à peu, il s'habituera. Linden n'ose pas lui avouer que ce ne sont pas les symptômes physiques de son père qui le dérangent, mais le fait de se confier à lui. Il la remercie et prend congé.

Comme une vieille amie, la pluie le salue alors qu'il remonte à grands pas le boulevard de Port-Royal en direction de Montparnasse et de l'hôtel. Les cafés sont bondés, remplis de gens qui déjeunent, boivent, prennent du bon temps, pendant que la moitié de la ville baigne dans l'eau. Il trouve perturbant que la tragédie ne sévisse que dans certains secteurs, et pas d'autres. Tout Paris va bien finir par être touché, non ? C'est bien à cela qu'ils doivent se préparer ? Dans le silence de sa chambre, il regarde en direct les images du président qui visite le quartier de Javel en bateau, escorté par la maire et le premier ministre. Ils affichent une mine solennelle et lugubre ; derrière eux, un autre bateau les suit, avec à bord des journalistes armés d'appareils photo. Les Parisiens interpellent le président depuis leurs fenêtres : des insultes, des appels à l'aide, beaucoup de remerciements. Le président répond à chacun, patiemment, étendant le bras pour serrer des mains, affirmant son soutien, n'hésitant pas à répondre aux rares invectives. Oui, il aurait dû venir plus tôt. Oui, il compatit. Oui, il est là pour aider. Alors que Linden regarde le reportage, un SMS d'Oriel apparaît sur son téléphone.

J'espère que ton père va bien. Retrouve-moi ce soir à 22 heures au coin rue de Grenelle-rue de Bourgogne. Nous serons dans un bateau de patrouille. Ne prends pas ton appareil. Flashes interdits. O. xxxx

L'APRÈS-MIDI, LINDEN FRAPPE à la porte de sa mère. Pas de réponse. Il perçoit le ronron d'un sèche-cheveux et suppose qu'elle ne l'entend pas. Il patiente quelques minutes puis réessaie quand le silence se fait. Cette fois, Lauren vient ouvrir, vêtue d'un peignoir de bain, cheveux encore humides et séchoir à la main. Elle dit qu'elle n'a pas tout à fait fini, et lui demande de rester dans la chambre. Le ronronnement reprend ; elle ferme la porte de la salle de bains. Linden s'assoit : c'est peut-être le bon moment pour parler à sa mère des quinze jours à venir. Ils vont devoir décider quoi faire. Ils ne peuvent pas séjourner indéfiniment dans cet hôtel. Si Lauren doit rester à Paris, il va falloir s'organiser. Ont-ils des amis parisiens qui pourraient l'héberger ? Il ne voit pas trop qui, sans compter que la crue rend tout plus compliqué. Et ces amis dont Colin a parlé ? Pas une très bonne idée. Mieux vaut le laisser en dehors de tout ça. Le portable de sa mère vibre, juste à côté de lui, sur la table de chevet. *JeffVDH*. Encore ce type. Jeff Van Der Haagen. Linden crie à sa mère : « Ton téléphone sonne! », mais là encore elle ne l'entend pas. Au bout de quelques secondes, un SMS s'affiche sur l'écran. Il ne devrait pas, mais il regarde.

Mon amour, je suis tellement content que tu ailles mieux. Appelle quand tu peux. Je pense à toi nuit et jour. T'embrasse partout. J.

Linden est tenté de partir avant que sa mère ne ressorte de la salle de bains. Il n'a pas le courage de se comporter comme si de rien n'était. Il ne veut pas participer à cet imbroglio; il ne veut pas juger sa mère, ni qu'elle pense qu'il la juge. Il s'agit de sa vie privée, et il n'a pas à s'en mêler. Il se lève et se tient près de la fenêtre, mal à l'aise. Le mariage de ses parents? Cela ne le regarde pas. Il a quitté la maison à l'âge de quinze ans. Leur relation est une énigme qu'il refuse d'explorer. Le SMS, néanmoins, a créé une brèche dans ce mystère, l'a fait pénétrer malgré lui dans leur intimité. Linden ne peut s'empêcher de penser à son père. Paul sait-il quelque chose? Depuis combien de temps cela dure-t-il? Est-ce une liaison récente? Ou une de ces histoires clandestines au long cours, comme pour Candice et J.G.? D'autres questions l'assaillent. Ses parents sont-ils heureux? L'ont-ils toujours été? Avait-il été facile pour Lauren de renoncer à son pays, à sa vie, pour un autre pays, une autre vie, mais aussi une autre langue qu'elle connaissait à peine et maîtrisait encore si mal aujourd'hui? Elle n'avait que dix-neuf ans quand elle avait rencontré Paul. Comment avait-elle vécu le départ de ses deux enfants? Elle avait quarante ans à l'époque. Peut-être sa fragilité venait-elle de là, de la crainte de se retrouver seule dans cette grande maison, avec un mari qui n'écoutait que les arbres. Le séchoir se tait enfin. Quand Lauren apparaît, en pull et pantalon, Linden demeure silencieux. Impossible pour lui de se conduire normalement. Ses bras pendent avec raideur le long de ses flancs. Il attend que sa mère découvre le SMS, puis fasse le rapprochement. Elle chausse ses lunettes de lecture, prend son portable dans le creux de sa main. Linden détourne les yeux. Les minutes s'étirent. Peut-être ne dira-t-elle rien. Peut-être censurera-t-elle tout cela. Comme quand elle n'avait pas pu accepter le fait qu'il était homo, comme quand elle racontait à ses amis que son fils avait des petites copines.

« Tu dois être déçu. » La voix de sa mère est basse, mais il l'entend parfaitement. Il secoue la tête, lève une main : ça ne le regarde pas. Il parle d'une voix plus sonore que prévu. Elle soupire : voilà, elle s'en doutait, il est en colère, et il est en droit de l'être. Comment Linden peut-il expliquer à sa mère qu'il préférerait qu'elle ne s'épanche pas ; il n'a pas besoin de connaître les détails. La vie privée de ses parents ne l'intéresse pas et il est étonné que sa mère ne le devine pas. Lauren persiste, non sans maladresse, et pour la centième fois il se dit qu'elle est décidément très différente de sa sœur, qui était si intuitive, si discrète. Pourtant, il aime sa mère, même s'il la sait égocentrique, pas toujours fine, et parfois insensible. Elle a un sens de l'humour acéré ; elle l'a souvent fait hurler de rire. Mais là il n'a aucune envie de rire. Il lève la main, l'interrompt, lui dit que tout va bien, qu'il comprend. Il est adulte. Et s'ils arrêtaient de parler de ça ? Le visage de Lauren semble s'affaisser. Envolée, la mère resplendissante et magnétique. Lauren tape violemment sur la table, le faisant sursauter.

« Linden, voyons, écoute-moi ! »

Son ton est tendu, chargé de douleur ; des larmes luisent dans ses yeux. Il s'affermit en prévision de la suite. Dans sa vie, elle a fait beaucoup, beaucoup de choses de travers. Ce qu'il y a de bien à l'âge qu'elle a atteint, c'est qu'elle a le recul pour identifier ses erreurs, déterminer comment elles sont survenues, et pourquoi. Elle ne compte pas se chercher des excuses, ni pleurer sur son sort. Elle est consciente de ce qu'elle a fait. Jeffrey, son ancien fiancé. Oui, Jeffrey est marié, lui aussi. Oui, ça paraît moche et méprisable, mais, Seigneur, ça ne l'est pas ! Ça a commencé il y a des années. Elle ne le voit presque jamais. Jeff habite Boston, avec sa famille. Ils se retrouvent une fois par an, tout au plus. Maintenant que ses parents sont morts, elle n'a plus de prétexte pour aller à Boston. Mais depuis quinze ans, il n'y a pas eu un jour sans qu'ils s'écrivent. Il est son confident, son meilleur ami, son âme sœur. Il est toujours là pour elle, même s'il se trouve à des kilomètres, et elle lui raconte tout. En contrepartie, elle est là pour lui. Ils se sont écrit des pages et des pages, lettre après lettre, mail après mail, SMS après SMS. Non, Paul n'est pas au courant. Du moins, elle pense que non. D'ailleurs, est-ce que ça le dérangerait ? Elle n'en est pas sûre. Linden lui demande ce qu'elle veut dire. Elle part d'un petit rire sec qui ne plaît pas à son fils. Linden ne voit rien, n'est-ce pas? Personne ne voit rien. Personne ne devine. Paul est délicat, gentil et patient. Il n'est pas agressif; il ne lui a jamais crié dessus, il n'a jamais été violent. C'est que Paul vit dans un autre monde, c'est tout. Il ne voit pas ce que les autres voient; il n'entend pas ce que les autres entendent. Tout ce qui l'intéresse, tout ce qui le préoccupe, ce sont les arbres. Doit-elle vraiment lui expliquer le problème? Quand même, Linden doit bien se douter. Il en a souffert lui aussi. Elle sait que Tilia, oui. Linden marmonne qu'il sait. Sa mère poursuit, la voix chevrotante. Paul se contente de la savoir là. Sa simple présence lui suffit. Mais elle, le silence la rend folle. Au fil des années, elle a essayé de s'ouvrir à son mari. Il a toujours écouté, mais pas moyen de discuter; Paul ne se départait jamais de sa réserve coutumière. Elle admet qu'elle a plus de conversations avec sa femme de ménage ou même avec le vieux Vandeleur. Ce voyage, elle l'avait justement organisé dans l'espoir que, d'une façon ou d'une autre, il dialogue enfin avec elle, avec sa famille. Elle pensait qu'il n'était pas trop tard, que Paul apprendrait peut-être enfin à communiquer, à soixante-dix ans! Et voilà que son mari luttait contre la mort à l'hôpital. Est-ce qu'elle pourrait lui reparler un jour? Est-ce qu'il l'entendrait? Elle se sent tellement coupable. Lauren se met à pleurer, doucement. Linden se demande si Candy était au courant pour Jeff. Sans doute. Candy était proche de Lauren; elle savait garder les secrets.

Il plaint sa mère pour la première fois ; sa mère si exquise et si nonchalante qu'aucun événement ne perturbait jamais. Il l'a rarement vue pleurer. Il tend le bras et, d'un geste de réconfort, lui tapote l'épaule ; il dit que Paul va s'en sortir, qu'elle pourra le voir bientôt, elle ne doit pas s'inquiéter. Il se lève, murmure qu'il retourne dans sa chambre, mais elle lui attrape la main.

« Je veux te parler de mes autres erreurs. »

Elle a un ton déterminé à présent, moins gémissant. Son visage mouillé de larmes est tourné vers le sien. Elle attendait le bon moment, mais ce moment n'était jamais venu. C'est pourquoi elle choisit aujourd'hui, même s'ils ont eu leur dose d'émotions dans la semaine écoulée. Cela fait trop longtemps qu'elle porte ce fardeau ; c'est trop douloureux. Elle veut parler de son coming-out. Linden ne s'attendait pas du tout à cela. Il se rassoit, sans un mot ; son cœur bat un peu plus vite. Sa mère joint les mains avec un frisson. Ce qu'elle essaie de dire, et qu'elle a un mal de chien à formuler, c'est la chose suivante : elle est désolée. Désolée d'avoir réagi comme elle l'a fait quand il lui a parlé, il y a treize ans. Désolée de toutes ces années où elle n'a jamais plus abordé le sujet, jusqu'à ce qu'il lui présente Sacha. Elle a gravement failli à son devoir de mère. Elle ne s'est jamais pardonnée. Et cette jalousie ridicule quand il lui avait appris que Candy l'avait su avant elle : comment avait-elle pu être aussi stupide, aussi insensible ? Elle avait été submergée par de mauvais sentiments. Pour être honnête – et elle veut être honnête, elle ne veut plus rien d'autre que de l'honnêteté entre eux –, elle avait deviné qu'il était gay quand il avait décidé de partir pour Paris. Elle se doutait qu'on le persécutait à l'école. Malgré tout, elle n'avait rien fait, rien dit, autre terrible erreur. Elle sait pourquoi. Elle peut l'avouer aujourd'hui, mais à l'époque elle en était incapable. Elle n'avait rien dit parce qu'elle avait peur. Que son fils soit homosexuel lui faisait peur. Elle avait peur de sortir du lot, peur de faire tache. Peur d'avoir un enfant qui n'était pas comme les autres à l'école, surtout dans cette ville de province à l'esprit étroit, où le nom qu'elle portait, Malegarde, était lourd de sens : une famille de notables, une lignée dont Linden était le seul héritier. Le dernier à pouvoir perpétuer le nom. Il n'y avait personne à qui elle pouvait exposer ses craintes. Personne à qui elle pouvait se confier. Elle était incapable de dire tout haut : je crois que mon fils est gay et ça me terrifie. Alors elle avait laissé Linden partir pour Paris, et elle le revoit encore, grand, maigrichon et malheureux, venant lui dire au revoir dans la cuisine. Son père l'attendait dans la voiture pour l'emmener au train à Montélimar. Elle savait que sa sœur offrirait à Linden toute la tendresse et le réconfort dont il avait besoin, tout ce qu'elle n'était pas en mesure de lui donner à ce moment-là. Elle avait honte. Elle avait été nulle. Quand Tilia était partie, et était tombée enceinte, elle s'était sentie plus seule et plus inutile que jamais. Elle n'était pas fichue de parler à son fils ; et voilà que Linden devenait chaque jour plus proche de Candy. Elle avait laissé sa jalousie refréner ses élans. Elle aurait pu s'ouvrir à sa

sœur, et elle ne l'avait pas fait. Encore une erreur. Tellement
d'erreurs. Elle est la reine des erreurs, pas vrai ? Quand Linden
avait pris son courage à deux mains ce jour de printemps
dans son appartement de la rue Broca, sa réaction avait été
désastreuse. Quand elle y repensait, elle avait envie de hurler.
Le pire, c'était de lui avoir laissé la responsabilité de parler
à Paul. Comment avait-elle osé ? Quelle cruauté ! Quel cœur
de pierre ! Elle voit bien aujourd'hui que c'était sa peur qui
avait dicté son comportement. Sa terreur à la pensée d'avoir
un fils homosexuel. À la pensée d'annoncer aux gens : Mon
fils est homosexuel. Elle voulait que son fils soit comme tous
les fils des amis qu'elle fréquentait. Elle se haïssait pour cela.
Elle n'avait pourtant pas été élevée par des réacs ! Ses parents
étaient peut-être vieux jeu, mais ils avaient l'esprit ouvert. Ils
avaient appris à leurs filles la tolérance, la générosité, l'impar-
tialité. Alors que s'était-il passé ? Elle avait mis du temps à élu-
cider le mystère. Des années, en fait. Elle avait dû renoncer à
l'image du fils qu'elle croyait avoir, le prétendu fils parfait, le
fils qui se plierait spontanément aux normes sociales ; renoncer aux visions de son fils épousant une femme, ayant l'enfant
de cette femme. Elle avait compris qu'elle devait cesser de
mentir sur la sexualité de son fils sous prétexte qu'elle redoutait la réaction des autres. Cela lui faisait mal aujourd'hui de
repenser à toutes ces années où elle n'avait pas osé interroger
Linden sur sa vie privée, ses petits amis. Il avait dû la trouver
inhumaine. Le temps avait passé, et la carrière de Linden
avait décollé. Il était devenu plus célèbre que son père, dans

son domaine à lui. Elle était fière, oui, vraiment, mais subsistait en elle ce regret tenace, qui ne la lâchait pas. Linden menait sa propre vie, et de cette vie, elle ne connaissait rien, hormis ses photos. Elle ne voyait pas comment lui parler de manière naturelle. Elle avait évoqué le sujet avec Tilia, qui s'était énervée et l'avait rembarrée. Et elle ne pouvait pas en discuter avec Paul. Elle ne l'avait jamais fait. Elle n'osait pas. C'était stupide de sa part. La vie privée de Linden était un chapitre qu'elle n'abordait jamais avec son mari. La réticence venait-elle de Paul ? Non, d'après elle, non. Elle venait uniquement d'elle et, chaque année, le silence s'amplifiait. Et voilà qu'elle avait rencontré Sacha, avec Linden, à New York. Elle n'avait jamais été présentée à aucun des petits amis de son fils ; elle n'avait même jamais eu vent de leurs prénoms. Elle était intimidée à la perspective de ce dîner ; elle se posait des questions sur ce jeune homme, cet inconnu. Linden lui avait annoncé, franchement, par mail, qu'il était amoureux, qu'il allait bientôt s'installer à San Francisco, et qu'il voulait qu'elle fasse la connaissance de Sacha. Lauren avait passé une semaine à Boston en avril 2014, pour l'enterrement de sa mère. C'était une triste période pour elle : le suicide de sa sœur deux ans plus tôt, la mort de son père l'année précédente, et maintenant sa mère. Elle avait accepté de faire escale à New York, et Paul avait regagné directement la France pour un important congrès de dendrologistes. Le soir où Lauren avait rencontré Sacha, elle avait vu le couple entrer dans le restaurant, et le visage de son fils rayonnait de bonheur. Elle n'avait vu que cela, au début, l'incroyable lumière qui brillait dans les yeux de Linden. Puis elle avait regardé l'homme à côté de lui. La même lumière. Le même éclat. Elle avait vu deux personnes amoureuses. Elle l'avait vu, immédiatement. Elle s'était sentie libérée ! Plus jamais elle ne mentirait. Plus besoin. Lorsqu'elle parle de Sacha, elle ajoute toujours : le compagnon de mon fils. Quand elle s'adresse à Paul, elle dit simplement : Sacha. Paul ne l'a jamais questionnée sur Sacha, mais il sait qui il est. Ce qu'il pense du fait que son fils vive avec un homme ? Elle n'en a aucune idée. Elle n'a jamais eu le courage de le lui demander. Linden déclare que lui non plus, pour les mêmes raisons.

« Peut-être que tu arriveras à parler à ton père, maintenant, dit Lauren. Enfin. » Un silence s'ensuit, vibrant de mille possibilités. Lauren se résout à le rompre. Se souvient-il de ce premier dîner avec Sacha ? Bien sûr que oui ! Comment l'oublier ? Maialino, un restaurant donnant sur Gramercy Park, artichauts frits en entrée et prosecco dans les verres. Lauren enchaîne en décrivant comment Sacha, qu'elle venait tout juste de rencontrer, l'avait fait s'esclaffer au bout de dix minutes. Elle ne se souvient même pas de quoi il s'agissait ; elle se revoit simplement en train de s'étouffer de rire dans sa serviette. Était-ce une de ses imitations ? Sacha était extrêmement doué pour imiter les gens célèbres.

Lauren parle avec plus d'aisance à présent. Son expression est moins laborieuse. Il y a encore une chose qu'elle tient à dire. Parfois, les gens réagissent très vivement en apprenant que son fils est homo. Tiens, l'été dernier, par exemple. Elle était à un déjeuner de dames dans un joli restaurant de Grignan, près du lavoir historique. D'habitude, elle ne participait pas à ce genre de raouts, car cela signifiait s'habiller et discuter de banalités, mais une voisine dont elle était proche s'y rendait aussi. Une table était dressée sous la tonnelle, décorée de bouquets de roses, et le repas était délicieux. Elle était assise à côté d'une femme de Montbrison très maigre qui portait un collier de perles. On lui avait dit que Mme Moline avait une superbe maison dans les collines, avec un jardin magnifique. Lauren s'était souvenue que Paul était allé là-bas évaluer l'état des arbres au moment où la famille Moline avait emménagé, deux ans auparavant. Mme Moline était enchantée d'apprendre que Lauren était la femme de Paul : elle avait de lui un souvenir chaleureux ; sa connaissance des arbres était infinie. Lauren avait vraiment de la chance d'être mariée à quelqu'un d'aussi remarquable. Paul et elle avaient-ils des enfants ? Lauren avait répondu que oui, une fille et un garçon. Mme Moline, tout en mangeant du bout des dents, l'air blasé, semblait s'intéresser de près à la famille Malegarde. Elle voulait tout savoir sur Tilia et Linden : quels prénoms insolites ! C'était leur père qui les avait choisis, avait expliqué Lauren. Et donc Tilia était artiste à Londres et Linden photographe, basé à San Francisco ? Des petits-enfants ? Oui, Mistral, dix-sept ans, lycéenne. Et Linden ? Était-il marié ? Lauren avait souri. Non, mais il en avait le projet. Les lèvres rouges de Mme Moline s'étaient étirées en un large sourire. Une fiancée américaine, comme sa mère? Un jeune Américain, avait rectifié Lauren. Les lèvres de Mme Moline avaient paru se recroqueviller. Elle avait froncé les sourcils. Un homme, avait-elle répété. Oui, avait confirmé Lauren avec pétulance, un jeune homme. Et comme Mme Moline demeurait pantoise, elle avait ajouté : Mon fils est fiancé à un jeune homme. Mme Moline avait cligné des yeux. Elle avait ouvert la bouche, l'avait tamponnée avec sa serviette, mais rien, pas le moindre son n'en était sorti. (Linden ne peut s'empêcher de rire : les mimiques de sa mère sont désopilantes.) Lauren avait déclaré alors, d'une voix claire, que son fils était homosexuel et qu'il était amoureux d'un homme. Mme Moline avait eu l'air ébranlée ; elle scrutait Lauren comme si une barbe avait soudain poussé sur son menton, ou que son teint avait viré au bleu. Finalement, elle avait réussi à articuler que c'était très courageux de la part de Linden d'avoir choisi d'être homosexuel, vraiment très courageux. À son tour, Lauren avait dévisagé la dame et rétorqué, avec fermeté, que son fils n'avait pas choisi de devenir homosexuel : il était né comme ça. Et elle était fière de lui, fière de qui il était. Mme Moline avait pris la main de Lauren. Sa peau était desséchée et ses doigts osseux. Lauren était si courageuse! Un amour aussi inconditionnel était admirable, comme ces mères dont les fils étaient en prison et qui les aimaient envers et contre tout, même s'ils étaient des assassins. Linden interrompt sa mère ; il n'en croit pas ses oreilles. Lauren sourit avec ironie : c'est pourtant la pure verite ! Un autre ami proche, en apprenant, pour Linden, lui avait avoué qu'il aurait détesté avoir un enfant homosexuel. Elle avait lu tant de pitié et de dégoût dans ses yeux qu'elle avait eu envie de le gifler. Une amie s'était écriée : Oh ma pauvre, quelle poisse ! Mais les remarques les plus perfides étaient peut-être celles censées être drôles. Alors, comme ça, son fils était pédé ? C'était souvent à cause de la mère, non ? Lauren l'avait sûrement trop couvé. En définitive, tout ça était sa faute à elle, non ? Elle avait appris à se blinder, même si parfois ces réflexions la blessaient encore.

Alors qu'il prend Lauren dans ses bras et la serre contre lui, Linden se rend compte que son orientation sexuelle a pu valoir des réflexions désagréables à sa mère. Il n'y avait jamais réfléchi. Qu'elle aussi ait à subir l'intolérance et le rejet lui semble inconcevable et injuste. Un bref instant, il se remémore son propre douloureux voyage vers l'acceptation de soi, sa difficile rébellion contre la honte que le monde s'était acharné à entretenir autour de lui.

Lauren s'écarte de son fils et lui caresse le visage. Ses yeux sont mouillés de larmes.

« Je suis fière de toi, Linden. Je suis désolée d'avoir mis tout ce temps à te le dire. »

Il n'y a plus d'éclairage public dans cette partie de la capitale. Devant eux, le bateau à moteur attend dans l'obscurité. La lueur des lampes électriques guide Linden et Oriel le long des étroites passerelles métalliques installées dans la rue de Bourgogne déserte. Trois policiers les accueillent, le commandant divisionnaire Bruno Bouissy et ses deux adjudants. Linden n'arrive pas à distinguer leurs visages, mais il repère qu'ils portent des armes. Pour la deuxième nuit d'affilée, dit le commandant, des gangs de pillards ont été signalés dans le quartier. Le 7ᵉ arrondissement est connu pour son opulence, les voleurs y sévissent particulièrement. Ils s'attaquent aussi au 8ᵉ et à la rue du Faubourg-Saint-Honoré, avec ses nombreuses boutiques de luxe. Ils cherchent des bijoux, de la maroquinerie, de l'argent liquide. Ils sont semble-t-il très organisés ; approchant en silence sur des paddles ou dans des canoës parfois improvisés, bricolés avec des planches et des caisses ficelées ensemble, ils profitent au maximum de l'obscurité qui règne dans les rues. Ils emportent avec eux des escabeaux et des masses. Comment opèrent-ils? Très simple: il y en a deux qui gardent l'embarcation pendant qu'un troisième grimpe à l'échelle, fracasse une fenêtre dont les volets ne sont pas fermés, et entre cambrioler. Les objets précieux sont ensuite descendus dans des sacs. Cela ne prend que quelques minutes. La plupart des appartements du secteur ont été évacués, mais certains indéboulonnables ont tenu à rester. Personne n'entend les voleurs, et quand bien même ils seraient repérés, les téléphones fixes sont hors d'usage et les mobiles ne fonctionnent plus dans la zone, si bien qu'il est impossible de prévenir la police. La seule façon de les arrêter, c'est de patrouiller en bateau, en permanence, mais il n'y a pas assez de canots, et pas assez d'hommes. La criminalité est en hausse; elle grimpe au même rythme que les flots, souligne le commandant Bouissy. La population panique; les sinistrés se demandent comment ils vont se débrouiller sur le plan financier, dans quelles proportions, à terme, ils seront indemnisés. Plusieurs magasins ont été pillés, et la situation s'aggrave près de Nanterre et de Gennevilliers. Il y a peu de solidarité, ajoute un des capitaines, d'un ton sombre. Oriel dit qu'elle a en horreur ce monde égocentrique où triomphent les selfies, où personne ne prend la peine d'aller voir comment se porte son voisin. Alors qu'ils montent dans le bateau à moteur de la brigade fluviale, Linden remarque qu'il a cessé de pleuvoir. C'est la première accalmie depuis son arrivée vendredi. Ah, mais la pluie va revenir, affirme l'adjudant qui pilote le bateau. C'est bien le problème, elle va revenir.

L'air nocturne est glacial, chargé de la pestilence des égouts que renforce une terrible odeur de putréfaction. La lune se montre derrière les nuages, projetant une lumière nacrée surnaturelle sur les rues inondées. Paris ressemble à une Venise obscure et effrayante ; une métropole engloutie sombrant peu à peu dans l'oubli, incapable de lutter, cédant à la violence tranquille et meurtrière de son fleuve devenu fou. Le commandant leur avoue qu'il n'a jamais rien vu de pareil de sa vie. Ces quatre derniers jours ont été dingues. La puissance de destruction de la Seine est inimaginable. Ce matin, il a survolé le centre de l'agglomération parisienne et l'Île-de-France en hélicoptère, et le spectacle était irréel. Le fleuve a modifié le paysage, noyant les quais, les parcs, les squares et les rues, métamorphosant les lieux, redessinant les cartes, agissant selon ses caprices. Les ravages en banlieue, tout le long du fleuve tant en amont qu'en aval, de Melun à Mantes-la-Jolie et au-delà, sont épouvantables. Même dans l'enceinte de la capitale, en dépit des efforts consentis, certains quartiers ne bénéficient pas des mêmes égards. La priorité est donnée au 8ᵉ, où les eaux menacent désormais l'Élysée, et où les grands magasins du boulevard Haussmann ont été fermés en toute hâte. Ils n'arrivent pas à répondre à la panique générale et à la délinquance, aux commerces dévalisés, à la souffrance, reconnaît le commandant avec tristesse. Ils ne sont pas préparés à ça. Ils ont appris à affronter le terrorisme, mais face au déchaînement de la nature, ils s'avèrent impuissants. La vérité, ajoute-t-il, c'est que le gouvernement est dépassé, pris dans une querelle entre la préfecture, l'Hôtel de Ville et les maires des communes limitrophes. Les experts, quant à eux, accusent le changement climatique, la déforestation excessive et la dégradation environnementale, mais au bout du compte personne ne propose la moindre solution.

Avec son paisible ronronnement, le bateau tourne à gauche en bas de la rue de Bourgogne dans la rue de l'Université, traversant la place du Palais-Bourbon dépeuplée, sa statue de la Loi désormais encerclée par un étang. Plus loin, à leur gauche, Linden aperçoit le dôme doré des Invalides luisant sous le clair de lune. La Seine a avalé l'esplanade et toutes les rues qui la croisent, créant un lac infini. Le vent souffle avec violence ; l'eau clapote contre le bateau. Une fois de l'autre côté, ils s'engagent lentement dans le prolongement de la rue de l'Université, et le vent ne peut plus les atteindre. Là, le silence est encore plus intense, tout comme l'obscurité. Les grands immeubles autour d'eux semblent abandonnés, sépulcraux, comme si personne n'y avait jamais habité. Le bateau tourne rue Surcouf. Pourquoi ici ? se demande Linden. Pourquoi justement ici ? La coïncidence le ferait presque sourire. Pourquoi ces excursions ramènent-elles Linden à des histoires secrètes de douleur et de regret ? D'abord Candy, maintenant Hadrien ; d'abord la rue Saint-Charles, et maintenant la rue Surcouf. Le manque d'éclairage l'empêche de lire les numéros au-dessus des portes, mais il sait qu'il s'agit du numéro 20. Le commandant Bouissy explique que le niveau du fleuve, par rapport à d'autres rues, est ici extrêmement haut. Situé dans une cuvette, le secteur compris entre le boulevard de La Tour-Maubourg et l'avenue Rapp est bien plus bas qu'ailleurs. C'est là que, de tout Paris, les eaux sont le plus profondes, dit-il. Le phénomène est aggravé par l'afflux souterrain provenant des voies du RER juste à côté de la Seine. Les rez-de-chaussée dans les parages ont de l'eau jusqu'au plafond. On n'aperçoit aucune lumière par les fenêtres, seulement, ici et là, la lueur dansante d'une bougie. Lentement, les policiers promènent le faisceau de leurs lampes électriques sur les façades, et Linden a beau suivre du regard les cercles de lumière jaunes qui errent sur la pierre, ses yeux ne voient rien. Il a à nouveau dix-neuf ans. Troisième étage, porte droite. La douceur soyeuse de la peau d'Hadrien, la chaleur de sa bouche, comme si c'était hier. Il n'a rien oublié. Un matin de printemps, un jeune homme était entré dans le labo photo où il travaillait, près de la Bastille. Le jeune homme, vingt ans, avait le plus beau sourire qu'il avait jamais vu. Il paraissait timide, incapable, au début, de regarder Linden dans les yeux. Il était là pour faire reproduire et encadrer quelques tirages noir et blanc. Linden s'était à peine intéressé aux photos ; il n'avait vu que les mains du jeune homme, fines et bronzées. Depuis Philippe, il n'avait eu aucune relation sérieuse ; juste des aventures, toutes sans lendemain. Linden se sentait souvent seul dans sa petite chambre de la rue Saint-Antoine ; son quotidien semblait fade. L'inconnu aux yeux bleus, avec son adorable sourire timide, lui redonnait la foi, en quelque sorte.

Plus tard ce jour-là, quand Linden avait quitté la boutique pour rentrer chez lui, le jeune homme attendait, un peu plus loin, rue de la Roquette. Les choses avaient commencé comme ça. Linden avait ramené le garçon dans sa minuscule chambre sous les toits. Hadrien avait caressé les joues de Linden, puis l'avait embrassé lentement et passionnément. Dans les bras d'Hadrien, Linden avait le sentiment d'avoir trouvé un refuge secret où il était en sécurité. Ils s'étaient revus, plusieurs fois, toujours chez Linden. Ils devaient se montrer prudents ; Hadrien habitait chez ses parents, et il ne leur avait pas dit qu'il était homo : il s'était même inventé une petite amie, pour qu'ils cessent de poser des questions. Hadrien était en licence d'histoire à la Sorbonne. Il était fils unique. C'était un jeune homme doux, sérieux et honnête. Linden se souvient de sa voix, suave et mélodieuse. Leur liaison avait duré un an, et elle avait apporté espoir et assurance à Linden ; il se sentait moins seul. L'amour d'Hadrien comblait le vide. Parfois, ils parlaient de l'avenir. Hadrien avait peur de la réaction de ses parents ; il n'était pas prêt à faire son annonce. Son père, surtout, lâchait souvent des remarques homophobes, affirmant que les homos seraient plus à leur place en prison, ou au bout d'une corde. Sa mère comprendrait peut-être mieux, mais il était trop effrayé pour se confier à elle. Il n'avait personne à qui parler, personne vers qui se tourner. Pas même ses amis. Quelle chance avait Linden d'avoir pu s'ouvrir à sa tante si facilement, et quelle réaction merveilleuse elle avait eue.

Les reminiscences de Linden sont interrompues par le crachotement sonore du talkie-walkie. Apparemment, les police a surpris un gang la main dans le sac rue Malar; trois voleurs et l'intégralité de leur butin. On a passé les menottes aux malfaiteurs et on les emmène au commissariat de l'avenue du Maine. Linden hoche la tête, fait mine d'être content, mais il se moque de cette arrestation. Il voit la porte du numéro 20, à droite, à côté du restaurant. C'est un bâtiment sans prétention de couleur pâle, plus modeste que les immeubles imposants qui le jouxtent. Pas de lueur de chandelle à aucune fenêtre. Les parents d'Hadrien habitent-ils encore là? Il se souvient bien de l'appartement, même s'il n'y était venu que deux fois. Il était un peu sombre; le soleil ne s'y infiltrait jamais. Le matin en question, les parents d'Hadrien étaient en voyage, en Espagne. Son père était prof; sa femme et lui partaient à toutes les vacances scolaires. Ils se croyaient tranquilles. Ils n'auraient jamais imaginé que les parents reviendraient plus tôt que prévu. Hadrien avait supplié Linden de passer la nuit avec lui, dans l'appartement familial. Rien qu'une nuit! Ils pourraient dormir dans le grand lit, pour une fois. Il changerait les draps avant le retour des parents. Il lui préparerait un bon dîner! Devant l'enthousiasme d'Hadrien, Linden n'avait pas pu dire non. Ni l'un ni l'autre n'avait entendu la clé dans la serrure. Ils dormaient à poings fermés, nus, dans les bras l'un de l'autre. La première chose qu'avait perçue Linden, c'était un cri étranglé. En ouvrant les yeux, il avait vu un homme et une femme entre deux âges qui se tenaient là. Ils avaient l'air scandalisés. Cela s'était passé si vite. Les hurlements stridents ; le père, hors de lui, la figure écarlate, leur disant qu'ils étaient répugnants, ignobles, écœurants ; ils n'étaient que des espèces d'immondes pédales. Leurs mains crispées, accusatrices, pareilles à des serres. Linden et Hadrien avaient rampé hors du lit, vulnérables, le dos tendu sous un torrent d'insultes ; ils s'étaient habillés, hâtivement, maladroitement, les larmes ruisselant sur les joues d'Hadrien. Impossible d'oublier les paroles de son père, les mots qu'il avait crachés : Hadrien n'était plus le bienvenu sous ce toit, lui et sa fiotte de petit copain allaient foutre le camp et ne jamais revenir. Est-ce qu'Hadrien avait entendu ? Est-ce que c'était clair ? Le venin dans cette voix, la haine : Hadrien n'était plus leur fils. C'était terminé ! Un fils homo ? Jamais ! Il n'était qu'un raté. Il jetait l'opprobre sur toute la famille. Que diraient ses grands-parents ? Ses oncles et tantes, ses cousins ? Est-ce qu'il y avait pensé ? Et avait-il pensé à lui, son propre père ? Sa propre mère ? Le père d'Hadrien avait dit qu'il regrettait que sa femme n'ait pas fait une fausse couche quand elle l'attendait. Et il n'y aurait plus d'argent pour Hadrien, jamais, pas un sou, pas un centime. Hadrien devrait avoir honte. Les gens comme lui étaient des pervers. Ils n'étaient pas normaux. Il faudrait les mettre derrière les barreaux. Dans d'autres pays, on exécutait les homosexuels, et peut-être cette crainte leur mettrait-elle un peu de plomb dans la tête ! Ils ne voyaient donc pas qu'il n'y avait pas de place pour eux sur cette terre ?

SENTINELLE DE LA PLUIE

Ils ne voyaient donc pas que personne ne voulait d'eux, que personne n'avait aucune pitié pour eux ? Linden avait traîné Hadrien dans l'escalier. Ils étaient allés tout droit chez Linden, en métro. Ils n'avaient pas osé se tenir la main, mais pendant ce long trajet de retour sur la ligne 8, Linden brûlait d'envie de consoler Hadrien. Presque vingt ans plus tard, Linden sent encore le poids de ce moment. Il est content que l'absence de lumière empêche Oriel de voir son visage. Hadrien ne s'était jamais plaint, il n'avait jamais reparlé de l'épisode. C'était comme si quelque chose s'était brisé en lui. Il s'était réfugié quelque temps chez Linden, avait poursuivi ses études, avec zèle. Puis il avait trouvé un job dans une librairie, et tous deux s'étaient perdus de vue. C'était le choix d'Hadrien. Quelques années plus tard, Linden avait vu sur Facebook qu'Hadrien s'était marié, que sa femme et lui avaient eu un bébé. Il y avait une photo de famille, avec les parents d'Hadrien en arrière-plan, affichant des sourires pleins de fierté. Linden n'arrivait pas à croire à cette photo. Il l'avait montrée à ses amis, dont certains avaient connu Hadrien quand ils étaient ensemble. L'un d'eux, Martin, avait dit qu'Hadrien avait l'air d'un agneau qu'on mène à l'abattoir. Quand Linden s'était installé à New York, plein de projets excitants pour l'avenir, la douleur qu'il éprouvait en repensant à Hadrien s'était un peu atténuée. Il rencontrait d'autres hommes, il voyageait, il travaillait dur, mais il savait qu'il n'oublierait jamais. Il y a un an et demi, juste après son voyage à Paris avec Sacha, il avait reçu un message de Martin. Hadrien était mort. Martin n'avait pas de détails; il l'avait lu dans le « Carnet du jour » du *Figaro*. Hadrien avait trente-cinq ans. Que s'était-il passé? Linden n'avait aucun moyen de le découvrir. Il avait cherché sur Internet sans rien trouver. À maintes reprises, il s'était demandé pourquoi et comment Hadrien était mort. Il n'y avait pas de réponses, seulement des questions et le doute. Il avait éprouvé le même tourment oppressant qu'à la mort de Candy, les mêmes bouffées de tristesse inconsolable qui laissaient leur marque dans son cœur.

Le bateau à moteur descend la rue Saint-Dominique, dépassant de nombreuses boutiques vainement barricadées contre la crue. Tous les stocks et tous les sous-sols doivent être inondés. En temps normal, cette rue était animée, grouillante de voitures et de piétons. C'est à présent un long canal désolé, sans une âme à l'horizon. Devant eux, la silhouette de la tour Eiffel émerge tel un effrayant spectre gris. Les eaux noires ondulent; à la surface une lune pâle flotte comme un visage de noyé regardant vers les cieux dans un silence funèbre. L'équipe va maintenant contrôler le passage Landrieu, une ruelle paisible dépourvue de commerces entre la rue Saint-Dominique et la rue de l'Université; beaucoup de touristes y trouvent des locations pour quelques jours ou parfois une semaine. À leur connaissance, les appartements sont vides et nécessitent une surveillance. La veille, il y a eu un cambriolage au numéro 4, à l'étage supérieur d'un luxueux loft en duplex loué pour des fêtes ou autres événements. Les voleurs sont repartis avec des ordinateurs, du matériel hi-fi et des disques durs. Linden lève les yeux vers la lune, essayant sans succès de chasser le souvenir d'Hadrien. Le cri d'Oriel les fait tous sursauter.

« Écoutez! Il y a quelqu'un qui pleure! »

Moteur coupé, chacun dresse l'oreille. D'abord, ils n'entendent rien, et même Oriel se demande si elle n'a pas rêvé. Un des adjudants dit que beaucoup d'animaux domestiques ont été abandonnés, autre triste réalité de la crue. La nuit dernière, le cri désespéré d'un chat affamé avait une sonorité horriblement humaine. À présent, ils l'entendent tous: une lointaine plainte étouffée. Un enfant. Ils mettent un moment à localiser l'origine du bruit, après les immeubles modernes à l'entrée du passage. Les hommes braquent leurs torches vers les fenêtres sombres. L'enfant continue à pleurer, un petit gémissement perçant, qui leur sert de guide. Peut-être l'enfant est-il trop petit pour se montrer au carreau. Ils progressent à la rame, s'arrêtant devant le numéro 10; les sanglots viennent d'ici. Au troisième étage, une fenêtre est entrebâillée. Ils crient, promènent leurs torches sur la vitre. Pas de réaction. Le commandant Bouissy grimpe tant bien que mal à une échelle de secours maintenue en place par les deux adjudants. Le tangage du bateau donne la nausée à Linden. Oriel lui chuchote qu'elle a un mauvais pressentiment; c'est précisément le type de situation qu'elle redoute. Le commandant a maintenant poussé la fenêtre et il enjambe le rebord. Lorsqu'il réapparaît, sa voix est altérée. Il y a un cadavre de femme dans l'appartement. Ils doivent appeler des renforts.

Plus tard, Linden et Oriel apprendront qu'il s'agit de la première victime des inondations. La femme avait vingt-huit ans, une Polonaise dont les papiers n'étaient pas en règle. Elle travaillait illégalement comme femme de ménage pour des locations à bas prix. Le studio du passage Landrieu où elle a été retrouvée appartenait à un ami, qui avait accepté de l'héberger avec son enfant durant quelques semaines. La concierge du numéro 10, qui avait été déplacée quelques jours plus tôt, et qui se trouvait maintenant dans un refuge près de la République, avait déclaré à la police qu'elle n'avait pas remarqué la présence de cette femme, pas plus que celle d'un enfant, ou, en tout cas, elle ne s'en souvenait pas. Il y avait tant d'allées et venues dans cet appartement, sous-loué *via* Internet. La police avait dit que la femme avait sûrement succombé à la grippe. Sa mort remontait à plusieurs jours. Personne n'était allé voir comment elle allait. Oriel avait le sentiment que c'était davantage l'indifférence qui avait tué la Polonaise. Qu'allait-il advenir de ce pauvre enfant ? Un autre bateau était arrivé, emportant le corps de la femme, enveloppé dans un drap, et l'enfant en pleurs, blotti dans les bras d'un policier. Linden et Oriel étaient restés longtemps sans souffler mot.

Il est minuit. Le capitaine dirige le bateau vers le pont de l'Alma. Leur équipe doit effectuer d'autres rondes de nuit dans le 7ᵉ arrondissement avant le lever du jour. La lune luit dans un ciel d'un bleu-noir glacial, illuminant le fleuve en crue. Ils accostent au bout de la rue Cognacq-Jay, juste avant le pont, où une zone un peu surélevée a été épargnée. Lorsqu'ils descendent du bateau, l'eau froide leur arrive aux tibias. Ils pataugent, dents serrées. Le périmètre est désert. La Seine baigne désormais les épaules du Zouave. Le pont est entièrement condamné par des barrières métalliques ; on le croirait posé en équilibre sur le fleuve. Le commandant explique que le pont de l'Alma a été reconstruit en 1974, parce que la structure précédente, plus basse, accusait un tassement. La nouvelle arche en acier est plus élevée et plus large, et la statue du Zouave a été réinstallée quatre-vingts centimètres plus haut. En réalité, le fleuve devrait donc arriver au cou du Zouave. Avec ses reflets argentés, ce spectacle tragique n'est pas exempt de beauté ; Linden regrette de ne pas avoir son appareil avec lui. Discrètement, il prend une photo avec son téléphone.

Ils remontent à bord du bateau, qui fait demi-tour par la rue de l'Université. Ils traversent l'Esplanade pour rejoindre la rue de Lille, où ils longent le musée d'Orsay, submergé et barricadé. Paris semble dénué de toute vie, plongé dans le silence et l'obscurité. La Ville Lumière a été éteinte comme une bougie, privée de son animation. Le seul son qu'ils perçoivent est le ronronnement du moteur se répercutant sur les édifices de pierre. La rue de Verneuil est d'un noir d'encre ; le commandant brandit un puissant projecteur pour que le capitaine puisse voir où il va. Construits serrés dans cette petite rue, les grands immeubles produisent une impression étouffante. Linden pense à tous ces appartements vides, à tous ces gens qui ont dû fuir précipitamment sans trop savoir quoi emporter, quoi laisser derrière eux. Il y a beaucoup de galeries d'art rue Jacob, où ils glissent à présent, dans le même épais silence. Combien ont été sinistrées ? Le commandant dit que même dans les quartiers nord de Paris, qui n'ont pas été inondés, il règne un silence de mort. La vie nocturne est inexistante. Les restaurants sont de plus en plus désertés ; les théâtres et les cinémas voient leur fréquentation diminuer. Soit les Parisiens quittent la ville, soit ils restent confinés chez eux, attendant la décrue. La capitale est à l'arrêt, et il faut imaginer l'angoisse des femmes enceintes, des malades, des personnes âgées. L'électricité ne fonctionne que dans la moitié de la ville. Pas étonnant que tout le monde devienne fou ! Combien de gens frigorifiés, trempés, affamés, furieux ? Des centaines ! Des milliers ! Ah ça oui, il espère que le pic sera atteint bientôt. La situation est intenable. Dieu sait ce qui se passera si ça continue. D'après les experts, la Seine pourrait atteindre demain le plus haut niveau jamais enregistré, celui de 1658, soit huit mètres quatre-vingt-seize, avec encore davantage de dégâts dans les 15e et 7e arrondissements, et les eaux qui gagneraient des secteurs auparavant préservés. Elles se répandraient dans le 17e jusqu'à Wagram et aux Batignolles, dans le 3e jusqu'au boulevard Sébastopol et la rue de Turbigo, et dans le 5e jusqu'à la rue Buffon et l'avenue des Gobelins. Le coût engendré par cette catastrophe sera colossal, ajoute le commandant, amer. Il faudra des mois, des années pour que tout revienne à la normale. Le courroux de la Seine n'a fait qu'ajouter au mécontentement général vis-à-vis des autorités, jugées incapables d'anticiper et de gérer les crises. Dans une nation fragilisée qui panse encore ses plaies après les attentats terroristes qu'elle a subis, les inondations vont constituer un facteur de division supplémentaire.

L ORSQUE L INDEN REVIENT à l'hôtel, il est tard et il trouve un mot de Lauren sous sa porte.

Je tiens à aller voir ton père demain. Il le faut. J'ai parlé au médecin. Il a dit que je pouvais. S'il te plaît emmène-moi.

Baisers Mom xxx

Les images d'un Paris en perdition avaient permis, fugitivement, à Linden de ne plus penser à ses parents. Étendu sur le lit, épuisé, il regarde l'heure. Deux heures du matin, soit cinq heures de l'après-midi à San Francisco. Pour Sacha, c'est encore mercredi. Il sait qu'à cette heure-là Sacha est en réunion avec son équipe. Il devra l'appeler plus tard, ou demain. Il lui envoie la photo du Zouave immergé au clair de lune. Il dort de façon intermittente et se réveille en entendant frapper à sa porte. Il fait encore noir dehors ; il est un peu plus de huit heures, et la pluie est de retour, crépitant contre la vitre, comme l'avait prédit le policier. C'est Mistral : elles sont prêtes, est-ce qu'il peut descendre ? Agathe a réussi à leur commander un taxi, car Lauren est trop faible pour marcher jusqu'à Cochin. Ils se retrouvent dans la salle du petit déjeuner. À part eux, l'hôtel est désormais presque vide. Au grand étonnement de Linden, Colin est là, tout jovial, impeccablement habillé et rasé, embaumant l'after-shave Floris. Il salue Linden avec chaleur, lui donnant des tapes dans le dos, comme si de rien n'était. Linden a souvent observé ce côté Dr. Jekyll et Mr. Hyde chez son beau-frère, capable de passer du jour au lendemain du barbare bourré comme un coing au gentleman raffiné. Tilia observe la scène, imperturbable, buvant son café à petites gorgées. Leur mariage est un mystère. Comment peut-elle supporter ? Colin qui ment toujours et encore, qui veut faire croire à son entourage qu'il maîtrise héroïquement sa consommation, qui ne se rend même pas compte qu'il est pitoyable. Linden se demande combien de temps leur couple va tenir. Colin en fait trop, servant le thé à Lauren, se levant d'un bond pour aller, tout sourire, chercher un deuxième croissant à Mistral.

Les laissant à leur petit déjeuner pour se concentrer sur les informations, Linden s'empare des journaux du matin. La Seine atteindra son pic aujourd'hui, jeudi : une hauteur effrayante de huit mètres quatre-vingt-dix-neuf est attendue au pont d'Austerlitz. La ville pourra-t-elle résister ? Il lit que le fleuve aux relents méphitiques est désormais d'un jaune criard, et coule dix fois plus vite qu'en temps normal. Les experts craignent que des déchets dangereux soient charriés par la crue, et s'inquiètent de la masse alarmante d'ordures, de végétaux et autres matières organiques en décomposition que contiennent ses eaux. Pollués par les substances toxiques, contaminés par les métaux, les flots fétides font planer sur la ville des miasmes aussi tenaces que nauséabonds. Tous les journaux affichent le même gros titre : « catastrophe nationale » ; tous utilisent les mêmes mots : « ruine », « dévastation », « chômage technique », « paralysie ». Consterné, Linden poursuit sa lecture et apprend que l'Apple Store de la rue Halévy a été vandalisé pendant la nuit. Les deux opéras de la capitale ont l'un et l'autre été inondés. (Sacha sera très contrarié par cette nouvelle.) Près du quai de Montebello, la célèbre librairie anglaise Shakespeare & Company a subi le même sort. Il y a plusieurs photos que Linden aurait bien aimé prendre : Notre-Dame, rétrécie et méconnaissable, littéralement accroupie sur le fleuve comme une créature blessée ; le jardin des Tuileries englouti par un lac, où les arbres noyés semblent tendre des bras désespérés. La fontaine Saint-Michel recrache de la boue ; l'École des beaux-arts, rue Bonaparte, n'est plus sur la terre ferme. D'importantes coupures de courant ralentissent la ville, car de nombreux postes-sources électriques se trouvent désormais sous les eaux. Le ministère de la Justice flambant neuf, imposant bloc de verre et d'acier construit plus en hauteur à Aubervilliers, demeure épargné. Mais la récente installation du ministère de la Défense dans « l'Hexagone Balard » est amèrement dénoncée. Édifié sur pilotis pour parer aux risques d'inondation, ce gigantesque ensemble situé dans le 15ᵉ arrondissement et surnommé le Pentagone français n'en a pas moins été endommagé, bien qu'on ignore dans quelle mesure. La levée de boucliers avait commencé : pourquoi, d'abord, être allé le bâtir sur ce terrain inondable, tout comme son voisin l'hôpital Pompidou, à présent hors service ?

À Cochin, Linden attend dans le couloir que sa famille ait défilé auprès de Paul. Sa chambre est trop petite pour les accueillir tous. Tilia ressort, préoccupée. Elle trouve que leur père paraît moins bien ce matin. Le teint plus pâle, les yeux plus enfoncés. Prenant sa voix de sœur autoritaire, elle demande à une infirmière s'ils peuvent voir le professeur Magerant et s'entend répondre que le service est en sous-effectif ; le travail est compliqué, avec la foule de malades qui arrivent des hôpitaux inondés. Tilia s'assoit à côté de son frère. Elle a décidément horreur d'être ici, elle a horreur de parler aux infirmières, horreur d'attendre les médecins, et toutes ces conneries. Linden ne réagit pas, alors elle lui lance un coup d'œil, puis lui dit qu'elle ne lui a jamais vu l'air si fatigué. Il lui rétorque, sourire pincé, qu'elle est décidément exaspérante. Sur quoi elle lâche une remarque qui fait peur à Linden : elle déclare d'un ton féroce que leur père ne va pas s'en sortir. Elle le sent ; elle le sait. Linden explose : mais bon sang, de quoi elle parle ? Inflexible, elle secoue la tête : leur père est en train de mourir, ils le savent tous, et ils ne sont même pas capables de le dire tout haut. Ils ne sont pas capables de voir les choses en face et pourtant, bon Dieu, il va bien falloir. Linden se retient de la gifler. Comment ose-t-elle ? Comment ose-t-elle anéantir leur espoir ? Il a une envie folle de lui sauter à la gorge. Quand leur mère apparaît, en larmes, Tilia se ressaisit, et lui-même chasse la fureur de son visage. Tous deux se lèvent pour réconforter Lauren, et quand les yeux de Linden croisent ceux de Tilia au-dessus de la tête de leur mère, les siens trahissent une détermination d'acier. Le message à sa sœur est clair : Dis à notre mère qu'il va se rétablir. Dis-lui qu'il faut tous que nous y croyions. Lauren murmure qu'elle est en état de choc ; elle n'en revient pas de la maigreur de leur père et de son apparence de vieillard. Elle a du mal à encaisser. Ils mettent un long moment à la calmer.

Linden va rester toute la matinée ici avec son père. Les autres peuvent filer ; il les tiendra au courant. Il dit cela d'un ton rassurant. Il les regarde partir, Lauren soudain frêle à côté de Mistral dont le bras lui enserre les épaules. De retour dans la chambre, la première chose qui le frappe, c'est l'air diminué qu'a son père aujourd'hui. Tilia aurait-elle raison ? Il doit penser à ne surtout pas montrer son anxiété à Paul. Debout près de la fenêtre, il regarde dehors la grisaille pluvieuse ; il sent sur lui les yeux de son père qui l'observent. La petite chambre étouffante est silencieuse. Dehors, dans le couloir, Linden perçoit le murmure de voix, le cliquètement de pas. L'instant s'étire, il semble interminable. La pluie fine continue à tomber. Il écoute la respiration de son père. Il pourrait demeurer planté là, à regarder la bruine. Ce serait facile. Il pourrait aussi se retourner, et parler à son père, pour la première fois de sa vie. Le choix est là, devant lui, comme une croisée de chemins. Il n'hésite pas très longtemps.

« Papa, je veux te parler de Sacha. »

À peine a-t-il prononcé le nom de Sacha que des portes lui semblent s'ouvrir dans un doux chuintement : un sentier serpente devant lui, plein de promesse et de possible, et il s'élance sur ce sentier. Sacha se tient auprès de lui, emplissant la pièce de sa présence, à la manière du soleil lorsqu'il enflamme un mur. Sacha, dit-il, est l'homme qu'il aime. Sacha est le diminutif d'Alexander. Son père est de San Francisco et sa mère de L.A. Sacha a son âge. Il est gaucher. Il aime faire la cuisine, et il la fait merveilleusement. Quel ramassis de lieux communs, songe Linden en son for intérieur. Est-ce la meilleure façon de s'y prendre ? Il se dépêche de poursuivre, d'une voix tendue. Ils se sont rencontrés au Metropolitan Opera, dans l'Upper West Side de Manhattan. L'amour de Sacha pour l'opéra ressemble à l'amour de Paul pour Bowie. Il est viscéral. Enfant, Sacha avait pris des cours de violon. Il avait abandonné en grandissant, mais, à sept ans, son prof l'avait emmené voir *La Flûte enchantée*. Papageno, l'oiseleur comique vêtu d'un costume en plumes, l'avait conquis avec son solo enjoué. Sacha était rentré chez lui en chantant le célèbre aria à tue-tête. Ça avait commencé comme ça. Puis il était tombé amoureux de *Don Giovanni*, et en particulier de Leporello, le valet grincheux. À l'adolescence, il ne tolérait que de l'opéra dans ses écouteurs. Les autres jeunes ne juraient que par Brandy, Madonna ou Dr Dre ; Sacha s'en tenait à l'opéra. Ce soir de 2013, Linden y avait été entraîné par son agent, Rachel Yellan. Elle avait des places pour *La Traviata*, et elle avait insisté, de ce ton assez impérieux qui était le sien, pour que Linden vienne au « Met », dans le Lincoln Center, avec elle. Il vivait à New York depuis quatre ans, et il savait combien il était redevable à son agent. Elle avait consacré toute son énergie à lui décrocher les premiers contrats qui avaient lancé sa carrière. Il n'avait pas eu le courage de décliner. C'était un soir de première, et Rachel avait précisé qu'il devait s'habiller. Ni jean ni baskets, par pitié! Il s'attendait à bâiller d'ennui, mais à sa grande surprise, la représentation l'avait diverti. Il avait été sensible aux nuances mélodieuses qui venaient caresser son oreille pourtant non exercée. Il avait lu dans le programme que « Traviata » signifiait la femme dévoyée. La jeune soprano allemande qui interprétait Violetta, l'infortunée courtisane transfigurée par l'amour, l'avait stupéfié par sa vitalité. Habillée de rouge vif, elle arpentait la scène de long en large, grimpait sur des canapés, se jetait sur le sol. Sa voix traduisait toutes ses émotions. Linden avait toujours cru que les chanteuses d'opéra étaient des matrones statiques affligées d'un double menton. La description fait sourire Paul. Linden y lit un encouragement. Pendant l'entracte, Linden était allé au bar chercher du champagne pour Rachel, qui bavardait avec des amis. Il avait d'abord vu Sacha de dos. Il l'avait repéré parce qu'il était grand, aussi grand que lui. Cheveux noirs aux épaules, coiffés en arrière. Quand il s'était retourné, Linden avait remarqué de longs sourcils noirs, un nez busqué, des yeux noisette. Pas beau au sens classique, mais incroyablement magnétique. Il avait entendu son rire. Il se rappelle avoir trouvé ce rire délicieux. Il n'avait pu s'empêcher d'étudier le splendide inconnu en attendant son champagne. Il l'avait observé qui écoutait ses amis, qui hochait la tête, qui riait. L'homme portait un costume avec une chemise blanche sans cravate. Il avait une espèce de collier autour du cou, mais Linden n'arrivait pas à voir ce que représentait le pendentif niché au creux de sa gorge. L'homme s'était éclipsé avec ses amis et Linden l'avait regardé partir. Il s'était demandé qui il était, comment il s'appelait. Il était persuadé qu'il ne le reverrait jamais, et, bizarrement, la chose le rendait triste.

Linden se tait. Pourquoi raconte-t-il cela à son père? Parce qu'il veut que Paul sache; il veut que Paul sache qui est Sacha; et aussi qui il est, lui. Tout cela, il l'énonce à voix haute. Plus question de garder des secrets. Linden prend son courage à deux mains, s'éclaircit la gorge. Le dernier acte de l'opéra était aussi envoûtant que les deux premiers. La jeune soprano chantait avec passion tandis qu'approchait son inéluctable trépas. Étendue sur son lit de mort, dans une aria déchirante, elle disait adieu à ses rêves, *Addio del passato*, suppliant Dieu de la prendre en pitié. Le passage préféré de Sacha. Subtile et émouvante, la fusion intime de sa voix avec l'orchestre avait bouleversé Linden. Soudain, ce n'était plus la jeune soprano qu'il contemplait sur scène, mais Candice, qui s'était suicidée l'année d'avant, incapable d'affronter la vie. L'expérience avait constitué pour lui un authentique supplice; la musique lui avait pénétré le cœur avec tant de force qu'il avait été obligé d'essuyer ses larmes. C'est à ce moment-là qu'il l'avait remarqué. Le grand jeune homme brun du bar. Assis à quelques rangs de là, il le regardait tranquillement. Linden, subjugué, n'avait pas réussi à détacher ses yeux de ceux de l'inconnu. Finalement, Rachel les avait présentés, peu après, en sortant de la salle. Apparemment, elle le connaissait bien. Sacha était un grand amateur d'opéra. Le pendentif à son cou était une petite goutte en argent. Sur un autre, le bijou aurait été ridicule, mais pas sur lui. « Linden Malegarde, je te présente Sacha Lord. Je crois que vous pourriez vous entendre. » Nouvelle pause de Linden. La tâche s'avère plus dure qu'il ne pensait. Il se remet à bégayer, ce qui le déstabilise. Tu peux y arriver, l'encourage la voix de Sacha, dans sa tête. Allez, Linden, vas-y. Fais-le pour moi. Fais-le pour nous. Parle à ton père. Dis-lui. Dis-lui tout. N'aie pas peur. Linden essaie de garder un ton léger et désinvolte, mais, par intermittence, l'émotion qui l'étreint transparaît. Paul se demande peut-être ce que Sacha a de tellement spécial. Pourquoi Sacha? Pourquoi lui et pas un autre? C'est simple, cela donne à peu près ça: Sacha est le genre de garçon qui rend les autres heureux. Un don de la nature, sans doute. Il dégage une énergie particulière; contagieuse, dans le bon sens. Peut-être est-ce son enthousiasme, le fait qu'il aime écouter les gens, qu'il s'intéresse à eux. C'est comme ça qu'il a monté sa start-up, parce qu'il voulait donner leur chance à ceux qui ont de grandes idées. Sacha aime créer, communiquer, organiser, imaginer. Linden tente d'expliquer à son père en quoi consiste la start-up de Sacha. Il craint qu'un exposé technique ne l'ennuie ou ne le fatigue. Quoi de commun entre l'Arboriste et la Silicon Valley? Linden s'efforce de ne pas penser aux réactions de son père. Sinon, autant arrêter là. La start-up de Sacha analyse l'influence du numérique sur la vie quotidienne, déniche de nouvelles applis, les expérimente, les subventionne. Linden se demande si Paul sait ce qu'est une appli. Paul n'a même pas de smartphone, encore moins d'ordinateur. Il tâche malgré tout de lui expliquer. Les applis recouvrent une gamme de possibilités infinie. Ce que fait Sacha : il traque la moindre trouvaille un peu prometteuse dans la sphère des nouvelles technologies. Par exemple, un gars malin a créé une appli destinée à protéger les forêts pluviales, qui marche avec des téléphones portables première génération. Rechargeables à l'énergie solaire, les appareils sont fixés aux branches, et si par hasard ils captent le bruit de tronçonneuses, ils avertissent automatiquement les gardes. Ce ne sont pas les concepts qui manquent, et Sacha prête l'oreille à chacun d'eux, même les plus farfelus. Quiconque approche sparkden.com avec un projet bénéficie de l'attention de Sacha. Sacha pense toujours à l'avenir. Le passé l'intéresse peu ; le futur le fascine, si fantastique ou cauchemardesque que celui-ci puisse paraître. La liste des applis envisageables dans chaque domaine est infinie : enregistrer et analyser vos humeurs, votre sommeil, vos rêves, améliorer votre posture, contrôler votre budget, votre poids, surveiller votre santé, projeter vos vidéos et vos photos favorites sur les murs au moyen d'un téléphone, transformer des surfaces en claviers ou en instruments de musique. Est-ce que son père le suit? Il l'espère. Encore un point: Sacha est un patron formidable. Il n'est jamais paternaliste ni tyrannique. La vingtaine de personnes qui travaillent pour lui le vénèrent. Ah, mais il a des défauts, comme tout le monde; Paul ne doit pas s'imaginer qu'il est parfait, il ne l'est pas! Il passe sa vie collé à son téléphone, ce qui rend Linden dingue. Il peut être insupportablement impatient et têtu. Il s'énerve, puis prétend devoir ses excès au tempérament théâtral de sa mère, Svetlana, qui a un quart de sang russe. Il conduit très mal; il pique des crises dans les embouteillages puis rêvasse aux feux qui passent au vert, indifférent aux klaxons derrière lui. Il est farceur, aussi, ce qui peut se révéler contrariant; il adore faire des blagues, déguiser sa voix au téléphone – il est très doué pour ça. Parfois Linden se dit que Sacha aurait dû être acteur.

Linden s'aperçoit que le sentier ne l'emmène pas où il faut, là où il veut aller. Il doit quitter cette région ensoleillée et frivole pour un territoire plus sombre. Ce serait mieux, mais c'est moins facile. Il a peur de se remettre à bredouiller. Il n'est peut-être pas le fils que Paul rêvait d'avoir. Paul est peut-être déçu. Son père disait souvent, quand Linden était petit, qu'il était le dernier des Malegarde. Le dernier héritier mâle. Le dernier à porter le nom. Son père semblait penser que c'était important. Paul est peut-être triste à l'idée que son fils n'ait jamais d'enfant avec une femme? Paul n'a peut-être aucune envie d'entendre tout ce discours sur un homme? Sur l'homme que son fils aime ? Silence. Linden n'ose toujours pas regarder son père. Que risque-t-il de lire sur son visage ? De la répulsion ? De la rancœur ? Au lieu de se retourner, il contemple la pluie qui ruisselle sur la vitre comme des larmes, et c'est à nouveau Sacha qu'il voit : Sacha qui l'encourage, qui le presse de continuer. Il met davantage de force dans sa voix, de plus en plus fluette et larmoyante. Linden se sentait déjà différent avant même ses dix ans. Il n'avait pas su l'exprimer. C'était une sensation très déconcertante. Au début, quand les élèves du collège l'insultaient, il avait éprouvé de la honte ; il aurait même voulu être mort, s'enfuir en courant, mais plus maintenant. Non, plus maintenant. Est-ce qu'il parle trop vite ? Les mots jaillissent, ils se bousculent. Il devrait peut-être ralentir ? Il respire profondément, puis reprend. Il sait que Sacha est la personne auprès de qui il veut passer le reste de sa vie ; la personne avec qui il veut vieillir. Il n'avait jamais songé au mariage avant Sacha. Il n'avait jamais envisagé de fonder une famille. Et voilà que le mariage, les enfants comptaient parmi leurs projets. En 2013, l'année de sa rencontre avec Sacha, la population, en France, était sortie dans la rue pour manifester contre le mariage pour tous. Paul se souvient sans doute des jeunes enfants que leurs parents avaient traînés à ces rassemblements, accoutrés de T-shirts roses ou bleus proclamant « Un papa, une maman ». Si les manifestants étaient certes nombreux, la majorité des citoyens approuvaient la loi, laquelle avait été promulguée, comme Paul le savait sûrement. Linden n'a pas honte de ce qu'il est ; il veut que Paul le sache.

Il a des tas d'amis qui n'arrivent toujours pas à avouer à leur famille qu'ils sont gays. Ils mentent, et ils font semblant, parce qu'ils ont peur. Ils s'inventent d'autres vies, d'autres amours. C'est leur choix, et il le respecte, mais lui refuse de jouer ce jeu. Peut-être Linden aurait-il dû se confier à lui. Ce n'était pas facile de s'ouvrir à son père. Paul l'avait-il senti ? Linden avait essayé. Par moments, Paul semblait tellement absorbé par ses arbres qu'il se demandait si son père avait jamais cherché à voir le monde réel. À moins que, pour lui, les arbres n'aient bel et bien figuré le monde réel ? Si tel était le cas, Linden pouvait comprendre. Pour lui, prendre des photos revenait à endosser une armure, à placer un bouclier entre la réalité et la vision qu'il en avait. Linden avait choisi d'avouer son homosexualité à Candice, parce qu'il sentait qu'elle pourrait comprendre. Il ne s'était pas trompé. Des années plus tard, il avait parlé à Lauren, qui n'avait pas aussi bien réagi que sa sœur. Il en avait éprouvé une blessure. Aujourd'hui Linden n'est pas certain que son père comprenne, ou accepte ce qu'il est. Tout ce qu'il sait, c'est qu'il est en paix avec lui-même. Si son père ne peut pas supporter qui il est, ce qu'il est, alors Linden apprendra à vivre avec. Il assumera. Avec l'amour de Sacha, il y parviendra. Le plus important pour lui est de ne pas mentir à son père. Il ne peut pas faire semblant d'être quelqu'un d'autre. Alors maintenant son père sait. Il sait tout ce qu'il y a à savoir sur son fils.

Linden est toujours à la fenêtre. Son haleine dessine des nuages de vapeur sur la vitre. Il fait volte-face. De là où il se tient, il ne distingue pas les yeux de son père. Linden se rapproche, prêt à affronter l'expression dans son regard. Et s'il lit du rejet, du dégoût, que fera-t-il? Il tournera les talons? Son appréhension augmente; il ne peut s'empêcher de repenser à la haine sur les traits du père d'Hadrien, aux mots terribles qu'il avait prononcés. Espèces d'immondes pédales. Frissonnant, il saisit la main de son père. Il s'assoit, regarde Paul bien en face, et en a le souffle coupé. Les yeux bleus brillent d'une lueur éclatante : Linden y lit tant d'amour que les larmes lui viennent. Un amour puissant et tranquille, comme si son père posait sur son épaule sa main ferme et rassurante, et le serrait très fort dans ses bras comme au temps de son enfance. Paul essaie de parler, mais ne sortent de sa bouche que des mots embrouillés. Linden s'en moque; il laisse les larmes couler sans retenue. Son père l'aime. La force de cet amour. C'est tout ce qu'il sait. C'est tout ce qu'il voit.

L INDEN S'ATTARDE devant le bureau du professeur
  Magerant, dans l'espoir de le voir. Son assistant lui
explique que le professeur est retenu en salle d'opération,
et ne reviendra pas avant un moment. Les infirmières sont
en train de s'occuper de Paul. Pendant que Linden patiente
dans le couloir, Dominique émerge d'une autre chambre, son
tricot dans les mains. Il lui dit que l'état de son père l'inquiète
et elle hoche la tête. Elle a remarqué la dégradation elle aussi.
Elle va aller voir Paul immédiatement. Est-ce que ça dérange
Linden ? Linden lui assure que non ; il va passer une grande
partie de la journée ici, de toute façon. Il s'installe dans un
fauteuil et envoie un message à Sacha. Dominique reparaît au
bout de quelques minutes. Elle est tout empourprée.

« Votre père a besoin que vous alliez lui chercher
quelque chose. »

Linden, estomaqué, lui demande ce qu'elle veut dire.
Elle explique : il y a quelque chose que Paul veut que son fils
récupère, dans la maison de la Drôme. Linden la dévisage.

Quoi donc? Elle dit qu'elle ne sait pas. Elle a noté les mots de Paul sur un bout de papier, qu'elle lui tend. Dérouté, Linden lit: *Plus grand tilleul. Trou bouché où ancienne branche morte, mi-hauteur, à gauche quand on regarde la vallée. Demander aide Vandeleur.* À nouveau, il lui demande de quel objet il s'agit. Dominique fait non de la tête. Paul n'a pas voulu le dire; seulement que son fils devait plonger la main dans le trou et rapporter l'objet. Il la scrute avec méfiance. Paul ne peut pas parler, alors comment peut-elle savoir tout cela? Elle répond, calmement, que si, il peut parler, qu'il n'est pas évident de le comprendre, mais qu'elle y arrive. C'est son travail, d'interpréter le langage des gens qui ont eu des attaques. Elle demande à Linden qui est Vandeleur. Le jardinier, lui répond-il. Il travaille là-bas depuis des années; il descend d'un officier de l'armée britannique. Quelqu'un en qui son père a toute confiance. Ils attendent que les infirmières repartent. Lorsqu'ils sont seuls avec Paul, Dominique l'interroge sur l'objet dans l'arbre. Le visage de Paul semble se recroqueviller davantage encore, mais un son sort bel et bien de sa bouche, que Linden n'arrive pas à déchiffrer. Paul se répète, plusieurs fois, et Linden n'arrive toujours pas à comprendre. Dominique hoche la tête. Elle dit que c'est une boîte. Une boîte en métal dans l'arbre. Son père veut qu'il récupère une boîte cachée dans un arbre? s'étonne-t-il, tâchant de ravaler son incrédulité. Son père veut qu'il fasse ça maintenant? Paul émet d'autres gargouillis inintelligibles. Dominique écoute avec attention. Elle traduit: oui, il veut que Linden la lui rapporte. Dès que possible. Il dit que c'est très important. Linden répond qu'il n'est pas sûr de trouver un train ; il y en a très peu qui circulent, avec les inondations. Comment va-t-il se rendre à Vénozan ? C'est à plus de six cents kilomètres. Dominique lui suggère, à voix basse, de descendre en voiture. Linden jette un coup d'œil vers son père. Dans le visage terreux aux traits mal alignés, les yeux bleus brillent avec intensité. Pas moyen de se dérober, même si Linden redoute de quitter son père dans l'état où il est. Il acquiesce de la tête, dit à Paul qu'il va demander les clés de la maison à Lauren, louer une voiture, et se mettre en route. Les lèvres desséchées se recourbent en un semblant de sourire. Linden se penche pour embrasser la joue de son père, curieux de savoir ce que tout cela signifie, se demandant ce qu'il va découvrir.

À sa grande surprise, Linden trouve facilement une location de voiture à la gare Montparnasse. On lui explique que c'est parce que tous les touristes sont partis ; une catastrophe pour les affaires, pour le tourisme, pour tout. Par chance, le réservoir est plein, et c'est une bonne nouvelle, lui dit-on, car il aurait du mal à trouver de l'essence dans la ville. Et puis il va devoir compter un certain temps pour sortir de Paris. On lui accorde un surclassement, une élégante Mercedes noire pour le tarif d'une modeste Peugeot. À l'hôtel, Lauren remet les clés de la maison à son fils. Elle n'a jamais entendu parler de cette boîte dans l'arbre ; Tilia non plus. Mistral veut venir, et l'idée ne déplaît pas à Linden, vu les six heures de route, mais

Tilia déclare avec fermeté qu'elle a besoin de sa fille auprès d'elle. Il est bientôt midi. S'il n'y a pas de circulation, il pourra être à Vénozan vers six heures. Il fera nuit à ce moment-là, et il sera compliqué de grimper à l'arbre, fait observer Tilia. Lauren dit qu'il n'aura qu'à profiter là-bas d'une bonne nuit de sommeil, puis repartir tôt demain matin. Linden répond que ça lui paraît une bonne idée. Lauren lui donne le numéro de Vandeleur et celui de la femme de ménage, en cas de problème. Elle va l'appeler pour lui demander de mettre le chauffage dans sa chambre, de faire son lit et de lui laisser à dîner dans le frigo. Linden attrape son téléphone, son Leica, quelques pellicules, et de quoi se changer. Il leur fait au revoir de la main alors qu'elles le regardent s'éloigner. Ça fait bizarre d'être au volant d'une voiture manuelle ; il met un certain temps à se réhabituer à la sensation. La robuste Mercedes est une merveille à conduire. Il se dirige vers la porte d'Orléans tandis qu'une pluie fine dessine de délicates traînées sur le pare-brise. Le trafic sur l'A6 est dense, comme prévu. Linden branche la radio. Provocatrice, une voix féminine affirme que la crue a des effets positifs : les Parisiens sont fascinés par l'événement, et des tas d'histoires d'amour naissent sur les ponts. La voix poursuit en rappelant que la devise latine de la ville est : « *Fluctuat nec mergitur* », soit « Il est battu par les flots mais ne sombre pas ». Ils devraient tous garder cela en tête, non ? lance la femme avec malice. Linden, contrarié par ces facéties, change de station. Un flash info annonce que l'archevêque de Paris est en train de célébrer une messe pour les sinistrés dans la basilique du Sacré-Cœur : d'un ton morose, le prélat exhorte les gens à s'entraider, à laisser leur égoïsme derrière eux, au nom du Seigneur. Linden lui coupe également le sifflet. Et puis… Est-ce une coïncidence ? Sûrement pas ! Une guitare acoustique vibrant de manière éthérée emplit la Mercedes : reconnaissable entre mille, l'ouverture de « Starman ». Linden monte le son et se surprend à chanter, accompagnant avec enthousiasme les « low-oh-oh » et les « radio-oh-oh » espiègles de Bowie, hurlant à tue-tête qu'il y a un *starman* qui attend dans le ciel. Le conducteur d'à côté le dévisage sans vergogne. Linden ne peut s'empêcher de rire, à peine sensible au ridicule, et la voiture prend enfin de la vitesse, laissant ce Paris malodorant et humide derrière elle. Dans la profusion d'articles publiés après la mort de Bowie en 2016, il avait lu que chacun avait sa propre perception de l'artiste. Il se demande ce que le chanteur représente réellement pour son père. Un amoureux des arbres comme lui aurait dû être apaisé par les intonations mélodieuses d'un Trénet ou d'un Aznavour, ou par l'accent du Midi un peu bourru d'un Brassens, assez proche du sien. Or c'était d'un Anglais excentrique qu'il était fan ; un type maigre et dégingandé aux cheveux orange et à la peau d'un blanc de craie qui se rasait les sourcils et qui se maquillait. C'est justement ce que Linden trouve stupéfiant : cette vénération de son père pour un artiste si différent de lui.

Un sentiment de culpabilité l'envahit soudain. A-t-il eu raison de partir comme ça, sans même parler au professeur

Magerant? Et puis, bon sang, qu'y a-t-il dans cette boîte?
Pourquoi cette boîte se trouve-t-elle dans l'arbre? Depuis
combien de temps y est-elle cachée? L'autoroute habituelle-
ment surchargée se vide de plus en plus. Il se demande pourquoi. Près de Beaune, à trois heures de Paris, il s'arrête pour
prendre un sandwich et un café dans un snack désert. De
retour dans la voiture, il branche son téléphone au Bluetooth
pour pouvoir mettre sa propre musique, mais aussi passer
et recevoir des appels. Encore trois heures jusqu'à Vénozan.
Il n'ose pas téléphoner à la maison: il est trop tôt à San
Francisco, Sacha ne se lèvera que dans une heure. Il essaiera
plus tard. Il appelle Tilia, lui demande de prévenir Magerant
qu'il est parti chercher quelque chose pour leur père. Elle
répond qu'elle le fera, et que Mistral va passer la journée avec
son grand-père, ce qui rassure Linden. Alors qu'il approche
de Lyon, la circulation devient plus dense, et la pluie s'évanouit, lui offrant son premier aperçu de ciel bleu en sept
jours, depuis son atterrissage vendredi dernier. Cette éclaircie
lui insuffle de l'espoir et lui donne un coup de fouet. Après
une traversée de Lyon au ralenti, le trafic redevient fluide.
Plus que deux heures. Le jour diminue peu à peu; le ciel se
pare de reflets roses avec le soleil couchant. Linden se sent
fatigué; malgré une douleur dans le cou et le dos, il tient à
continuer. Lorsqu'il quitte l'autoroute à Montélimar, la nuit
est tombée. Il fait froid, quoique pas aussi froid qu'à Paris.
Mistral appelle pour dire que Paul est endormi, et que Tilia
a parlé au professeur: on va passer à d'autres médicaments,

a dit le médecin. Il n'est pas utile d'opérer pour l'instant. La route serpente à travers les collines vers Grignan, Sévral et Nyons. Linden ne peut s'empêcher d'éprouver de la joie à la pensée de retrouver le pays de son enfance. Cela fait quatre longues années qu'il n'est pas revenu. Quand il se gare près de la maison, la fraîcheur nocturne qui l'enveloppe au sortir de la voiture embaume la mousse, le bois et l'humus. Il aspire goulûment cet air, étirant ses membres exténués. La pleine lune le baigne de sa lueur généreuse. Il déverrouille la porte ; elle émet une plainte et un déclic familiers lorsqu'il la pousse, et la lourde poignée en fer grave toujours dans le creux de sa main la même empreinte froide.

Rien n'a changé. Il est accueilli par l'éternel parfum de lavande et de roses, mêlé d'un soupçon de cire d'abeille. L'impression d'être catapulté dans le passé. Il fait bon dans l'entrée, quelques lampes ont été laissées allumées. Dans la cuisine, la table est dressée pour une personne. Il vérifie le frigo : soupe maison, poulet, riz, ratatouille, et une part de tarte aux pommes. La femme de ménage a laissé un mot sur la table, d'une petite écriture bien nette : elle espère que son père sera bientôt de retour chez lui. Linden se souvient tout à coup – comment a-t-il pu oublier ? – que les mobiles ne captent pas à Vénozan. Le seul moyen d'obtenir du réseau est de monter sur la colline, après la piscine, le plus haut possible, en brandissant son téléphone comme la statue de la Liberté son flambeau ; un exercice qui, à l'heure qu'il est, ne le tente en rien. Trouvant qu'il fait trop froid dans le vaste salon, il se rend dans le bureau de son père, le temps que son dîner réchauffe. Le parfum de lavande et de roses est ici supplanté par les effluves plus âcres du tabac. C'est la pièce de Paul, où il ne doit pas être dérangé, où il s'installe chaque matin pour répondre à son courrier, passer ses coups de téléphone, rédiger ses conférences. Paul prend place face à la vallée, masquée ce soir par les rideaux tirés et les volets fermés. Sur les murs sont accrochées, sous verre, des feuilles séchées provenant de multiples espèces d'arbres : ginkgo, if, hêtre, cèdre, sycomore. La seule photo visible est celle que Linden a prise en décembre 1999 de la tempête à Versailles. Les disques vinyle de Bowie sont précieusement empilés ici, à côté de la vieille platine. Paul a toujours refusé de succomber aux enregistrements digitaux, soutenant que les formats analogiques possèdent un son plus riche et plus authentique. Linden feuillette les albums et choisit *Blackstar*, l'ultime opus de Bowie, qu'il connaît moins bien. Il allume la vieille chaîne stéréo et fait glisser le disque hors de sa pochette, un geste qu'il n'a pas fait depuis longtemps, mais qu'il a vu son père accomplir des centaines de fois. L'électricité statique crépite sur sa peau alors qu'il manipule la galette de vinyle, veillant à ne pas mettre les doigts sur sa surface. Il dépose délicatement le disque sur la platine, plaçant le bras de lecture sur le bord extérieur. Puis il s'installe au bureau de son père, les mains posées sur l'antique plateau en bois éraflé. La musique s'élève, somptueuse et intense, élaborée à partir d'audacieuses harmonies parfois déconcertantes, entremêlées de brusques explosions d'effets sonores, le pétillement d'un synthétiseur, et un chant quasi religieux. Après quatre bonnes minutes, alors que Linden demeure perplexe, une note haut perchée se fraie un chemin dans la confusion, et la voix de Bowie retentit, pure et claire. Une histoire d'ange qui tombe. Un frisson parcourt l'échine de Linden. Tandis qu'il écoute, ensorcelé, ses mains caressant le bois usé, les souvenirs ressurgissent, au hasard, et il ne les repousse pas. Paul apprenant à conduire à son fils et piquant une colère parce que Linden avait foncé dans une clôture et que la carrosserie avait été cabossée. Des mois plus tard, quand Linden avait décroché son permis et emmené son père en voiture jusqu'à Lyon, Paul débordait de fierté. Linden se souvient de cette fierté, de Paul apostrophant tous les inconnus qu'ils croisaient : Hé, dites, c'est mon fils au volant ! Regardez, c'est mon fils qui conduit ! Il revoit Paul, agenouillé devant la cheminée, lui montrant comment préparer une belle flambée. Ses mains habiles froissant le papier journal puis amassant le petit bois par-dessus pour former comme un écheveau, avant de disposer au sommet deux bûches fendues. Paul autorisant Linden à enflammer le tout avec une grande allumette : Le feu doit respirer. Ne le nourris pas trop. Laisse-lui le temps de grandir. Paul lui apprenant à nager, ses pouces le soutenant fermement par les aisselles. Paul n'avait jamais voulu de ces brassards qu'avaient les autres gamins. Il disait que ses enfants devaient apprendre sans bouée, comme lui-même avait appris. Il fallait d'abord qu'ils parviennent à retenir leur respiration sous l'eau, puis réussissent à faire la planche, sans avoir peur.

Linden posait la tête sur l'épaule de son père : Regarde le ciel là-haut, repère tout ce qu'il y a à voir. Des oiseaux, des nuages, un avion, peut-être, ou un papillon ? Mets ta tête bien en arrière, étends les bras. Voilà ! Tu flottes, tout seul, sans l'aide de personne ! À l'aube de ses dix ans, son père l'avait emmené en excursion dans la montagne de la Lance, qui se dressait derrière Vénozan en une longue courbe. Paul avait déclaré que la randonnée prendrait six ou sept heures, qu'elle n'était pas toujours facile, mais que Linden pouvait y arriver. Tilia voulait venir aussi, mais Paul avait bien précisé que c'était entre père et fils. Linden se souvient clairement de la formule. « Entre père et fils ». Ils étaient partis de bonne heure, par un frais et piquant matin d'avril, avec un casse-croûte et de l'eau dans leurs sacs à dos. Ils avaient grimpé à travers des champs de lavande, des cerisaies en fleur dont le parfum venait chatouiller leurs narines, puis avaient coupé à travers des bois touffus. Accéder au premier col avait été facile. Les choses s'étaient un peu corsées ensuite. Linden se sentait essoufflé, mais il se forçait à tenir la cadence, mettant ses pas dans ceux de son père. Paul progressait à un rythme régulier et rapide, sachant exactement où il allait. Parfois il indiquait la souche d'un vieux chêne ou les ruines d'une ferme abandonnée. Après avoir quitté la forêt et atteint les prairies qui bordaient le faîte de la montagne, puis franchi le deuxième col, ils s'étaient arrêtés pour déjeuner. Ils étaient seuls, rien que tous les deux, assis sur un rocher plat. Paul avait découpé le pain, le jambon et le fromage avec son couteau, et tendu les tranches à son fils.

Son père ne disait rien, mais Linden se sentait intensément heureux. Le soleil brûlait le bout de son nez. Il écoutait le vent, qui soufflait plus fort maintenant qu'ils se rapprochaient de la cime. Ils s'étaient remis en route, cheminant à travers des pâturages escarpés jonchés de rochers et de buissons. L'herbe était courte et jaunie, desséchée par endroits. Linden avait ressenti une fatigue soudaine ; il avait mal aux jambes, et il avait failli se fouler la cheville sur une pierre branlante. Juste au moment où il allait capituler, murmurer qu'il n'y arrivait pas, que son père s'était trompé, qu'il était trop petit, qu'il ne réussirait jamais à atteindre le sommet, Paul avait allongé la main pour empoigner la sienne, comme quand il était plus jeune, et Linden s'y était agrippé. Se transmettant du bras de son père au sien, une énergie nouvelle avait paru le tirer vers le haut. Au sommet de la montagne, la vue, magnifique, s'apparentait à une récompense, et Linden, impressionné, avait éclaté de rire. Se dressait là une croix en pierre très ancienne que Linden avait touchée. Son père avait affirmé qu'on pouvait voir jusqu'à la frontière italienne, par-delà les Alpes, et Linden l'avait cru. Il avait l'impression de se tenir sur le toit du monde : à l'infini, des couches de bleu et de vert vaporeux s'étendaient devant lui tel un immense tapis hérissé de crêtes et de pics, et il imaginait qu'en dépliant un doigt il pourrait les caresser. La splendeur de l'image était restée imprimée dans sa mémoire. Son père avait fini par parler. Tout paraissait calme, n'est-ce pas, vraiment paisible ? Linden avait hoché la tête. Son père avait alors ajouté quelque chose que Linden n'avait jamais oublié. Quand la nature se mettait en colère, avait-il dit, il n'y avait rien que l'homme puisse y faire. Absolument rien.

Dans le grain du bois, les doigts de Linden suivent sillons et entailles : il sent la présence de son père qui y bat tel un pouls. Quel âge a ce bureau ? Il trône sûrement dans cette pièce depuis l'époque de l'arrière-grand-père Maurice, même s'il était moins abîmé alors, ses angles moins arrondis. À gauche, des stylos plume et du papier buvard, un pot plein de crayons et de stylos à bille, une loupe à manche incurvé, un cendrier, un briquet, et la boule à neige dont Linden s'empare pour la secouer. Des bourrasques tournoient autour de bouleaux blancs miniatures piquetés de minuscules rouges-gorges. Linden saisit la poignée en laiton du tiroir du haut, qui s'ouvre avec un grincement. Il découvre du papier à lettres, aux feuilles recourbées par l'humidité et un vieux portefeuille noir, qui sent fort le tabac. Dedans, il déniche un billet de cinquante francs et une photo scolaire d'une Tilia de neuf ou dix ans aux joues rondes qui le fait sourire. Au fond du tiroir, un cimetière de vieilles pièces, des ciseaux rouillés et un fatras de clés hors d'usage. Sur la droite du bureau, à côté du téléphone, des piles de paperasses, d'enveloppes non ouvertes, ornées de timbres du monde entier. C'est fou le courrier que Paul peut recevoir de tous ces amoureux des arbres. Linden sait qu'il répond à chaque lettre. Paul n'a pas d'ordinateur, ni de machine à écrire ; il fait tout à la main. Linden lit un long paragraphe sur une feuille volante. Plusieurs phrases et plusieurs mots ont été barrés et réécrits. Sans doute le brouillon inachevé d'un discours auquel il travaillait avant de partir pour Paris, vendredi dernier. La grande écriture étalée de son père n'a jamais été difficile à déchiffrer. Les arbres. Toujours les arbres. Et maintenant, la boîte dans l'arbre, dans le plus vieux tilleul. Pourquoi son père voulait-il qu'il vienne la chercher? Linden retourne dans la cuisine prendre un plateau sur lequel il place son dîner. Cette pièce renferme pour lui peu de souvenirs joyeux: la famille s'y attablait, tous les jours, pour les trois repas. Lauren n'utilisait jamais la grande salle à manger, qu'elle jugeait inhospitalière. Linden se revoit sur cette chaise, là, près de la fenêtre, à treize ou quatorze ans, rabroué par sa mère sous prétexte qu'il ne se tenait pas droit. Il ployait sous toutes les railleries quotidiennes dont il n'avait pas le courage de parler. L'atroce solitude qui était la sienne, l'affreuse tristesse dont il souffrait. Est-ce pour cela qu'il vient rarement ici? Parce que les lieux réveillent cette douleur? Vénozan ne mérite-t-il pas une deuxième chance? Les lieux porteront-ils toujours les cicatrices de son adolescence?

Installé dans le bureau de son père, Linden avale goulûment son repas. La sonnerie du téléphone le fait sursauter: c'est sa mère, qui s'assure qu'il est bien arrivé. Elle a appelé Vandeleur, qui viendra à la première heure demain matin. Paul a eu une journée paisible, mais il semble toujours très fatigué. Elle est inquiète. Elle trouve que le professeur Magerant a l'air inquiet lui aussi, mais pas moyen de lui tirer les vers du nez. Tilia s'en est prise à lui, et Linden imagine la scène. Le professeur avait gardé son calme. Il leur avait simplement expliqué qu'on modifiait le traitement. Rien de plus. C'était frustrant. Linden la réconforte du mieux qu'il peut, mais il se sent à son tour gagné par l'anxiété. Lorsqu'il finit de parler avec sa mère, il utilise le téléphone fixe pour appeler le portable de Sacha. Il tombe directement sur la boîte vocale, ce qui est rare : Sacha n'éteint jamais son mobile. Il essaie sa ligne directe, et c'est son assistante qui décroche. Non, elle n'a pas encore vu Sacha ce matin, mais elle lui fera part de son appel. Elle vérifie l'agenda : non, Sacha n'a pas de rendez-vous extérieurs prévus aujourd'hui. Linden raccroche, un brin préoccupé. Depuis cinq ans qu'ils sont ensemble, il n'a jamais été infidèle à Sacha. Il n'en a jamais eu envie. Il espère et croit que Sacha ressent la même chose. Il lui fait confiance ; il lui a toujours fait confiance. Cependant, avec toutes les secousses qui viennent ébranler le socle de son univers, il s'interroge. Il a conscience de l'effet magnétique que Sacha exerce sur les autres hommes. Il l'a constaté. C'est instantané, puissant. Sacha semble ne rien remarquer, mais quand même, il doit bien s'en rendre compte ? Rappelant son portable, Linden demande à Sacha de lui téléphoner à Vénozan, dont il lui donne le numéro. Il a tant de choses à lui raconter. Il commencera par le portrait qu'il a fait de lui à son père, un portrait si précis qu'il avait eu l'impression que Sacha était là, dans la pièce, avec eux. Comment mettra-t-il des mots sur l'émotion qu'il a éprouvée quand il a compris que son père l'aimait ? C'était la sensation la plus chaude, la plus belle, la plus précieuse ; le simple fait d'y repenser lui donne les larmes aux yeux, et il revoit le petit garçon qu'il était, suivant son père partout dans le jardin, l'écoutant discourir sur les plantes et sur la nature. Un autre souvenir lui revient : Paul désignant à son jeune fils les grosses abeilles charpentières, lui expliquant que les mâles ne piquaient jamais, ils ne pouvaient pas, et s'empressant d'en capturer un dans sa main, sous les yeux de Linden, effrayé. Regarde comme elles sont belles, avec leur corps noir brillant et leurs ailes d'un violet métallique ; Linden ne doit pas avoir peur, malgré le vacarme qu'elles font et l'aspect menaçant qui est le leur. Un jour d'été, son père avait tout doucement déposé une charpentière mâle dans le creux de sa main. Ça chatouillait et c'était terrifiant, car l'insecte paraissait énorme dans sa main minuscule, mais Linden sentait la fierté de son père et cette fierté le comblait de bonheur.

Linden débarrasse, range, puis monte à l'étage. S'il n'a jamais eu peur dans cette maison, elle lui semble ce soir particulièrement silencieuse. Pour une fois, le mistral ne souffle pas du tout. Linden entre dans son ancienne chambre. Il l'a quittée il y a vingt et un ans et sa mère l'a fait redécorer, mais à peine se retrouve-t-il entre ces quatre murs qu'il craint de renouer avec les affres du triste adolescent harcelé, d'oublier l'assurance du grand photographe averti. Il décide de ne pas céder à ce genre d'abattement. Laisser derrière lui les souvenirs douloureux nécessite un combat intérieur, qu'il remporte, sans trop d'effort. Il prend une douche rapide et se met au lit.

Il pense à son père. Ils ont tant de choses à rattraper, tant de conversations à avoir. Cela sera-t-il possible? Il se doute que Paul, en raison de son attaque, ne pourra pas prendre l'avion avant un bon moment. Tant pis, dans ce cas, il faudra que Linden retourne à Vénozan, avec Sacha. Ils devront tous les deux trouver le temps. Il voit clairement la scène: la table en fer forgé blanc, les bougies qui vacillent sous la douce brise du soir, le soleil qui se couche à droite de la maison, projetant ses ultimes rayons dorés sur la vallée, jusqu'aux cyprès géants bien alignés que Paul surnomme les Mohicans. Il voit Lauren et Sacha qui rient, tandis que Paul les regarde, ses yeux errant sans cesse vers la cohorte d'arbres qui défendent la maison: le vieux chêne au tronc éclaté, les deux immenses platanes, et puis l'érable et l'orme, tous ces repères familiers de l'enfance de Linden. Qu'adviendra-t-il de cette maison quand Paul et Lauren auront disparu? Qui s'occupera des terres, de l'arboretum? C'est la première fois que cette sombre pensée lui vient. Pas Tilia, c'est sûr, elle semble attachée à sa vie à Londres, à sa fille, à son activité artistique, à son impossible mari. Il pense à toutes les décisions qu'il faudra prendre quand ses parents ne seront plus là. L'idée que la propriété soit vendue ou rasée le fait frémir. Il a beau y avoir été malheureux dans son adolescence, cette maison, cette terre, fait partie de son identité. L'enfant que Linden et Sacha adopteront un jour portera leurs deux noms. Cet enfant, celui dont ils parlent si souvent, celui sans qui ils ne conçoivent pas l'avenir, finira par connaître cette terre, de cela il est certain.

Linden avait laissé la porte ouverte pour entendre sonner le téléphone dans la chambre de ses parents si par hasard
Sacha rappelait, mais c'est le timbre caverneux de la cloche
qui le réveille en pénétrant son sommeil. Il est sidéré de voir
qu'il est presque neuf heures du matin et que le soleil filtre
à travers les rideaux. La cloche retentit à nouveau, vigou-
reusement. Linden s'habille en toute hâte, descend pieds
nus l'escalier, se bat avec la serrure. Vandeleur se tient là,
un grand sourire sur son visage constellé de taches de rous-
seur, et c'est l'enfance de Linden qui le contemple d'un air
radieux. Les cheveux d'un roux flamboyant ont viré au gris
sable ; les épaules paraissent moins larges, mais les yeux verts
de Vandeleur pétillent toujours au-dessus de son gros nez.
Il appelle Linden petit chef, comme il l'a toujours fait, lui
donnant une grande claque dans le dos d'une puissante main
carrée. C'est quoi cette histoire avec le patron ? Le patron, à
l'hôpital ? Pas possible. Faut le sortir de là, et vite. Le patron
va guérir, pas vrai ? Forcément, parce que Vénozan ne sera
jamais Vénozan sans le patron. Sa voix rauque et bourrue est
peut-être un peu moins assurée. Linden offre au jardinier une
tasse de café, puis court à l'étage chercher ses chaussures. Il
explique la raison de sa venue. Vandeleur le dévisage, incré-
dule. Quoi ? Le patron veut creuser un trou dans le vieux
tilleul ? Ce tilleul-là ? Le plus vieux ? Linden hoche la tête. Ils
doivent se mettre tout de suite à l'ouvrage. Dieu sait combien de temps cela va prendre. Il y a une boîte dans l'arbre
dont son père a besoin. Vandeleur manque lâcher son café.

Est-ce que Linden veut parler d'un trésor, ou quelque chose comme ça ? Linden ne peut réprimer un sourire. Le jardinier de soixante-dix ans a l'expression d'un gamin qu'on emmène au cirque. Quand Linden sort de la maison, la lumière dorée du soleil l'éblouit. Il brille si fort que Linden est obligé de fermer les yeux, mais sa chaleur est délicieuse sur sa peau. Cette semaine à Paris, c'était comme vivre dans une grotte, explique-t-il au vieil homme alors qu'il le suit dans la remise où ils prennent des outils. Vandeleur dit qu'il n'a jamais rien vu comme ces images, à la télé, des inondations parisiennes. Il demande comment c'était, toutes ces rues sous les eaux, la désolation… L'enfer, répond Linden. Tandis que, munis d'une pioche, ils transportent l'échelle entre eux jusqu'à l'arboretum, Linden s'aperçoit qu'il n'y a aucune trace d'eau autour d'eux, seulement de l'herbe, des arbres et du ciel bleu. L'air pur hivernal circule dans ses poumons, vivifiant et parfumé. Comme la puanteur et l'humidité de Paris semblent loin ! Lorsqu'ils atteignent le sommet de la colline, Linden se retourne pour regarder la vallée derrière lui : la maison nichée dans la cuvette où le sentier tortueux se termine, le ciel immense, dépourvu du moindre nuage. Le vent se fait discret aujourd'hui ; seules les cimes des arbres en haut du val se balancent dans un doux chuchotement. Oui, cette terre a manqué à Linden. Ce pays qui l'a vu grandir lui a manqué bien plus qu'il ne pensait.

Tous les arbres de l'arboretum sont parés de leurs atours d'hiver : branches noires dénudées, pas une feuille en vue. Le printemps n'est pas pour demain. Les arbres savent exactement quand fleurir. Linden revoit Paul lui expliquer le processus, la précision absolue avec laquelle s'amorçait la formation de leur luxuriante tonnelle vert pâle. La voix de Vandeleur est légèrement entrecoupée après leur ascension. Le patron adorait jouer ici quand il était petit. Il venait tous les jours. Il avait une cabane dans un de ces arbres. Est-ce que Linden le savait? Linden acquiesce. Vandeleur poursuit. Le patron continue à venir ici très souvent, tantôt seul, tantôt avec lui. Jamais trop de parlote entre eux. Ils se bornent à inspecter la propriété et à vérifier l'état des arbres tout en profitant du paysage. Le plus ancien tilleul est facile à repérer : il surplombe nettement les autres, ses branches noueuses se déploient tels des bras de géant, et ses épaisses racines tourmentées s'enfoncent très profond dans la colline pierreuse. Comment ne pas penser à son père en se tenant ici, sous son arbre préféré? Linden entend presque la voix de Paul lui décrire avec quelle avidité la pluie était absorbée par l'arbre, ses branches et ses feuilles en recueillant chaque goutte comme des mains ouvertes, puis les faisant ruisseler en minces filets le long du tronc pour abreuver les racines assoiffées. Vandeleur place l'échelle contre le tilleul. Il se gratte la tête : Linden est-il sûr qu'ils sont censés entailler celui-ci? Linden répond que oui, il en est sûr. Vandeleur n'a pas l'air convaincu. Ça lui paraît fou. Cet arbre est le préféré du patron, entre tous. Linden dit qu'il le sait, il doit son prénom à cet arbre, « Linden » veut dire tilleul, en anglais. Vandeleur s'esclaffe. Il n'en avait pas

la moindre idée ! Il croyait que c'était juste un prénom américain fantaisiste ! Il sait en revanche que « Tilia » est le nom
latin de l'arbre. Le patron a décidément un faible pour les
tilleuls, on dirait ? Il se dispute avec lui à longueur de temps
au sujet de l'âge du vieil arbre. D'après Vandeleur, le tilleul
a plus de quatre cents ans, et d'après le patron pas plus de
trois cents. S'en prendre à cet arbre-là ? C'est tout bonnement
invraisemblable. Cet arbre est comme un prince. Cet arbre
est le maître de la forêt. Vandeleur pose sa main sur l'écorce
ancestrale avec révérence. Est-ce réellement ce que le patron
a ordonné ? Linden lit à haute voix la note de Dominique :
*Plus grand tilleul. Trou bouché où ancienne branche morte,
mi-hauteur, à gauche quand on regarde la vallée. Demander
aide Vandeleur.* Le vieil homme sursaute en entendant son
nom, puis hoche la tête. Il fera ce que veut le patron. Linden
dit qu'il va monter voir où est le trou, pendant que Vandeleur
tiendra l'échelle. Il grimpe lentement, étonné de la circonfé-
rence et de la hauteur de l'arbre. Il ne l'aurait jamais cru si
colossal. Il aperçoit maintenant le petit trou oblique bouché
par du ciment, à gauche, où se trouvait jadis une branche
morte. L'échelle ne monte pas tout à fait assez haut ; il se
demande comment il va se débrouiller. Alors qu'il se tortille
en cherchant une solution, l'échelle vacille.

« Ne va pas tomber, petit chef ! l'apostrophe Vandeleur
d'en bas. Pas besoin de deux Malegarde à l'hosto ! »

À cette altitude, le jardinier paraît très loin. Linden
réclame la pioche, que Vandeleur lui tend, mais il a beau

s'étirer, le fer reste trop éloigné du trou rebouché. Il lui faudrait se hisser plus haut. Il repère une grosse branche robuste où il peut placer un pied. Il se détache lentement de l'échelle en s'aidant de la main droite, l'autre tenant l'outil. La manœuvre s'avère moins difficile que prévu, même s'il ne peut plus regarder en bas ; ça lui donne le vertige. Se trouver là-haut dans l'immense arbre dénudé a quelque chose d'euphorisant. Linden regrette de ne pas avoir son appareil. Comment se fait-il qu'il n'ait jamais pensé à prendre des photos depuis cet observatoire ? Au-dessus de sa tête, les branches ondulent vers le ciel, et il sent le vent qui lui soulève les cheveux. L'air ici est vif et pur ; il pourrait rester sur cette branche à le respirer indéfiniment. Un pivert stupéfait le lorgne depuis la cime. Vandeleur beugle. Bon sang, que fabrique petit chef ? Il est pire que son père à admirer les arbres ! Linden rigole. Il est temps de s'y mettre. Le trou est désormais accessible, et il s'y attaque, en veillant à ne pas perdre l'équilibre. Le ciment vieilli se fragmente aisément sous la pioche. Il se désagrège : sa fine poussière grise lui recouvre la tête et lui vole dans les yeux. Vandeleur crie qu'on ne bouche plus les trous dans les arbres de cette façon-là, on ne se sert plus de ciment. Ce qu'il y a, c'est qu'ils doivent empêcher les insectes ou les oiseaux de pénétrer dans les cavités, car ça pourrait être dangereux pour l'arbre. Linden tousse, essuyant la poudre sur ses paupières. Vandeleur dit qu'il demandera à un des autres jardiniers de le refermer selon la méthode actuelle, avec une plaque métallique ou un fin grillage. Linden racle à la main ce qui reste du ciment. Le trou est maintenant dégagé; il fait à peu près la taille d'une pastèque. Tenant toujours le pic, Linden coulisse doucement sur la branche pour se rapprocher. Avec précaution, il insinue ses doigts dans l'orifice, quand Vandeleur lui ordonne soudain d'utiliser les gants qu'il a mis dans la poche de sa veste. Pas question que Linden glisse sa main nue là-dedans! Il pourrait avoir une surprise désagréable! Des insectes, des oiseaux, ou allez savoir quoi! Linden hésite, puis, posant la pioche en équilibre sur sa cuisse, il enfile les gants de jardinage. Il réessaie alors, plongeant son poing dans la cavité. Il sent une matière spongieuse et humide, pareille à de la mousse ou des algues et, y enfouissant franchement son poignet, il fait tourner sa main dans le sens des aiguilles d'une montre. Ses doigts ne rencontrent rien qui ressemble à une boîte. Son père aurait-il pu se tromper? La boîte est-elle toujours là? Peut-être a-t-elle bougé, avec le temps, et se trouve-t-elle désormais au cœur de l'arbre? Si tel est le cas, il ne pourra jamais la récupérer. La déception l'envahit; que va-t-il dire à Paul? A-t-il fait tout ce chemin pour rien? Il enfonce son bras davantage, sidéré par la profondeur de la faille à l'intérieur de l'arbre, comme un passage secret, et soudain il la touche, du moins il touche l'angle aigu d'un objet métallique. Il crie à Vandeleur: ça y est, il l'a, il la sent, il faut juste qu'il l'extirpe, elle a l'air coincée. S'ensuit un combat acharné; sa joue est écrasée contre l'écorce grossière tandis que le bout de ses doigts dérape sur les arêtes glissantes de la boîte. À croire que l'arbre ne veut pas s'en séparer, qu'il ne veut pas la lâcher. Linden se surprend à exhorter son homonyme, à s'adresser à l'arbre comme s'il pouvait l'entendre : Allons, tilleul, ne me fais pas ce coup-là. Sois sympa. Donne-la-moi. Linden a une inspiration subite : il enfile le manche de la pioche dans le trou, puis fait levier de toutes ses forces contre le coin de la boîte. Il perçoit un faible bruit de succion, et quand il plonge à nouveau la main dans la cavité, la boîte remue un peu, comme une dent qui bouge. Un effort supplémentaire est nécessaire pour la tirer délicatement vers lui et la faire émerger des entrailles de l'arbre, comme s'il procédait à un étrange accouchement. Soudain la boîte est dans sa main, et il la scrute avec un respect mêlé de crainte tandis que Vandeleur pousse des cris de triomphe. C'est une petite boîte à biscuits en fer-blanc, couverte de mousse et grouillante de fourmis, qu'il chasse en soufflant dessus. Il a la tête qui tourne, et entreprend prudemment de redescendre. Vandeleur tend le bras pour le débarrasser de l'outil, mais quand, afin de lui libérer les deux mains, il lui demande la boîte, Linden refuse de s'en défaire. L'échelle semble terriblement éloignée. Il a les jambes en coton. Il laisse la voix de Vandeleur le diriger. Petit chef doit y aller mollo, rien ne presse. Une étape après l'autre, voilà, très bien. Une fois ses pieds tremblants sur les barreaux de l'échelle, Linden recouvre sa vigueur et descend avec agilité. Vandeleur couve la boîte du regard, demande à Linden s'il va l'ouvrir. Son père n'a pas dit de l'ouvrir ; il a seulement dit de la lui apporter, que c'était très important. Vandeleur veut savoir si elle est lourde; Linden la place dans ses vieilles mains abîmées. Le jardinier laisse échapper un hoquet de surprise: elle est légère comme une plume! Il secoue la boîte, la porte à son oreille, comme un enfant essayant d'entendre l'océan dans un coquillage. Est-ce de l'argent? Linden répond qu'il n'en sait rien. Il est tenté de vérifier, mais se sent gêné en présence de Vandeleur. Il regardera plus tard, dans la voiture, quand il sera seul, sur le chemin du retour. Il a promis de se dépêcher de rentrer; il faut qu'il se mette en route.

Quand Vandeleur le quitte, et que Linden verrouille la porte d'entrée, il est bientôt onze heures. Avec son Leica, il prend rapidement quelques photos de la maison et de la vallée. Juste avant de s'en aller, il a cherché à appeler Mistral, Lauren et Tilia avec le téléphone fixe pour leur dire qu'il avait la boîte et qu'il repartait. Il n'a réussi à joindre personne. Peut-être à cause des inondations et de l'absence de réseau? Il a essayé le portable de Sacha ainsi que le numéro de la maison, mais il est tombé chaque fois sur la messagerie. Linden prend la route, habité par de sombres pensées, et s'arrête à Montbrison pour faire le plein d'essence. Le soleil point dans le ciel. La boîte est posée sur le siège à côté de lui; il la regarde de temps à autre. Remontant vers le nord, vers Montélimar et l'autoroute, il dépasse Grignan, la ville où ses parents se sont rencontrés, avec son château perché sur son piton rocheux. Les routes sont dégagées; il peut rouler vite et sans à-coups. Il allume la radio et apprend, consterné, que Paris a vécu une nuit de terreur. Des casseurs ont vandalisé des magasins après

la tombée du jour, commençant par les Champs-Elysées et
l'avenue Victor-Hugo voisine, causant des dizaines de milliers d'euros de dégâts dans une capitale déjà affaiblie par les
inondations. Les pillards à capuche ont ensuite déferlé par
centaines dans les rues mal éclairées de Montparnasse, brisant
des vitrines et faisant main basse sur tout ce qu'ils pouvaient
emporter, de l'électroménager aux vêtements. Ils venaient de
la grande banlieue, bien décidés à semer la pagaille et à en
découdre avec la police. Frappé d'horreur, Linden écoute. Les
boutiques de la rue de Rennes ont été saccagées en l'affaire de
quelques minutes, l'une après l'autre. Le supermarché près de
l'angle du boulevard Saint-Germain a été dévalisé et incendié.
La police, bombardée toute la nuit par des bouteilles et des
briques, admet avoir été dépassée par l'ampleur des attaques.
De nombreux agents étaient déjà occupés à surveiller les
zones inondées. Les pompiers ont lutté contre de multiples
feux pendant des heures ; des centaines de personnes ont été
arrêtées, plus d'une cinquantaine ont été blessées. Une vieille
dame au bord des larmes déclare n'avoir jamais rien vu de
pareil depuis Mai 68. Linden cherche son téléphone, pour
appeler sa famille. Il veut s'assurer que tout le monde va bien.
Mais il ne le trouve pas. Il se gare à l'aire de repos suivante
pour mieux fouiller ; il regarde sous le siège, à l'arrière, dans
son sac, et se rend compte avec effroi qu'il l'a oublié, branché
dans la prise de la chambre. Il est perdu et désemparé sans
son portable. Il ne connaît aucun numéro de ses proches
par cœur, encore moins celui de Sacha. Il s'en veut de ne

pas avoir de carnet d'adresses, pas même un bout de papier où seraient griffonnés les numéros importants. Comment a-t-il pu être aussi imprudent ? Il a bien une sauvegarde dans son iPad, mais il l'a laissé à l'hôtel. Tout en pestant, il redémarre, plus vite qu'il ne devrait, le ventre noué par un sourd pressentiment.

Les infos à la radio n'apaisent en rien ses craintes. La Seine a commencé à baisser, tout doucement, mais l'eau, si tant est qu'on puisse encore la qualifier ainsi, colonise toujours la moitié de la ville, et s'apparente davantage à une fange poisseuse aux infâmes relents de fosse d'aisance. Le chaos, résume le journaliste. Il n'y a pas d'autre mot pour décrire ce qui se passe à Paris. Les pompes se révèlent incapables d'aspirer cette bouillie, trop épaisse et trop grumeleuse. Amoncelées ou flottant de-ci de-là, les ordures puantes constituent un autre problème sanitaire majeur. Risque supplémentaire, les habitants exaspérés ont décidé de faire brûler les déchets partout où ils le peuvent, construisant des feux improvisés à tous les coins de rue. Linden a du mal à en croire ses oreilles. La situation pourrait-elle être pire ? Paris s'en remettra-t-il un jour ? Les voix à la radio poursuivent leur affolante litanie. Doit-il éteindre ou chercher de la musique ? Il faut bien qu'il sache ce qui se passe, ce qui l'attend à l'arrivée. Il apprend que la Croix-Rouge lance une opération de collecte de plus grande envergure : ses travailleurs réclament des dons accrus pour pouvoir apporter nourriture, refuge et soutien psychologique aux milliers de Parisiens transis qui ont été privés de toit. Manifestement en proie à une crise sans précédent, Paris semble déchiré par d'antiques fractures, sociales, raciales et politiques ; les récentes émeutes ne sont nullement des actes encourageants de solidarité et d'altruisme. Le manque de coordination entre les responsables gouvernementaux, les organisations humanitaires et l'armée fait les gros titres du monde entier. Dans la presse, l'individu tenu pour responsable de la débâcle est le président, qu'on accuse de ne pas savoir rallier ses troupes face à la catastrophe. Ses opposants les plus farouches n'ont cessé de le condamner, jugeant son administration léthargique et incapable de répondre aux besoins des innombrables sinistrés. Au contraire, sur les réseaux sociaux, le jeune président est encensé par la majorité des Parisiens qui sont convaincus qu'il fait tout son possible dans cette situation dramatique complètement inédite.

Aux abords de Lyon, deux heures plus tard, Linden s'arrête dans une station pour reprendre de l'essence et manger un morceau à la cafétéria. Il repère un téléphone public déglingué qui a tout l'air de ne plus servir depuis des années et y insère sa carte de crédit. Il constate qu'il est pratiquement impossible d'obtenir des renseignements sans recourir à Internet. Il finit par joindre un service d'annuaire téléphonique auquel il demande le numéro de l'hôpital Cochin, et connaît un moment de panique le temps de trouver un stylo et un morceau de papier. Une femme qui boit un café debout non loin de là lui tend l'un et l'autre. L'hôpital met une éternité à répondre, et quand le standard décroche enfin, l'employé blasé n'apprécie pas son impatience. La ligne directe du professeur Magerant sonne dans le vide. Pourquoi n'y a-t-il personne pour répondre? Où est sa secrétaire? La femme qui lui a prêté le stylo et le papier le prend en pitié. Il n'a donc pas de portable? Linden avoue la mine contrite qu'il l'a oublié. Elle lui offre le sien avec un sourire. Comme c'est gentil! Et inattendu! Trouvant dès lors sur Internet le numéro de l'hôtel, il le compose, et apprend que sa famille est sortie. Sûrement partie pour l'hôpital. Toujours grâce au smartphone, il cherche un autre numéro pour Cochin et déniche celui du service de son père. Le bureau des infirmières. Là encore, sonnerie à n'en plus finir. Une voix féminine répond, d'un ton pressé. L'infirmière ne l'entend pas, est-ce qu'il peut parler plus fort? Linden explique qu'il est le fils de Paul Malegarde, chambre 17, il veut juste avertir sa famille qu'il est en route, il sera là très bientôt, dans moins de quatre heures s'il n'y a pas de trafic. L'infirmière dit qu'elle n'entend rien, est-ce qu'il peut répéter? Une sorte de rage s'empare de Linden. Il a envie de hurler, d'insulter cette idiote, de la traiter de tous les noms. Au lieu de cela, il raccroche, agacé, rendant le portable à sa propriétaire. Il n'a plus de temps à perdre. La femme lui demande si tout va bien; elle a un visage avenant, honnête. Il hoche brièvement la tête, la remercie et regagne sa voiture au pas de course. Il sait qu'il roule trop vite, qu'il devrait être prudent, mais il ne peut s'empêcher d'accélérer, les mains cramponnées au volant, son appréhension de plus en plus vive. Les embouteillages s'intensifient à l'approche de

Paris et, près de Nemours, à seulement une heure de la capitale, il se retrouve stoppé : les voitures sont pare-chocs contre pare-chocs. Assis là, immobilisé, dans une file interminable de voitures à l'arrêt, la fureur le consume tel un feu dévorant. Les minutes s'égrènent et la file n'avance toujours pas. Il a envie de se frapper la tête contre le volant, imagine le sang en train de couler de son front meurtri. Il essaie de se calmer, de respirer paisiblement, de se vider l'esprit.

La boîte luit dans le jour déclinant, comme si elle lui faisait signe. Il la lorgne. Son père n'a pas précisé à Dominique qu'il ne fallait pas l'ouvrir, après tout. Il saisit la boîte et sent le métal froid dans sa main. Une fourmi solitaire rampe sur sa paume ; il la chasse d'une chiquenaude. Il pourrait l'ouvrir dès maintenant. Peut-être cet embouteillage est-il un message du destin pour l'y inciter. En rade, coincé, sans son téléphone, quelle autre occupation pour lui ? Agrippant la boîte, il tâche de forcer le couvercle. Il le trifouille un moment, exaspéré ; à croire qu'on l'a collé exprès ! Il se souvient du stylo à bille que la femme lui a prêté et qu'il a oublié de lui rendre. Il le sort de sa poche de veste. Il en retourne la barrette et en appuie la pointe sur l'angle de la boîte. Elle s'ouvre dans un déclic. Linden soulève le couvercle avec précaution. L'intérieur est étonnamment intact. Aucun insecte, très peu d'humidité. Il découvre une enveloppe non cachetée, jette un coup d'œil dedans. Elle renferme plusieurs feuilles de papier, soigneusement pliées, et deux brefs articles de journal à l'aspect jauni. La date figurant sur le premier est 5 août 1952. *Le corps de la jeune fille retrouvé sur une propriété privée de Vénozan près de Sévral le 3 août a été identifié. Il s'agit de celui de Suzanne Vallette, 16 ans, originaire de Solérieux. La police soupçonne un acte criminel.* Le second article est daté du 10 août de la même année. *Un homme lié au viol et au meurtre de Suzanne Vallette a été placé en détention à Nyons. C'est un berger de 35 ans originaire d'Orelle possédant un casier judiciaire.* Qui est Suzanne Vallette? Quel rapport avec Paul? Intrigué, Linden déplie les feuilles de papier. Derrière, un violent coup de klaxon lui fait palpiter le cœur: la colonne de voitures s'ébranle à nouveau. Nerveux, il avance, les pages étalées sur ses genoux. La circulation est lente, mais pas assez pour lui permettre de lire. Elle demeure poussive jusqu'à Paris, où la pluie a enfin cessé. Un ciel bleu foncé brille au-dessus de l'autoroute. Porte d'Orléans, Linden, à un feu rouge, parvient à déchiffrer à la hâte le début de la première lettre. L'écriture familière de son père. Il n'y a pas de date.

Je commencerai par l'arbre. Parce que tout commence,
et tout se termine, par l'arbre. L'arbre est le plus grand.
Il a été planté bien avant les autres. Je ne connais pas son âge
exact. Peut-être trois cents ou quatre cents ans. Il est
très vieux et très puissant. Il a essuyé de terribles tempêtes,
a résisté à des vents déchaînés. Il est vaillant.

Linden se demande ce qu'il y a dans les lettres. Que va-t-il découvrir? Pourquoi sont-elles aussi importantes pour Paul?

Aura-t-il le temps de les lire avant d'arriver à l'hôpital? Sans doute que non. Il est censé déposer la voiture à la gare Montparnasse. Ne ferait-il pas mieux d'aller tout droit à Cochin avec? Devait-il rendre la voiture puis se précipiter à l'hôpital? Des klaxons retentissent derrière lui. Il décide de continuer jusqu'à l'hôpital; il se souciera de la voiture plus tard. Une sorte de panique grandit en lui. Tournant à droite dans le boulevard Arago, il se retrouve bloqué une vingtaine de minutes par un barrage imprévu. Lorsqu'il progresse enfin, furieux, il constate qu'une unité de policiers arrête toutes les voitures à la hauteur de la rue Saint-Jacques. Il baisse sa vitre et l'air gelé du soir s'engouffre dans l'habitacle, chargé d'une fumée âcre. Plus de pluie, mais une puanteur d'œuf pourri qui lui donne envie de vomir. Où va-t-il? À l'hôpital voisin, voir son père. On lui demande de présenter sa carte d'identité et les papiers du véhicule. Est-ce qu'il est un touriste? Est-il au courant qu'il est déconseillé de circuler dans la ville avec la crue et les pillages récents? Il répond qu'il n'est pas un touriste; il est ici en compagnie de sa famille. Peuvent-ils le laisser passer? Son père l'attend à l'hôpital Cochin, il est très malade. Les policiers semblent épuisés, ils ont des cernes sous les yeux. Ils ont dû avoir une nuit mouvementée. Linden a pitié d'eux. Les policiers prennent leur temps, examinant tour à tour sa carte d'identité puis son visage. Ils finissent par le laisser passer. Ils l'avertissent, il va avoir du mal à se garer. Ils ont vu juste. Il tourne un temps fou autour de l'hôpital à chercher une place, et la tension s'accroît en lui. Il perd son sang-froid, jure à tue-tête, comme Tilia, martèle le volant de ses poings furieux. En désespoir de cause, il laisse la voiture sur le trottoir rue Méchain, conscient qu'il risque une contravention. Il n'a pas le choix. Glaciale et malodorante, la ville autour de lui paraît hostile et inconnue. Il court à toutes jambes vers l'entrée principale de la rue Saint-Jacques, la boîte au fond de sa poche. Il lui faut encore quelques minutes pour atteindre le bâtiment où se trouve son père.

Les néons à l'intérieur l'éblouissent. Linden est à bout de souffle tandis qu'il attend l'ascenseur, la bouche sèche, le cœur qui bat à tout rompre. Pourquoi cette angoisse ? Paul sera là-haut dans la chambre 17 ; Mistral, Tilia et Lauren seront auprès de lui, à guetter son retour ; peut-être Dominique sera-t-elle dans la chambre elle aussi. Il va remettre la boîte à son père avec jubilation. Il fera glousser Paul en lui racontant comment Vandeleur et lui ont trimballé l'échelle, comment celle-ci n'arrivait pas assez haut, comment la boîte était coincée au fond de la cavité et comme il a été difficile de l'en extraire, tout cela pendant qu'un pivert sidéré ne le quittait pas des yeux. Il décrira à Paul le charme du paysage, la splendeur de la lumière, la pureté de l'air, l'envie qu'il a eue de rester là-haut dans l'arbre à repaître ses yeux du spectacle de la vallée. Il avait vu la beauté du monde de Paul. Un monde auquel il appartenait, lui aussi. Tout cela, il allait le dire à son père.

Du coin de l'œil, Linden remarque quelqu'un qui approche prestement sur sa gauche. La porte de l'ascenseur coulisse avec un bip ; il s'apprête à entrer dans la cabine, mais la silhouette floue de l'individu devient plus nette et il tourne la tête. Un homme grand aux cheveux noirs se tient à côté de lui ; tellement près qu'il peut sentir son odeur familière. Il lui faut quelques secondes pour comprendre qui lui tend ainsi les bras. Ivre de bonheur, Linden attire Sacha contre lui, ses doigts incrédules caressant les mèches de ses longs cheveux noirs. Les bras de Sacha se referment dans son dos, le serrant très fort. La semaine écoulée a été un maelström d'émotions fortes que la montée des flots n'a fait qu'exacerber, sept jours étranges qui ont amoindri l'acuité de Linden. Il essaie de trouver les mots justes, mais réussit seulement à murmurer : « Mon amour. Mon doux amour. » Sacha frémit, comme s'il avait froid. Étonné, Linden perçoit les longs frissons qui lui parcourent le corps. Pourquoi Sacha est-il silencieux comme ça ? Il n'a pas lâché un mot. Par-dessus son épaule, Linden remarque le mur miteux du hall, les affiches punaisées sur des panneaux, le linoléum terni. Une femme assise sur une chaise en plastique semble dormir à poings fermés ; une infirmière qui pousse un malade dans un fauteuil roulant les dépasse d'un pas lourd. Sacha est-il en train de pleurer ? Déconcerté, Linden tente de s'écarter pour pouvoir le regarder, mais Sacha résiste. Il l'enlace désespérément, se cramponne à lui de toutes ses forces, comme si son désir le plus cher était de protéger Linden des épreuves à venir, de lui offrir un bref répit, de lui construire un infime rempart d'ignorance, car il sait que Linden se souviendra de cet instant, de ce vendredi, jusqu'à la fin de ses jours.

Linden se dégage doucement, se préparant à affronter ce qu'il va lire dans les yeux bien-aimés. Il ne veut pas que Sacha prononce les mots ; il ne veut pas qu'il les énonce. Il applique sa paume sur la joue de Sacha et s'étonne de voir à quel point sa main tremble. Sacha parle enfin. Ils n'ont pas arrêté d'appeler. Ils ont compris qu'il y avait un problème avec son portable. Il n'y avait pas moyen de le joindre. Cela s'était passé en milieu d'après-midi. Paisiblement. Paul tenait la main de Lauren. C'était arrivé d'un coup ; avec Lauren dans la pièce, et personne d'autre. Elle était sortie en trébuchant, les traits vidés de toute couleur, incapable de parler.

Linden pense à sa mère, assistant à ce dernier soupir, ce dernier soulèvement de la poitrine. Ce moment avait dû être atrocement douloureux pour elle. Elle devait avoir le cœur brisé. Les larmes viennent à présent, elles jaillissent des yeux fatigués de Linden. Son père n'est plus. Il se rappelle la dernière fois qu'il l'a vu, pas plus tard qu'hier, quand il l'a embrassé pour lui dire au revoir. Linden se sent engourdi, incapable de bouger, de réagir. Il voudrait s'asseoir ; il voudrait pouvoir attendre ici, se reposer, ne rien dire, rassembler ses forces, juste un petit moment. Il sait que c'est impossible. À l'étage, Lauren, Tilia, Mistral et Colin l'attendent. Comment vont-ils ? Comment le prennent-ils ? Sacha dit que Tilia est impressionnante. C'est elle qui soutient tout le monde. Tilia ? Linden est surpris. Il pensait qu'elle se serait effondrée. Non, pas du tout. Absolument pas. Elle était là-haut à réconforter Lauren, désespérée, mais aussi Mistral, qui avait craqué. Elle s'occupait de toutes les formalités. Elle avait parlé au médecin, aux infirmières. Elle était calme et pleine de compassion.

Linden prend l'ascenseur, la main de Sacha emprisonnée dans la sienne. La porte de la chambre 17 est fermée. Il sait que le corps de son père est derrière cette porte. Il sait que, dans un instant, il va devoir poser les yeux dessus. Il va devoir regarder son père mort, tout comme il va devoir regarder son cercueil être mis en terre, dans le petit cimetière verdoyant de Léon-des-Vignes. C'est une épreuve inévitable et qu'il endurera sans faillir. Il suit Sacha dans la salle d'attente un peu plus loin. Sa sœur s'y trouve, les bras autour de sa mère et de sa nièce. Colin est assis en face d'elles, la tête dans les mains. Tous quatre l'aperçoivent ; ils crient son nom et les larmes jaillissent. Intense et troublant moment de chagrin, où les phrases, chaotiques, sont interrompues par des sanglots.

Plus tard, quand leur débit devient moins heurté et qu'ils ont réussi à sécher leurs pleurs, Linden extrait la boîte de sa poche. C'était ça, leur dit-il, que Paul lui avait demandé de rapporter de Vénozan. Il y avait des lettres à l'intérieur, mais il n'avait pas eu le temps de toutes les lire. Il va réparer cela tout de suite avec eux. Il s'empare de la première et commence sa lecture. Il lit lentement, prenant son temps, marquant des pauses pour respirer. Parfois il lève les yeux une seconde, vers Lauren, vers Tilia, pour puiser chez elles du courage, du soutien.

Lorsque Linden arrive à la dernière lettre, il la tend à sa sœur. La voix de Tilia emplit la petite pièce, d'abord mal assurée et hésitante, puis s'affermissant, et pour un peu, ils auraient presque l'impression que Paul est là, debout sur le seuil, mains dans les poches, à les regarder de ses yeux bleus étincelants.

Je l'entendais qui se rapprochait. À chacun de ses pas
les feuilles et les herbes bruissaient pour me prévenir.
Il croyait ne pas faire de bruit mais je l'entendais
parfaitement. Je l'entendais presque trop fort. La moindre
particule de mon corps se vouait à écouter. Je flairais
maintenant sa puanteur, une odeur de sueur et d'alcool,
comme celle de ces ouvriers agricoles avinés qui traînaient
parfois autour de la ferme avant que mon père
ne les chasse.

J'étais appuyé contre l'arbre, les yeux fermés. Tellement
immobile qu'on aurait dit une branche. Le monstre est passé
tout près mais il a continué son chemin, titubant, grommelant
dans sa barbe.

La pluie s'est mise à tomber, drue, régulière, pénétrante.
Pas d'orage, pas de tonnerre, seulement une averse.
J'ai entendu le monstre s'enfuir en poussant des jurons.

J'ai pensé à Suzanne qui devait être trempée
et j'ai recommencé à pleurer. L'arbre m'abritait comme
un immense parapluie.

J'ai confié ma terreur à l'arbre. Il m'en a délesté et m'a fait
sien. L'arbre m'a maintenu debout. Il m'a enfermé en lui.
Jamais je ne m'étais senti aussi protégé. Jamais rien
ni personne n'avait veillé à ma sauvegarde de cette façon-là.
C'était comme si j'étais devenu son écorce, que je m'étais
introduit dans ses fissures et ses crevasses, pénétrant la mousse
et le lichen, esquivant les insectes qui rampaient sur le tronc.

Et là, au cœur du tilleul, je savais qu'aucun monstre,
aucune horreur, jamais ne me trouverait.

Merci à Nicolas Jolly, Laure du Pavillon
et Catherine Rambaud, mes premiers lecteurs, si précieux.
Merci aux photographes Charlotte Jolly de Rosnay,
David Atlan, Alexi Lubomirski et Mélanie Rey.
Merci à Laurence Le Falher, Laetitia Lachmann.
Merci à Anouk Neuhoff, ma voix française.
Merci à Sarah Hirsch, ma fée.

Voici les cinq livres qui m'ont aidée à écrire celui-ci :

Jeffrey H. Jackson, *Paris Under Water: How the City of Light Survived the Great Flood of 1910*, Palgrave Macmillan, 2010.
Magali Reghezza-Zitt, *Paris coule-t-il?*, Fayard, 2012.
Susan Sontag, *Sur la photographie*, Christian Bourgois éditeur, 1993.
Colin Tudge, *The Secret Life of Trees: How They Live and Why They Matter*, Allen Lane, 2005.
Peter Wohlleben, *La Vie secrète des arbres*, Les Arènes, 2017.

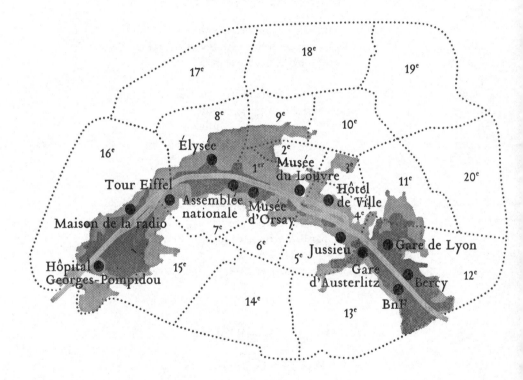

Les quartiers inondables à Paris

● Niveau de la crue de 1910
● Niveau d'une nouvelle crue (probabilité env. +15%)

Portrait de Tatiana de Rosnay
© Charlotte Jolly de Rosnay

Feuilles de sycomore, gingko,
chêne, tilleul, platane, frêne, peuplier et aubépine
créées par le Studio Kapitza

Conception graphique et réalisation
Anne-Marie Bourgeois/m87design

Achevé d'imprimer
sur Roto-Page
par l'Imprimerie Floch
à Mayenne,
en février 2018.

•

Dépôt légal
mars 2018.
Numéro d'imprimeur
92257

Imprimé en France